# Matar para contarlo



PUZZLE

# Matar para contarlo

Linda Howard

EDICIONES URANO

Argentina - Chile - Colombia - España
Estados Unidos - México - Uruguay - Venezuela

Primera edición: julio de 2005

Título original: *Kill and Tell*


Traducción de Carmen Carmona Mencía

© de esta edición: Ediciones Urano, S. A.
Aribau, 142, pral.
08036 Barcelona
www.edicionesurano.com

Diseño de la colección: © Damià Mathews
Ilustración y portada: © Ediciones Urano, S. A.
Fotografía de la autora: Sigrid Estrada

Impreso por Litografía Rosés, S. A.
Energía, 11-27
08850 Gavà (Barcelona)

Fotocomposición: Zero pre impresión

ISBN-13: 978-84-96525-27-6
ISBN-10: 84-96525-27-9
Depósito Legal: B-29.235-2005

*Este libro está dedicado a John Kramer y a los policías de todo el mundo. Gracias, John, por llevarme por toda Nueva Orleans, por contarme cosas interesantes y mostrarme los lugares dignos de ver.*

# 1

*13 de febrero, Washington, D.C.*

Dexter Whitlaw cerró con cuidado la caja, asegurando cada una de las esquinas con la cinta adhesiva de embalar que había robado el día anterior en WalMart. También allí había robado un rotulador negro que ahora utilizaba para escribir con claridad una dirección sobre el paquete. Dejó la cinta y el rotulador en el suelo, se colocó la caja bajo el brazo y se dirigió a la oficina de correos más cercana. Se encontraba tan sólo a una manzana, y el tiempo no era todo lo frío que cabría esperar para el mes de febrero en el Distrito de Columbia: estarían a unos siete grados.

Si fuera congresista, pensó con amargura, no tendría que pagar el puñetero franqueo.

Unos finos rayos de sol invernal bañaban las aceras. Los funcionarios de aspecto serio pasaban junto a él apresurados, sus abrigos negros o grises ondeando en el aire, seguros de su importancia. Si alguien les preguntaba sobre su ocupación, nunca decían: «Soy contable» o «soy jefe de una oficina», aunque pudieran dedicarse exactamente a eso. No, en aquella ciudad, donde la posición lo era todo, la gente decía: «Trabajo para el Gobierno» o «trabajo para el Ministerio de Hacienda», o si se trataba de aquellos realmente vanidosos, utilizaban las iniciales, como MD, esperando que todo el mundo conociera su significado: Ministerio de Defensa. Personalmente, Dexter pensaba que todos deberían tener un carnet de identidad en el que se especificara que trabajaban para el MG, Ministerio de Gilipollas.

¡Ah, la capital de la nación! El poder se respiraba en el aire, lo perfumaba como si se tratara del aroma de algún vino excepcional y todos aquellos locos estuvieran embriagados con él. Dexter los estudiaba con ojos fríos y distantes. Creían saberlo todo, pero no sabían nada.

No sabían lo que era el verdadero poder, destilado en su estado más puro. El hombre de la Casa Blanca podía dar órdenes que causaran la guerra; con el maletín bajo llave llevado por un ayudante siempre cercano, podía hacer que fueran arrojadas las bombas y que millones de personas murieran, pero él vería aquellas muertes con la despreocupación de la distancia. Dexter había conocido el verdadero poder en el pasado, en Vietnam, lo había sentido en su dedo cuando apretaba el gatillo con lentitud. Perseguía a su presa durante días, se tendía inmóvil en el fango o sobre hierba urticante, haciendo caso omiso de los insectos y de las serpientes, de la lluvia y del hambre, esperando el momento perfecto en el cual su objetivo apareciera inmenso en su campo de visión y la mira telescópica se posara justo donde Dexter quería; en esos momentos, todo el poder estaba en sus manos, la capacidad de conceder la vida o acabar con ella, de apretar el gatillo o no, todo el mundo reducido a sólo dos personas: él mismo y su presa.

La sensación más fuerte de su vida la tuvo el día en que su observador le señaló un claro entre las ramas en cierto árbol. Cuando enfocó la mira, se sorprendió al ver a otro francotirador, por su apariencia un ruso, con el rifle apoyado en el hombro y el visor en el ojo mientras intentaba enfocarlos. Dexter se le adelantó por un segundo y su bala fue la primera en abrirse paso. Un segundo, una milésima más y el ruso hubiera disparado primero, y el viejo Dexter Whitlaw no estaría allí admirando el paisaje de Washington, D. C.

Se preguntaba si el ruso llegó a verlo en algún momento, si hubo una fracción de segundo en que tuviera conocimiento de lo que iba a ocurrir antes de que el proyectil aniquilase toda señal de conciencia. Aunque de ningún modo pudo ver la bala. A pesar de los fantasiosos efectos especiales de las películas de Hollywood que mostraban justo eso, jamás nadie vio la bala.

Dexter entró en la cálida oficina de correos y se puso al final de la fila que esperaba ser atendida en el mostrador. Había escogido la hora del almuerzo, la más concurrida, para eliminar la posibilidad de que algún empleado de correos se acordara de él si era interrogado. No se trataba de que hubiera nada especialmente inolvidable en su aspecto, excepto su mirada fría, pero no le gustaba tentar la suerte. El ser precavido le había mantenido con vida en Vietnam y había funcionado durante los veinticinco años desde que regresó al mundo real y abandonó el infierno verde tras de sí.

Su apariencia no era la de un hombre acaudalado y de éxito, pero tampoco la de un vagabundo. Su abrigo era reversible. Uno de los lados, el que lucía en ese momento, era de recia mezclilla marrón, ligeramente raída. El otro lado, el que llevaba cuando se encontraba en la calle, estaba parcheado y rasgado, el típico abrigo de un vagabundo de la calle. La prenda era un camuflaje bueno y sencillo. Los francotiradores aprendían a confundirse con su entorno.

Cuando llegó su turno, colocó el paquete sobre el mostrador para que lo pesaran y sacó a tientas unos billetes sueltos del bolsillo. La caja iba dirigida a Jeanette Whitlaw, en Columbus, Ohio; su esposa.

Se preguntaba por qué no se había divorciado de él. ¡Diablos, quizá lo hubiera hecho! No la había llamado desde hacía dos años ya, tal vez más. Intentó recordar cuándo había sido la última vez...

—Un dólar con cuarenta y tres centavos —le dijo el empleado, sin echarle siquiera una ojeada. Dexter depositó dos dólares en el mostrador, se guardó el cambio y abandonó la oficina de correos con la misma discreción con la que había entrado.

¿Cuándo fue la última vez que habló con Jeanette? Quizás hacía tres años. Tal vez cinco. Dexter no solía prestar mucha atención a los calendarios. Trató de calcular qué edad tendría ahora la pequeña. ¿Veinte años? Había nacido el año de la ofensiva del Tet, le pareció recordar, aunque no estaba seguro. En el sesenta y ocho o el sesenta y nueve, en algún momento entre esas dos fechas. Eso significaba... ¡Diablos, tenía veintinueve años! ¡Su pequeña rondaba ya los treinta! Probablemente estaría casada, con un parejita de niños que lo convertían en abuelo.

No podía imaginársela hecha una mujer. No la había visto durante al menos quince años, quizá más, y siempre la esbozaba en su mente como si tuviera siete u ocho, flaca y vergonzosa, con unos grandes ojos marrones y con la costumbre de morderse el labio inferior. La pequeña le hablaba siempre en susurros, y sólo cuando él le hacía una pregunta directa.

Debería haber sido un padre mejor para ella, un marido mejor para Jeanette. Debería haber hecho muchas cosas en su vida, pero volver la vista atrás y reconocerlo no concedía a un hombre la oportunidad de volver y cambiar ninguna de ellas. Tan sólo le permitía lamentar no haberlas hecho.

Pero Jeanette le había seguido queriendo, incluso cuando Dexter regresó de Vietnam, tan frío y distante, transformado en otra persona. A sus ojos, seguía siendo el joven de Virginia Occidental de mirada penetrante y nerviosa al que ella amaba y con el que se había casado, no importaba que el muchacho hubiera muerto en una jungla infectada de insectos y que el hombre que había regresado a casa, junto a ella, fuera un extraño en todos los sentidos excepto por el rostro y el cuerpo.

Los únicos momentos en los que se sentía vivo era cuando tenía el rifle en las manos y miraba por el visor, sintiendo aquella corriente de adrenalina, el realce de todos sus sentidos. Era curioso que aquello que lo había matado fuera también lo único que hacía que se sintiera vivo. No el rifle; el rifle, una herramienta tan precisa y fiel como el hombre era capaz de crearlas, no dejaba de ser una herramienta. No, lo que le hacía sentir vivo era la destreza, la persecución, el poder. Había sido francotirador, y de los mejores. Pero si sólo hubiera sido eso habría podido regresar junto a Jeanette, pensaba a veces; aunque hacía años que ya no intentaba analizar las cosas.

Había matado a muchos hombres, y asesinado a uno.

La distinción estaba clara en su mente. La guerra era la guerra. El asesinato era otra cosa.

Se detuvo en un teléfono público y rebuscó algo de cambio en el bolsillo. Se sabía el número de memoria. Introdujo las monedas y escuchó el tono de llamada. Cuando contestaron en el otro lado, dijo con claridad:

—Me llamo Dexter Whitlaw.

Había desperdiciado su vida pagando por el crimen que había cometido. Ahora le tocaba a otro hacerse cargo de la cuenta.

## 2

*17 de febrero, Columbus, Ohio*

El paquete se encontraba en el pequeño porche delantero cuando Karen Whitlaw llegó a casa del trabajo aquella noche de febrero. Los faros delanteros lo iluminaron por un instante al detenerse en el camino de entrada, pero estaba demasiado cansada para sentir curiosidad por su contenido. Fatigada, levantó su cargado bolso, abarrotado con el monedero, los papeles y los enseres de su trabajo, y sobrellevó la lucha habitual para salir del coche con la pesada bolsa. El asa se enganchó en el salpicadero, y luego en el volante; maldiciendo entre dientes, Karen la soltó de un tirón y la bolsa le golpeó en la cadera haciéndole daño. Avanzó con dificultad por la nieve hacia el porche, apretando los dientes mientras aquella papilla helada se introducía en sus zapatos. Debería haberse puesto las botas, lo sabía, pero se encontraba demasiado cansada cuando acabó su turno para hacer otra cosa que conducir hasta casa.

La caja estaba apoyada contra el escalón, entre la puerta de tela metálica y la puerta principal. Abrió la puerta y estiró el brazo para encender de un manotazo las luces; acto seguido, se inclinó y levantó la caja. No había hecho ningún pedido; con toda seguridad debían haberla entregado en la dirección equivocada.

La casa estaba fría y en silencio. Había olvidado otra vez dejar una luz encendida aquella mañana. No le gustaba volver a casa a oscuras; le recordaba de nuevo que su madre ya no se encontraba allí y no le abriría la puerta, que ya no olería el delicioso aroma de la cena cocinándose ni oiría a Jeanette tarareando en la cocina. La televisión solía estar encendida aunque nadie estuviera viéndola, porque a Jeanette le gustaba el ruido de fondo. Por tarde que llegara a casa y por muy cansada que estuviera, Karen sabía que su madre tendría comida caliente y una sonrisa alegre esperándola.

Hasta hacía tres semanas.

Todo fue muy rápido. Jeanette se quejó una mañana de un dolor y de fiebre, y ella misma se diagnosticó un resfriado. Parecía un poco congestionada, y cuando Karen le tomó la temperatura sólo tenía treinta y siete grados, de modo que el resfriado parecía una suposición razonable. A mediodía Karen llamó por teléfono para preguntarle cómo se encontraba, y aunque el resfriado había empeorado, Jeanette seguía diciendo que era sólo eso, un resfriado.

Cuando Karen llegó a casa aquella noche, con sólo echar un vistazo a su madre, acurrucada en una manta sobre el sofá y con escalofríos, supo que se trataba de una gripe en lugar de un simple resfriado. Tenía treinta y nueve de fiebre. El estetoscopio transmitía sonidos alarmantes a los oídos experimentados de Karen: ambos pulmones estaban seriamente congestionados.

Karen siempre había pensado que la mayor ventaja de ser enfermera era que se aprendía a forzar a la gente con delicadeza y a conseguir de una forma inexorable que hicieran lo que una quería. Mientras Jeanette argumentaba que tan sólo tenía un resfriado y que era una tontería ir al hospital, Karen agilizó los preparativos oportunos y en quince minutos tenía a su madre bien arropada en el coche.

Había estado nevando con intensidad. A Karen siempre le había gustado la nieve, pero ahora, al verla, le venía a la mente aquella noche en que tuvo que conducir, sus nudillos blancos, a través de los remolinos y cortinas cegadoras de nieve, escuchando a su madre librar una batalla cada vez más desesperada por aspirar oxígeno. Condujo hasta el hospital donde trabajaba, se detuvo en la entrada de urgencias e hizo sonar el claxon hasta que acudieron en su ayuda, pero aparte de la nieve, el único recuerdo claro de aquella noche era la visión de Jeanette tendida sobre las sábanas blancas, pequeña y en cierto modo arrugada, sumiéndose con rapidez en un estado de insensibilidad por mucho que Karen le hablara.

Una neumonía vírica aguda, diagnosticaron los médicos. La enfermedad había actuado con rapidez, cerrando todos los órganos internos, uno a uno, al tiempo que clamaban por oxígeno. Jeanette murió tan sólo cuatro horas después de haber sido ingresada, a pesar del esfuerzo frenético del equipo médico por vencer al virus.

La muerte imponía muchas obligaciones. Había impresos que rellenar, impresos que firmar, impresos que llevar a otra gente. Llamadas y decisiones que tomar. Tenía que elegir la empresa para el funeral en su casa, el servicio, un ataúd, el vestido con el cual iba a enterrar a su madre. Había gente a la que atender... ¡Dios santo! Los amigos de su madre que llamaban y acudían con una cantidad de comida a la que Karen jamás podría dar fin; sus propios colegas de trabajo, una pareja de vecinos. Sentía la garganta permanentemente cerrada, los ojos arenosos. No podía llorar delante de aquella gente, pero por la noche, cuando se encontró a solas, no pudo parar de hacerlo.

Sobrevivió el trance del funeral, y aunque siempre los había considerado crueles, ahora comprendía el sentido de ese último ritual, una ceremonia para señalar el fin de una mujer dulce que nunca le pidió mucho a la vida y que sencillamente era feliz con lo cotidiano. Las oraciones y los cantos marcaban el final de aquella vida y le rendían homenaje.

Desde entonces, Karen dejaba pasar los días, pero a eso se reducía todo. Su pena era aún reciente y dolorosa, no tenía interés en el trabajo. Durante mucho tiempo Jeanette y ella habían estado unidas, las dos contra el mundo. En un principio era Jeanette la que trabajaba, y trabajaba duro en cualquier empleo que podía conseguir, para mantener un techo sobre sus cabezas y darle a Karen la oportunidad de recibir una buena educación. Luego le llegó a Karen el turno de trabajar y a Jeanette la hora de descansar y dedicarse a lo que más le gustaba: hacer pequeños trabajos agradables pero sin importancia en su pequeña casa, cocinar, hacer la colada, crear el hogar que la necesidad siempre le había negado.

Pero aquello había desaparecido ahora, y no había modo de recuperarlo. Todo lo que le quedaba a Karen era una casa vacía, y sabía que no podría vivir en ella por más tiempo. Aquel día había dado un paso al llamar a un agente inmobiliario para poner la casa en venta. Vivir en un apartamento sería mejor que enfrentarse a la casa vacía, a sus recuerdos, día tras día.

La caja no era pesada. Karen la sujetó bajo el brazo mientras cerraba la puerta y echaba la llave. A continuación, dejó que el pesado bolso se deslizara del hombro sobre una silla. Ladeó el paquete hacia la luz para leer la etiqueta. No había ninguna dirección para devolverlo al remitente, pero le sorprendió ver el nombre de su madre, «JEANETTE WHITLAW», escrito en el paquete con mayúsculas sencillas y claras. Su pecho se encogió de dolor. Raras veces Jeanette hacía pedidos, pero cuando lo hacía, se comportaba como una chiquilla en el día de Navidad, esperaba ansiosa el correo o al repartidor y se mostraba radiante cuando por fin llegaba el esperado paquete.

Karen llevó la caja a la cocina y usó un cuchillo para cortar la cinta de embalar. Abrió las solapas y miró en el interior. Había unos cuantos papeles y un libro pequeño sujeto con unas gomas elásticas, y, encima de todo ello, una hoja de papel doblada. Sacó la carta, la desdobló y dirigió los ojos automáticamente a la parte inferior para ver quién la enviaba. El nombre garabateado, «Dex», le hizo arrojar la carta, sin leerla, al interior de la caja.

Su querido papá. Jeanette no había sabido nada de él desde hacía cuatro años al menos. Karen en realidad no le hablaba desde los trece años, un día que él llamó para desearle un feliz cumpleaños. Estaba borracho, ni siquiera era una fecha próxima a su aniversario, y Jeanette se pasó toda la noche llorando en silencio después de hablar con su marido. Ese fue el día en el cual todo su resentimiento, confusión y amargura se convirtieron en odio, y si Karen estaba en casa las pocas veces que él volvió a llamar después de lo ocurrido, se negaba a hablar con él. Jeanette se afligía, pero Karen consideraba que, en su escala de valores, guardar rencor tenía mucho menos peso que abandonar a la esposa y la hija, y por ello no había cedido.

Dejó la caja sobre la mesa, anduvo con dificultad hacia su dormitorio, se despojó de la ropa y arrojó el arrugado uniforme verde al suelo. Le dolían los pies, le dolía la cabeza, le dolía el corazón. Las horas extraordinarias que estaba trabajando, desde las seis de la mañana hasta las seis de la tarde, mantenían su mente ocupada pero aumentaban su depresión. Se sentía como si no hubiera visto la luz del sol durante semanas.

Deslizó los pies fuera de los zapatos húmedos y con rapidez se puso unos pantalones de algodón y unos calcetines gruesos. Tenía frío y estaba cansada. Pensó con nostalgia en el calor y los rayos de sol. En otro tiempo, cuando sólo tenía dos años, vivieron en una base de Florida. Karen no lo recordaba en realidad, pero cuando cerraba los ojos aún podía sentir el efecto del calor maravilloso, de los largos días bajo el sol deslumbrante. Jeanette hablaba a menudo de Florida, con melancolía en la voz, porque aquellos días habían sido relativamente felices. En aquel entonces, Dexter ya se había marchado a Vietnam y nunca iba a casa. Jeanette se mudó de nuevo a las montañas de Virginia Occidental, de donde provenían originariamente, para estar cerca de los familiares de ambos mientras rezaba por su seguridad y esperaba que finalizara el turno de servicio de su marido.

Pero un turno seguía a otro, y luego a otro, y el hombre que apareció finalmente en el umbral de su puerta no era el mismo que se había marchado. Karen recordaba con claridad aquellos días, el mal humor de su padre, sus largas temporadas bebiendo, el tener que andar de puntillas alrededor de él por miedo a hacer estallar su cólera. Se había vuelto mezquino, y ni siquiera el amor inquebrantable de Jeanette podía retenerlo. Empezó a desaparecer, al principio por un día o dos, pero luego los días se transformaron en semanas, las semanas en meses, hasta que un día Jeanette se dio cuenta de que se había ido para siempre. Lloró contra la almohada muchas noches; Karen también lo recordaba.

Se habían mudado de Virginia Occidental a Ohio para que Jeanette pudiera conseguir un trabajo mejor. Hubo unas cuantas llamadas de teléfono, un par de cartas, y una vez Dexter llegó a visitarlas de verdad. Karen no lo vio; su padre se marchó antes de que ella volviera de clase. No obstante, Jeanette estaba radiante, ligeramente excitada, y a los diecinueve años Karen era lo bastante adulta para comprender que sus padres habían despachado la visita en la habitación de Jeanette. Eso había ocurrido diez años antes, y Jeanette no volvió a verlo desde entonces. Sin embargo, no dejó de amarlo. Karen no lo entendía, pero aceptaba la lealtad de su madre. Jeanette había sido infinitamente adorable, incluso con el marido que la había abandonado.

Después de una cena solitaria a base de cereales fríos, Karen se obligó a retomar la carta.

«Jeanie, aquí tienes unos documentos viejos que me pertenecen. Depositálos en un lugar seguro y guárdalos por mí. Puede que algún día valgan algo. Dex».

Eso era todo. Ningún saludo, nada de «querida», sin despedirse «con amor». Se había limitado a enviar sus papeles viejos por correo, esperando que su madre se los guardara.

Y ella lo habría hecho. Jeanette habría seguido meticulosa sus instrucciones e incluso habría conservado aquella nota seca junto con el lastimoso montón de cartas de cuando estaba en Vietnam.

El primer impulso de Karen fue arrojar el paquete a la basura. Por respeto a su madre, no lo hizo. Por el contrario, lo llevó a la habitación vacía de Jeanette y lo introdujo en una de las cajas que contenían las pertenencias de su madre. No podía resignarse aún a deshacerse de nada; había alquilado un almacén y lo conservaría todo allí hasta que llegara ese día.

Estaba todo prácticamente empaquetado. Sólo quedaban algunos objetos sobre la cómoda. Karen los añadió a la caja y la selló con varias tiras de cinta adhesiva de embalaje sobre el cartón.

Con suerte, la casa se vendería pronto, llegaría la primavera, y ella podría ver de nuevo los rayos de sol.

## 3

*5 de agosto, Nueva Orleans, Louisiana*

Era casi medianoche. Alguien le estaba siguiendo. Otra vez. Dexter Whitlaw giró la cabeza lo suficiente para percibir el destello del movimiento con su visión periférica. La excitación palpitaba en sus venas, y casi esbozó una sonrisa irónica. No había nada como una persecución, aun cuando él fuera la presa. Llevaban siguiéndolo casi seis meses, y él disfrutaba usando sus viejas tácticas para evadirlos. Los había obligado a una verdadera caza, zigzagueando de un lado a otro por todo el país, saliendo a la superficie en las grandes ciudades para hacer otras llamadas. No había esperado que fuera fácil y no se sentía contrariado, pero conocía a su hombre.

Tras el inicial «Vete al infierno» que había resonado en sus oídos, Dexter inició su juego del gato y el ratón. El chantaje podía ser tan brutal como una amputación o tan delicado como ir sacando del agua con un sedal muy fino una trucha de un tamaño nunca visto en el mundo. Primero, había expuesto su prueba; tan sólo un poco, lo justo para dar a entender lo que podría salir a la luz si no se cumplían determinadas condiciones.

Como había supuesto, el pichón había reaccionado con cólera. Lejos de sentirse intimidado, había reunido a todos sus perros y se los había arrojado a Dexter. La mayoría de los hombres estarían ya muertos, pero Dexter había pasado en Vietnam tres años de su vida arrastrándose por el suelo, aprendiendo a ser paciente, adquiriendo estrategias y la habilidad para esconderse tan bien que los confiados perros habían pasado junto a él varias veces, del mismo modo que cualquier vietcong o vietnamita del norte habían hecho en Vietnam.

Dexter se lo estaba pasando en grande. No se había sentido tan sorprendentemente vivo desde que contempló a través de su punto de mira al del ruso y supo que a uno de los dos le quedaba menos de un segundo de vida.

El perro que le seguía ahora era mejor que el resto. No tan bueno como el viejo Dex, pensó entusiasmado, pero lo bastante bueno para mantenerlo alerta. ¡Diablos, incluso le conocía! A menos que le fallara el olfato, lo estaba siguiendo nada más y nada menos que Rick Medina, uno de los mejores asesinos de la CIA hacía veinticinco años. Otro tiempo, otro mundo, pero ahí se encontraban los dos, los mismos jugadores de siempre jugando al viejo juego del escondite.

Dexter se fundió en las sombras, permaneciendo en cuclillas un instante a la espera de que su perseguidor hiciera otro movimiento. Un hombre menos precavido hubiera disparado primero para comprobar la identidad después, pero este tipo era astuto. En el supuesto de que Dexter no supiera que lo estaban siguiendo, si, por precipitarse, mataba al tipo equivocado, la verdadera presa se sumergiría en los confines de la tierra y pasarían semanas antes de que pudieran encontrarlo de nuevo. Sin olvidar el factor de la atención indeseada de los polis. Cierto era que, por lo general, los policías no se preocupaban demasiado por la inesperada defunción de un vagabundo, ni siquiera cuando dicha defunción había sido causada por una bala en el cerebro. Pero nunca se sabía; tal vez hubieran tenido un día flojo y quisieran algo de emoción; o quizás un equipo de noticias de televisión se encontrara por casualidad en la escena, y las brillantes luces incitaran a actuar a los polis en contra de su voluntad... «La presencia fortuita de excrementos», como decía un erudito, asiduo de un comedor de la beneficencia en Chicago.

Dexter esperó. Despacio, con movimientos fantasmales, se untó el rostro y las manos con barro para ocultar su relativa palidez. Acto seguido agachó la cabeza y permaneció inmóvil, tranquilo, con la certeza de que era prácticamente invisible para cualquiera que se asomara al callejón que se hallaba en la más profunda oscuridad.

Después de varios minutos, escuchó unos pies que se arrastraban a medida que se iban acercando. Quizá fuera el cazador; quizá se tratara simplemente de otro vagabundo. Dexter no se movió.

Las pisadas se detuvieron. Dexter se imaginó lo que cualquiera vería si miraba callejón abajo: basura esparcida, botellas rotas, un montón de desperdicios malolientes demasiado pequeño para ocultar a un hombre, salvo que sí lo ocultaba. Había llovido poco antes; las luces de la calle se reflejaban en los charcos. Todas aquellas cajas de cartón que ensuciaban el callejón hacía unas cuantas horas habían sido recogidas para usarlas como refugio contra la lluvia. Para el promedio de los perros de caza, el callejón daría la impresión de estar vacío e inerte, pero Medina no era un perro mediocre; él también se había entrenado en Vietnam, por tanto sabía ser paciente y esperar a que la presa cometiera un error.

Bien, en este caso, Dexter pensó con regocijo, Medina iba a tener una larga espera. Dexter Whitlaw no cometía equivocaciones; no de aquella clase. Podría haber jodido muchas otras cosas en su vida, pero había sido un cazador de primera. Así que esperó, hasta mucho después de que los pies que se arrastraban se hubieran alejado, hasta mucho después de que otros sonidos de otras pisadas pasaran de largo. Una rata olisqueó alrededor de sus zapatos, y él esperó, inmóvil. Transcurrido un tiempo, fue recompensado cuando aquellos mismos andares quedos le hicieron otra visita, deteniéndose de nuevo en el callejón. El cazador estaba observando cómo se encontraba ahora el lugar en comparación con momentos anteriores. No había cambiado nada. Convencido de que su presa no estaba allí, el cazador continuó avanzando, con los mismos pasos sigilosos y arrastrando los pies ya que un buen cazador nunca desvela su disfraz.

Los andares engañosos podrían haber funcionado si Dexter no hubiera visto una vez a Medina usar el mismo contoneo de borracho para poner el cebo a dos matones en un antro de Saigón y atraerlos engañados con la certeza de que el yanqui llevaba una «trompa» demasiado grande para oponer resistencia. Aquellos dos matones se habían especializado en los soldados americanos borrachos y se divertían golpeando a los muchachos indefensos hasta convertirlos en una papilla sangrienta después de haberles robado el dinero. La semana anterior, uno de los muchachos había muerto por las heridas internas, y una determinada facción americana comenzó una búsqueda implacable de los dos vietnamitas.

Como hombre que los había encontrado e identificado, Rick Medina tuvo el honor de eliminarlos. Con dos disparos limpios en la cabeza habría sido suficiente, pero prefirió jugar primero con ellos.

Medina era un tipo genuinamente estadounidense, limpio, atractivo, delgado, de cabello castaño cortado al cepillo y con la ropa bien planchada, con raya en los pantalones incluso bajo aquel calor opresivo. Era inteligente y amable; la mayor parte del tiempo. Cuando estaba furioso o trabajando, la amabilidad desaparecía como si nunca hubiera existido, y en sus ojos azules aparecía la fría luz del asesino.

Medina atrajo a los dos vietnamitas hasta un callejón oscuro; ni siquiera intentaron disimular que lo perseguían; así de seguros estaban de que lo tenían a su merced. Lo acorralaron como perros de caza a un conejo, pero en el último segundo, el conejo se volvió con rapidez, esfumado todo indicio de borrachera. La navaja que sujetaba Medina tenía la hoja negro mate, para evitar los reflejos de luz. Lo más probable es que los dos vietnamitas ni siquieran la vieran. Todo lo que advirtieron fue repentinas lenguas de fuego que los asaeteaban por todo el cuerpo, mientras las manos de Medina se ensañaban, dejando tras de sí unos cortes que no llegaban a ser lo suficientemente profundos para matar; no al menos, de forma inmediata. Medina los fue acribillando a rajas, sin dejarles de hablar entre susurros, en el idioma de ellos, para que no tuvieran ninguna duda de lo que estaba sucediendo y por qué.

Los matones intentaron escapar pero se encontraron el callejón bloqueado por varios americanos de rostros impávidos, todos con una pistola en la mano. Atrapados, histéricos, consideraron que Medina era una amenaza menor y se giraron a luchar contra él. Craso error.

Rick Medina parecía una auténtica troceadora de verduras aquella noche. Cortaba tiras y cuadrados con precisión mecánica. Zigzagueaba y se precipitaba; con cada movimiento rápido de la navaja, los desposeía de alguna parte del cuerpo: una oreja, un dedo, la nariz. Ambos gritaban con voz ronca antes de que acabara con ellos, dándoles un corte limpio en la garganta y dejándolos caer. Con el rostro rígido y sin expresión, pasó por encima de los cuerpos para reunirse con el grupo silencioso al principio de la calle.

Medina se marchó solo, rechazando con indiferencia la compañía que le ofrecieron; al día siguiente, cuando salió a la superficie, su apreciado «yo» amable había vuelto de nuevo, las muertes resueltas y puestas a sus espaldas.

Así era Medina, pensó Dexter. Podía matar con la frialdad de una roca cuando la ocasión lo requería, pero no era un asesino. Por muy brutales que hubieran sido las ejecuciones, fueron tan sólo eso: ejecuciones. Una lección. Después de aquello, los jóvenes soldados americanos disfrutaban de una mayor seguridad cuando salían de juerga por los bares y prostíbulos de Saigón. Medina sabía que tendría que pagar un precio personal por las dos muertes y aceptó el coste.

Cualquiera que fuera el límite trazado en el alma de Medina, nunca lo había traspasado. Todas sus muertes habían sido justas. Cuando Dexter reconsideró aquello, advirtió que seguramente respetaba a Rick Medina más que a nadie en el mundo. Medina se había ceñido a su código; Dexter no, y había pasado todos aquellos años pagando ese error.

Si alguien podía atraparlo, ese era Medina.

El reconocerlo proporcionaba una dosis extra de emoción a aquel juego.

Finalmente Dexter se puso de pie en silencio. Un vistazo a las estrellas le dijo que habían transcurrido dos horas.

Había llegado el momento de deshacerse del disfraz de vagabundo. Le había servido bastante tiempo, pero ahora Medina estaba sobre su pista. Los callejones y los comedores de beneficencia serían los primeros lugares en los cuales miraría, así que Dexter tendría que esforzarse por no estar allí. Era una pena; los vagabundos disfrutaban de un anonimato que prácticamente ningún otro grupo poseía, porque la gente evitaba mirarlos. Los polis no perdían el tiempo con ellos, y ellos a su vez no eran muy propensos a hablar con la pasma de nada de lo que veían. Sin embargo, había otros disfraces que le serían igualmente útiles; el truco estaba en fundirse con el entorno, cualquiera que fuese.

Nueva Orleans ofrecía una rica variedad de posibilidades, y Dexter consideró unas cuantas mientras daba un rodeo hacia la zona del French Quarter, el Barrio Francés, que siempre estaba lleno de vida no importaba la hora ni el día. Tras cruzar St. Charles un par de veces y girar de nuevo, siempre vigilante, llegó por fin a Carondelet. Observaba los flancos todo el tiempo, alerta ante cualquier señal de que lo estuvieran siguiendo, pero no vio nada sospechoso.

Recorrió todo Carondelet hasta cruzar Canal, donde se convertía en la calle Bourbon. Los turistas deambulaban aún por las irregulares aceras, recién salidos de restaurantes, bares y antros de *striptease*. Algunos estaban claramente bebidos y sujetaban vasos de plástico que iban derramando cerveza o combinados. Más de uno llevaba collares baratos de plástico de diversos colores, también destacaban caretas recubiertas de lentejuelas, aunque el Martes de Carnaval había pasado hacía unos cuantos meses.

Las luces de los bares resplandecían en el pavimento húmedo, el jazz gemía a través de las puertas abiertas de los locales, colisionando con los ritmos más discordantes y enérgicos que llegaban de los antros de *striptease*, donde bailarines de aspecto aburrido, tanto hombres como mujeres, meneaban las caderas y hacían como que follaban con varas, fingiendo ser sensuales.

Las carcajadas de un grupo de turistas resonaron en el aire, se trataba de tres hombres jóvenes con aspecto de acaudalados, a cuyos brazos se aferraban unas resplandecientes muchachas con vestidos de cóctel. Mientras Dexter los observaba, un hombre de andar rápido pasó rozándoles y continuó su camino, giró en la siguiente calle y desapareció, con al menos una de las carteras de los jóvenes en el interior de la camisa. Ninguno de los turistas se dio cuenta de nada de lo que había sucedido.

Era como ver una película, como si él no habitara el mismo mundo que los turistas. No eran conscientes de su presencia, miraban más allá de su persona, a través de él. Dexter se estremeció de repente, a pesar del intenso calor de las noches de verano en Nueva Orleans. Desde Vietnam estaba desconectado de todo, pero de pronto se sintió aún más distante, como si los turistas no fueran capaces de oírle aunque gritara.

Era una sensación extraña y le hizo estremecer de nuevo. Anduvo calle abajo por Bourbon, echando un vistazo a las puertas abiertas a medida que pasaba por delante, la música y las risas reverberaban como si vinieran de lejos. El tráfico de peatones era más denso por esta zona, y los polis a caballo avanzaban con dificultad por ella, las herraduras de acero repiqueteando en el pavimento. Dexter apresuró la marcha, en busca de un callejón oscuro donde poder ponerse en cuclillas y espantar esa tétrica sensación. Esto no era el centro de la ciudad, sin embargo; era el Quarter, y los callejones solían ser entradas de patios. Si se trataba de patios privados, las entradas estaban bloqueadas con verjas bajo llave. Por otro lado, si el patio pertenecía a un restaurante, no encontraría nada de intimidad allí.

Se recordó a sí mismo que no había ido al Quarter en busca de privacidad; precisamente estaba allí porque Bourbon era una calle muy activa, y podía perderse entre los peatones. Todo lo que necesitaba era ignorar aquella sensación extraña y continuar con el asunto. Quizás abandonar Nueva Orleans por completo, ahora que Medina le seguía el rastro.

Medina. Dexter pensó en ello y se dio cuenta de lo que no concordaba, de lo que le había asustado. Medina no era el «guardián» de nadie. El hombre tenía sus principios. A la gente le ocurrían muchas cosas con el paso de los años, cambiaban por ello, pero sería necesario un torbellino para convertir a Rick Medina en un matón a sueldo.

Se presentaban tres posibles alternativas. La primera: Medina había sido engañado. Esa era la explicación más sencilla, pero posiblemente la más inverosímil dada la personalidad de Medina. No se tomaría muy bien el ser utilizado, y si alguna vez lo descubría, habría problemas.

La segunda: Medina definitivamente le estaba dando caza, pero para un tercero desconocido. Quizás el secreto no estaba tan bien guardado como él pensaba. Dios sabía que habría grandes argumentos. Esta posibilidad era la vía de escape al borde de la conspiración, pero como había dicho alguien, incluso los paranoicos tienen enemigos reales.

La tercera: Medina estaba aquí por otra razón muy distinta. Era mera coincidencia que Dexter lo hubiera visto y reconocido.

Eso era, seguro.

Dexter llegó a la altura de St. Ann Street y giró hacia allí, sin mirar a los escaparates de las tiendas de vudú al pasar junto a ellas. Todo aquello era jodidamente misterioso, y de momento ya tenía suficiente dosis de misterio. Quizá debería haber permanecido en Bourbon; St. Ann estaba vacía...

Medina salió a la luz frente a él, blandiendo una 22 con silenciador.

Dexter se detuvo y miró a aquellos ojos azules tranquilos. Su pistola estaba enfundada en el cinturón por la espalda, y supo que nunca sería capaz de alcanzarla a tiempo. La muerte lo miraba, y extrañamente pensó en Jeanette. Vio su rostro dulce, recordó con claridad la fuerza con que ella lo abrazó la última vez que la vio, y se sintió insignificante al darse cuenta de lo mucho que lo amaba.

Y, al mirar detrás de Medina, advirtió de pronto cómo estaba planeado. Había un cuarto escenario, uno que él había pasado por alto.

—¡Cuida...! —empezó a decir, pero el dedo de Medina había apretado ya con delicadeza el gatillo, y la bala certera se incrustó en su frente, cortando el pensamiento, el discurso y la vida.

Rick Medina se giró con rapidez, arrodillándose sobre una pierna, advertido por las últimas palabras que salieron de la boca de Dexter Whitlaw. Tenía la fuerza, la elegancia ágil de un bailarín, pero tenía cincuenta y seis años, y sus reflejos se habían ralentizado un poco. Sólo consiguió disparar una vez antes de que dos trozos de metal le golpearan el pecho cual sendas almádenas. Se desplomó en la desnivelada acera, con el cuerpo exento de sensibilidad y perdiendo poco a poco la visión al tiempo que intentaba fijarse en las tres sombras que revoloteaban sobre él. «Utilizado», pensó lleno de rabia. «Instigado y utilizado». Sintió una explosión de furia; y después, nada.

Un coche se detuvo en el bordillo, el maletero se abrió con estruendo. Rápidamente, los tres hombres levantaron el cuerpo de Medina y lo metieron en el maletero. Uno de ellos recordó recoger la 22 con silenciador y la arrojó junto al cuerpo; otro de los hombres dio unos golpecitos rápidos en los bolsillos de Dexter Whitlaw e hizo un gesto negativo con la cabeza a los otros dos. A continuación se introdujeron en el vehículo y se alejaron tranquilamente, justo cuando un hombre y una mujer giraban la esquina desde Bourbon Street y avanzaban hacia el cuerpo de Dexter Whitlaw.

La pareja vio al hombre en la acera, y la mujer tiró del brazo de su marido.

—No pasemos junto a ese borracho —le dijo. Achispado por un par de combinados, el hombre accedió, y cruzaron la calle para evitar acercarse demasiado a lo desagradable.

Transcurrieron otros veintitrés segundos antes de que cuatro mujeres jóvenes, que se balanceaban sobre altos tacones, con bolsitos de lentejuelas demasiado diminutos para ser de utilidad, y que reían tontamente acerca del desnudo masculino que acababan de ver, recorrieran felizmente y tambaleándose St. Ann calle abajo y descubrieran que el hombre que yacía en la acera tenía un agujero en la frente.

Sus gritos estridentes traspasaron la música y las risas que se elevaban desde la calle Bourbon. Unas cabezas curiosas se volvieron. Unos cuantos hombres emprendieron una carrera, como respuesta automática al sonido de mujeres angustiadas. Los siguieron más personas, que atrajeron la atención de una pareja de policías a caballo.

De haber estado vivo, Dexter Whitlaw podría haberles dicho que cuando la actividad se está apagando, veintitrés segundos son una eternidad. Los testigos desaparecen, los coches se esfuman, las oportunidades se pierden, y el paso del tiempo continúa su constante erosión del inútil rastro que dejaron otros.

# 4

—¡Mierda!

El inspector Marc Chastain se frotó el rostro sin afeitar y notó cómo le raspaban la mano los pelos crecidos de la barba. Bostezó y dio un sorbo al café caliente que uno de los guardias le había entregado. Eran las tres de la madrugada, lo cual significaba que había dormido apenas tres horas. Estuvo tentado de gruñir pero echó a un lado el mal humor. Tenía demasiado autocontrol para permitir que la falta de sueño le impidiera concentrar toda su atención en el trabajo. Ya recuperaría el sueño la noche siguiente, o la otra; el pobre vagabundo que yacía en la desnivelada acera no tenía esa opción.

Una de las desventajas de vivir en la zona del Quarter, aparte de las instalaciones eléctricas antiguas y de las cañerías incluso más viejas, era que si sucedía algo por allí, solía ser él el primero en aparecer en escena, lo cual significaba que se convertía en su caso. ¡Diablos! Había ido andando al lugar de los hechos y aun así llegó dos minutos antes que el siguiente inspector, Shannon.

A pesar de lo mal que se sentía, se encontraba mejor que el hombre «sin techo», rígido en la acera. Pestañeando sus ojos arenosos y tomando notas en su cuaderno, Marc inspeccionó la escena del crimen.

La víctima medía aproximadamente un metro ochenta y pesaba unos ochenta y cuatro kilos. Tendría unos cincuenta o cincuenta y cinco años. Pelo canoso, ojos marrones. Yacía medio retorcido sobre el costado derecho; el brazo del mismo lado se le había quedado atrapado bajo la espalda, de modo que lo apuntalaba e impedía que el cuerpo hubiera rodado por la acera. Tenía un agujero certero en la frente, pero no existía la herida correspondiente en la parte posterior de la cabeza, lo cual daba a entender que la bala no había salido. Una 22, pensó Marc. Sin la potencia suficiente para atravesar dos veces el cráneo, el plomo habría rebotado por el cerebro, destruyendo el tejido a su paso. No había rastro de sangre, lo cual revelaba que la víctima había muerto en el acto. Los profesionales usaban el calibre 22, pero también eran las pistolas más baratas y asequibles, hecho que las convertía en las favoritas, las «especiales del sábado noche» para los mocosos atracadores a mano armada. A pesar de todas las protestas para que se prohibieran las armas por completo, Marc consideraba que tenía mayores oportunidades contra una bala del calibre 22 mal apuntada que contra una hoja de 20 centímetros o contra un bate de beisbol con clavos, porque cuando un mal tipo se acercaba lo suficiente para usar alguna de estas últimas armas, significaba que él estaba bastante grave y los resultados serían bastante más brutales.

No podía descartar las drogas como el móvil de este asunto, aunque los camellos, ya fueran de por libre o pertenecieran a alguna banda, preferían por lo general las grandes armas de fuego. Les gustaban las «barrederas de calles» porque pensaban que era impresionante arrojar todo ese plomo en un par de segundos. Un único agujero certero en la cabeza no era su estilo, no era lo bastante dramático.

Marc levantó la cabeza y miró alrededor. Las cegadoras luces brillantes de las cámaras de televisión lo deslumbraron y entrecerró los ojos para filtrar la luz mientras inspeccionaba la multitud que se había congregado. Cuatro mujeres jóvenes, vestidas para pasar una noche en la ciudad, habían sido separadas del resto; una de ellas lloraba histérica, y un médico estaba intentando calmarla. Aquellas cuatro jóvenes habían descubierto el cuerpo. Un guardia estaba hablando con las otras tres que se mostraban más lúcidas, pidiéndoles los nombres y tomando nota. Marc se dedicaría a los testigos en unos minutos.

Las demás personas habían sido atraídas por los gritos de las muchachas, y a su vez la multitud había atraído a las cámaras. Suspiró. Normalmente, la muerte de un «sin techo» apenas merecía una mención en los periódicos, y mucho menos la cobertura en la televisión. Si el cuerpo hubiera sido descubierto por un guardia, no se habría montado ese circo. Pero Nueva Orleans era una ciudad turística, y cualquier cosa que involucrara a los turistas era noticia. Ahora los periódicos y los estudios de televisión estarían repletos de más historias sobre el horrible índice de asesinatos de Nueva Orleans.

No importaba que la mayoría de las muertes ocurrieran entre la comunidad drogadicta, que la media de los ciudadanos estuvieran tan seguros como en cualquier otro sitio, suponiendo que los ciudadanos tuvieran el suficiente cerebro para mantenerse alejados de determinados barrios; las estadísticas eran las estadísticas y por tanto dignas de ser entonadas una y otra vez por las solemnes cabezas pensantes. Bajo la presión de los ciudadanos ahora asustados, quizá más por la pérdida de los dólares de los turistas que por cualquier peligro perceptible para sus vidas, el alcalde se echaría encima del comisario de policía. El comisario a su vez se echaría encima del jefe, y la mierda se iría filtrando hacia abajo, salpicando a cada uno de los inspectores y de los guardias de la ciudad.

Maravilloso.

Bajó la vista hacia la víctima, y grabó todos los detalles en la memoria. Esta vez advirtió un extraño pliegue en la camisa de la víctima, un bulto raro en la región lumbar. Se puso en cuclillas junto al cadáver, utilizó la pluma para levantar con cuidado el faldón de la camisa y exponer el arma metida en la parte de atrás del cinturón.

—¡Jesús! —dijo Shannon, al colocarse de pie a su lado—. Da la sensación de ser una pieza muy cara para que la lleve encima un vagabundo. Me pregunto dónde la robaría.

Marc se levantó para impedir que las cámaras de televisión los vieran. Tomó una bolsa de pruebas y, utilizando de nuevo la pluma, liberó la pistola del cinturón de la víctima.

—Una Glock del calibre 17 —murmuró, al tiempo que estudiaba la valiosa arma. Si en la zona se hubiera robado una Glock, el propietario habría denunciado el robo, en el supuesto de que se hubiera enterado de que le faltaba la pistola. Eran muchos los que compraban armas y las guardaban, y luego dejaban pasar los meses hasta que volvían a sacarlas. Malditos descuidados. Si la gente adquiría un arma, se debían a sí mismos y a su familia convertirse en diestros con el arma, practicar regularmente y mantener la pistola en buenas condiciones, y saber dónde diablos se encontraba.

Levantó el arma y aspiró. No había sido disparada; no olió el hedor de la pólvora quemada, sólo percibió la esencia áspera y limpia del metal, del plástico y de la grasa de la pistola. Estaba en perfectas condiciones, bien cuidada y conservada. No comprobó el cargador, dado que no quería borrar ninguna huella, pero apostaría que estaba cargada.

—¿Disparó con ella? —preguntó Shannon.

—No. —Marc depositó el arma en la bolsa de pruebas, estudiando todo el tiempo a la víctima en busca de otros detalles interesantes.

Definitivamente, la posesión de una Glock elevaba al personaje de vagabundo vulgar a vagabundo distinguido, lo cual despertaba la curiosidad de Marc en igual proporción. ¿Por qué llevaría un vagabundo una Glock? ¿Por drogas? No era probable. Los vagabundos de las calles eran consumidores, no camellos. Esa era una de las principales razones por las cuales se convertían en vagabundos. Como consecuencia, suponiendo que robara la Glock, quizá para venderla y conseguir drogas, ¿por qué la conservaba todavía? Sería fácil deshacerse de una Glock. Quizá sintió que necesitaba protección, a pesar de lo bien que le hubiera venido venderla.

¿Por qué iba a necesitar protección? La gente que estaba preocupada por su seguridad hacía un esfuerzo por no vivir en las calles.

A medida que examinaba el cadáver, algo, un recuerdo, algo familiar empezó a rondarle la mente. No era la víctima en sí, pero había algo... Desenfocó la vista un poco para tener una visión de conjunto, sin centrarse en nada concreto, y entonces lo comprendió: la suciedad.

La víctima estaba sucia, algo normal en un vagabundo. Pero daba la impresión de que tenía el rostro y las manos manchados de forma deliberada. Una imagen iluminó la mente de Marc, y levantó la cabeza con brusquedad.

—¿Qué ocurre? —le preguntó Shannon, que se puso en cuclillas al lado de Marc, con sus oscuras cejas fruncidas. Era un hombre de color, delgado, recientemente ascendido a inspector, inteligente, fuerte y ansioso por aprender.

—Creo que es un ex militar. —Con cuidado, empezó a dar unos golpecitos en los bolsillos de la víctima en busca de documentación, pero estaban vacíos.

—¿Por qué lo crees?

—Mira cómo tiene las manos y la cara.

Shannon examinó el cadáver. Había pasado cuatro años en el Ejército, y por tanto tenía algo de experiencia.

—Camuflaje —dijo, ligeramente sorprendido—. Se estaba escondiendo.

—Seguramente de quien lo mató. —Marc inspeccionó la acera y la calle. No había nada nuevo en la zona del Quarter; todo estaba sucio desde hacía tiempo. Si las cámaras de televisión no hubieran estado allí, tal vez no lo hubiera visto, pero el brillo de las luces iluminaba la escena como si fuera de día. Incluso así, las manchas oscuras que se encontraban a unos tres metros se fundían con la humedad de la acera, de forma que apenas se distinguían.

—Echa un vistazo a esto. —Se puso en pie y se dirigió hacia las manchas. Shannon le siguió.

—Más sangre —dijo Shannon.

—¡Ajá! Pero dudo de que sea de la víctima. El disparo en la cabeza lo mató en el acto; no sangró lo suficiente ni para llenar un dedal.

Shannon miró hacia el cuerpo.

—Pero me has dicho que no disparó el arma. ¿De dónde ha salido esta sangre?

—¿Has leído las notas de los guardias?

—Sí, ¿qué ocurre con ellas?

—Encontraron cuatro casquillos, todos del calibre veintidós. ¿Y cuántos agujeros tenía la víctima?

—Uno. Pero es posible que dispararan cuatro veces y sólo la última lo alcanzara.

—Tenía una Glock 17 en el cinturón. Si alguien le estaba disparando y falló tres veces, ¿no crees que al menos habría intentado defenderse? No se hubiera quedado allí de pie mientras le disparaban las tres primeras balas, por tanto no hay duda de que murió por el impacto de la primera, o como mucho de la segunda; si hubieran sido más disparos, le habría dado tiempo a reaccionar.

—Así que tenemos dos, quizá tres disparos de los que no hay explicación, y sangre en otro lugar.

—Eso es. De ello se deduce que quienquiera que matara a nuestra víctima disparó también contra el desconocido que ha dejado el rastro de sangre, que puede que esté muerto o no... Tal vez aparezca otro cuerpo en algún otro sitio, aunque no encuentro ninguna lógica en llevarse un cuerpo y dejar el segundo aquí, a menos que los perpetradores no tuvieran bastante tiempo para hacerse con el otro cadáver.

—¿Perpetradores? ¿Entonces no se trata de un solo tipo?

—Tendría que ser muy fuerte para cargar con un muerto. Tú ya sabes lo que es eso. Se desploman por todos lados.

—Además, son un peso muerto —subrayó Shannon, con el rostro impávido.

Marc escondió una sonrisa bajo un simulacro de tos para que las cámaras no captaran la imagen de un poli insensible riéndose ante un cadáver. Los polis tenían que reírse, de lo contrario no serían capaces de soportar las carnicerías que veían.

—Puede que el donante de sangre se alejara por su propio pie —sugirió Shannon—. No hay mucha sangre.

—Tampoco se ve ningún rastro de sangre, aunque sería difícil divisar unas gotas sobre el pavimento húmedo y en la oscuridad. ¿Qué fue lo que hizo, administrarse él mismo los primeros auxilios con tanta rapidez y limpieza que ni siquiera una gota cayó al suelo?

Shannon sacudió la cabeza como respuesta a la pregunta de Marc. Incluso un corte en un dedo solía gotear antes de que la sangre pudiera ser restañada.

—Así que... piensas que había dos o más perpetradores, y que al tipo desaparecido se lo llevaron a cuestas de aquí.

—Lo has comprendido muy rápido.

—¿De qué crees que se trata, de un asunto de drogas que ha acabado mal o de una disputa de vagabundos por una casa de cartón?

—No lo sé. Tendría que haber al menos tres partes involucradas, y eso no parece encajar. Nuestra víctima, que iba armada, no tuvo oportunidad de protegerse, de lo cual se deduce que fue cogida por sorpresa. No hay ningún testigo, ningún arma, ningún móvil conocido.

Shannon echó un vistazo a la multitud.

—¿Entonces, qué hacemos?

—Fingir que hacemos lo que es debido. —Era la triste realidad de la vida, pero ningún departamento en el país dedicaría muchos esfuerzos a atrapar al asesino de un vagabundo. Marc era implacablemente pragmático; los recursos de la ciudad eran limitados, como consecuencia el dinero y el esfuerzo debían destinarse donde hicieran el mayor bien, es decir a proteger a los ciudadanos normales, respetuosos de la ley, aquellos que trabajaban y pagaban sus impuestos e iban a los partidos de pelota de sus chiquillos.

—Si se trata de un ex militar, según creemos, al menos deberíamos ser capaces de identificarlo.

—Así es. —Shannon se puso en pie—. Desafortunadamente fueron turistas los que lo descubrieron.

Sin los turistas, todo esto se hubiera resuelto sin ningún alboroto. Con la presión que se ejercía para mantener bajo el índice de asesinatos, de vez en cuando había rumores de que algún cuerpo había sido llevado en secreto al otro lado del río, al municipio de Jefferson, y arrojado allí, de ese modo la muerte no saldría reflejada en las estadísticas de Nueva Orleans. Marc, personalmente, nunca lo había hecho, nunca había preguntado, así que no podía decir si realmente ocurría o no. En Nueva Orleans, todo era posible. También era igualmente posible que el rumor fuera el resultado de que alguien sorprendiera a dos polis diciendo que «desearían» poder arrojar un cuerpo en algún lugar. Pero el rumor se unía a la reputación de Nueva Orleans y, cierto o no, había entrado a formar parte de la tradición local.

—La agitación disminuirá —pronosticó de manera escueta—. La prensa le dará mucha importancia en las noticias de la mañana, lo identificaremos como un «sin techo», lo mencionarán en la prensa de la tarde, y entonces pasará a la historia.

Shannon se encogió de hombros, aceptando la realidad con la misma facilidad que Marc. Echó un vistazo a los edificios antiguos en mal estado.

—¿Vives en el Quarter, verdad?

Se encaminaron de nuevo hacia el cuerpo.

—Sí. Tengo una casa en St. Louis.

—¿Cómo la conseguiste, hombre?

—La heredé de mi abuela.

—¡Mierda! ¿Así que perteneces a una de esas antiguas familias criollas?

—Mi abuela pertenecía. Mi padre era un irlandés pobre. —Marc no añadió que había crecido en la casa de St. Louis; no hizo alarde de sus orígenes. Dar importancia a su herencia sería estúpido. Además, no había nada de lo que pavonearse. Su padre no había sido capaz de conservar un empleo, así que su abuela, antes de ver a su hija y a su nieto vivir en tugurios cada vez peores hasta que acabaran siendo unos «sin techo», los acogió en su casa y toleró, de mala gana, la presencia de su yerno como precio que debía pagar para tener la conciencia tranquila. Su abuela siempre se había comportado como una reina destronada, aunque el dinero de la familia había desaparecido hacía tiempo, y todo lo que quedaba era la gran casa del Quarter.

Marc no se consideraba un criollo; sencillamente era un estadounidense. Aparte de eso, era un poli condenadamente bueno, lo bastante realista para reconocer que había momentos en los que podía hacer una distinción y momentos en los que no. Este era uno de esos en los que no podía, y no perdió tiempo en machacarse a sí mismo con ello.

Aun así, mientras miraba a la víctima, no podía evitar preguntarse si aquel tipo tenía familiares, dónde se encontraban, si incluso les importaría que estuviera muerto. La mayoría de los vagabundos de las calles eran despojos, demasiado perezosos para trabajar, metidos en las drogas y delitos insignificantes. Pero algunos eran discapacitados mentales, incapaces de cuidarse por sí solos, y Marc no tenía ninguna paciencia con las familias que sencillamente los expulsaban para que se las arreglaran por sí mismos. De acuerdo, eran un gran problema, un inmenso problema, pero ellos no lo podían evitar, y se suponía que las familias debían cuidar de lo suyo. Quizás estuviera chapado a la antigua, pero su abuela había antepuesto la familia a todo, y su ejemplo había prendido.

Marc se puso en cuclillas otra vez junto al cadáver y le examinó los ojos, al tiempo que se preguntaba por la obra que se había representado allí, en medio del Quarter, sin que nadie oyera ni viera nada sospechoso. No se informó de ningún disparo de arma, a pesar de que se habían disparado cuatro tiros. ¿Con silenciador? Aquello le hizo pensar en profesionales, y estos le llevaban al crimen organizado, nada de traficantes de droga. Este tipo no tenía aspecto de drogadicto, en cualquier caso; bajo la suciedad, daba la impresión de ser bastante musculoso y estar bien alimentado. Los vagabundos de las calles, hoy en día, podían comer igual de bien que cualquier hijo de vecino, con todos esos albergues y comedores de beneficencia, además los drogadictos no estaban muy interesados en la comida. Y los traficantes normalmente no eran unos «sin techo»; necesitaban una base de operaciones.

Se frotó la nariz. No parecía un asunto de drogas. Quizás el tipo tan sólo había enfurecido a la gente equivocada; quizá se encontraba en el lugar equivocado a la hora equivocada y algún tipo listo le bajó los humos. Probablemente nunca lo supiera, pero diablos, cómo odiaba los misterios.

Los «chicos del furgón de la carne» se acercaron.

—¿Ha terminado, inspector?

Marc se puso en pie.

—Sí.

No quedaba nada más por hacer, ningún detalle más por recoger de la escena del crimen. Quizás el médico forense pudiera sugerir un nombre, pero aparte de eso, probablemente supieran ya más sobre la víctima de lo que jamás llegarían a descubrir.

Mientras tanto, tenía a cuatro mujeres por interrogar. Después de ver cómo cargaban el cuerpo y se lo llevaban, lanzó una mirada a Shannon.

—¿Quieres hacer unas cuantas preguntas?

El joven inspector desvió la mirada hacia las mujeres.

—Mientras no tenga que hablar con la que está berreando. ¡No se ha callado desde que he llegado!

—Limítate a lo imprescindible. Me pondré en contacto con ellas mañana. —Podría pedirles que se acercaran al Distrito Ocho, pero no quería hacerles las cosas más duras de lo necesario. Las jóvenes, que aparentaban poco más de veinte años, habían ido al Barrio Francés para divertirse. La brutalidad de la muerte no las había tocado antes; podía perdonarles unas cuantas lágrimas.

—Tómatelo con calma —le aconsejó a Shannon en voz baja a medida que se acercaban—. Necesitan unas cuantas caricias.

Shannon le lanzó una mirada de perplejidad; en caso de que el veterano inspector no lo hubiera advertido, era negro, y las testigos no. ¿Acariciarlas? ¿Estaba loco?

Aunque Shannon llevaba como inspector tan sólo unos pocos meses, había oído comentarios. Chastain en cierta manera lo guardaba para sí, pero era muy apreciado en el departamento. Se decía que era el mejor interrogando, tanto a testigos como a sospechosos, porque cuando las circunstancias lo requerían, era sereno y moderado y podía calmar al testigo más histérico, pero también era verdaderamente severo con los tipos malos.

«Chastain —decía uno de los inspectores—, es de la clase de tipos que llevan una cuchilla consigo». Shannon deducía de aquello que no se refería a la típica navaja de bolsillo utilitaria que llevaban casi todos los hombres, sino a la navaja cuya función exclusiva era la de arma.

Así era; eso describía a Chastain absolutamente. Un excelente luchador de navaja era suave y controlado, escurridizo y letal.

Shannon también admiraba el estilo de Chastain. No había más que echarle un vistazo: era obvio que se acababa de levantar, sin afeitar, los párpados hinchados; sin embargo, llevaba puestos unos pantalones de lino plisados, una especie de polo suelto que le caía con armonía y una chaqueta de color crema. Incluso sus pies desprovistos de calcetines eran armoniosos, como si lo hubiera planeado. Bien, eso era tener estilo.

Llegaron hasta el grupo de jovencitas y se presentaron. Shannon notó el cambio de voz de Chastain, se hizo un susurro, más amable. Las mujeres se acercaron a él con sutileza, con los ojos aturdidos y asustados clavados en el rostro de él. Incluso la joven que continuaba sollozando intentó controlarse. Con delicadeza, Chastain separó el grupo, apartando a dos de las mujeres a unos cuantos pasos hacia Shannon. La chica continuó lloriqueando, aunque más tranquila ahora. Shannon escuchó a Chastain emitir unos sonidos bajos de consuelo, eran poco más que unos susurros sordos en su garganta. Antes de que Shannon pudiera hacer un esfuerzo por ordenar sus ideas y hacer algo más que preguntar nombres, advirtió que la joven se estaba secando los ojos y respondía a las preguntas de Chastain atorada y titubeante, pero con un comportamiento mucho más tranquilo.

Eran poco más de las cinco antes de que la escena estuviera totalmente despejada. Las testigos fueron escoltadas a su hotel por un guardia; la multitud, dispersada; y los medios de comunicación ya estaban nutridos de suficiente información para sus historias sin darles ningún detalle salaz. La calle empezó a ordenarse para la siguiente oleada humana. Las mañanas atraían a un surtido diferente de gente a la zona del Quarter: vendedores, repartidores, turistas que se sentían más seguros durante el día o que simplemente no tenían interés por la vida nocturna.

Marc maldijo para sí cuando pensó en el papeleo que tenía que hacer. Le gustaría irse a casa y tirarse en la cama, pero ya había dormido todo lo que tenía que dormir por aquel día. Se pasó la mano por el rostro, la barba incipiente de hacía unos días le raspaba. El papeleo podría esperar hasta que se duchara y afeitara.

—No tiene sentido ir andando cuando tengo mi coche aquí —dijo Shannon, cogiéndole el paso—. ¿Vas a casa o a la comisaría?

—Primero a casa. Luego a la comisaría. Gracias por el viaje. —Llegaron hasta el coche de Shannon, y Marc se deslizó en el asiento del pasajero.

—¿Así que estuviste en el Ejército? —le preguntó Shannon—. Lo digo porque te diste cuenta del camuflaje.

—En los marines. Justo al terminar la secundaria. De ese modo podía ir a la Universidad.

—Entiendo. —Shannon se había alistado con el mismo objetivo. Resultaba extraño que tuvieran eso en común, un individuo negro y rudo procedente de los barrios bajos y un tipo blanco refinadamente sofisticado procedente de una de las antiguas familias criollas francesas.

No había tráfico con el cual competir, así que en menos de un minuto, llegaron a St. Louis. Shannon redujo la marcha.

—A la izquierda —le indicó Chastain—. Ahí es, a la derecha, en la manzana de en medio. La cancela azul.

Shannon se detuvo frente a la cancela azul. Al más puro estilo del Barrio Francés, la gran cancela se ajustaba a una sólida muralla que proporcionaba privacidad al patio que se extendía tras ella. Las antiguas casas criollas se construían alrededor de un patio central, orientadas hacia el interior de sus propios jardines más que hacia la parte que daba a la calle. Unos largos balcones de hierro forjado se extendían por encima de la acera, los balcones de la tercera planta daban techo al que había en la segunda. Unas altas contraventanas blancas enmarcaban dos juegos de cristaleras que se abrían hacia el balcón, y Shannon pudo ver un par de sillas de jardín y un pequeña mesa allí arriba. Dos exuberantes helechos colgaban del borde de la terraza.

—¿Helechos? —Shannon no pudo evitar el tono de incredulidad de su voz. Chastain no estaba casado. Lo helechos no eran comunes entre los solteros heterosexuales.

Chastain rió entre dientes.

—Relájate. Son un regalo de una antigua novia. A las mujeres les gusta, así que los cuido. No son muy problemáticos, tan sólo los riego de vez en cuando.

La madre de Shannon tenía helechos, así que sabía que había algo más que el riego esporádico en el mantenimiento de los mismos. Esbozó una leve sonrisa entre dientes, al imaginarse el lento desfile de mujeres manteniendo los helechos de Chastain en buen estado, nutriéndolos, podándolos y regándolos. Quizá debería adquirir algunos helechos.

—¿Te apetece un café? —le preguntó Chastain—. ¿O te vas a casa?

—No, no tiene sentido hacerlo ahora. Lo del café suena muy bien.

—Entremos entonces.

Un poco sorprendido por la invitación, pero ansioso por la oportunidad de adquirir un poco más de conocimientos, Shannon salió del coche. Chastain abrió con llave la cancela, se introdujeron en una estrecha y larga entrada de ladrillos. Un único dispositivo de luz fijo en la pared iluminaba el camino. Un patio se abría más allá de donde se encontraban, y en la oscuridad previa al amanecer, Shannon tuvo la sensación de que la vegetación exuberante y la dulce fragancia de las flores le intimidaban.

Chastain giró a la derecha y ascendió por un tramo de escaleras.

—Transformé la casa en cuatro apartamentos —explicó—. Era el único modo que tenía de hacer frente a su mantenimiento. Este es el mío.

Cuando llegó al balcón superior, abrió con llave otra puerta, alargó el brazo, encendió la luz y le indicó a Shannon que entrara.

Shannon echó un vistazo alrededor, lleno de curiosidad. Los techos eran altos, al menos de unos cuatro metros, los suelos de madera de roble, desnudos salvo por unas cuantas alfombras deshilachadas. Un ventilador que giraba con lentitud colgaba del centro del techo. La mayoría de los muebles de Chastain estaban tan estropeados y pasados de moda que Shannon pensó que debieron pertenecer a su abuela, aunque unas cuantas piezas habían sido añadidas aquí y allí. El lugar se encontraba limpio y bastante ordenado, a pesar de los periódicos del suelo junto al gran butacón, de la taza de café depositada sobre una mesa baja, y de los libros esparcidos alrededor.

—¿No hay televisión? —dejó escapar de repente.

—Está en el armario —respondió Chastain, haciendo un gesto con la cabeza hacia un inmenso mueble—. A mi abuela le encantaba ver los seriales de televisión, pero se negaba a dejar el aparato fuera donde sus amigos pudieran ver que poseía uno. La cocina está por aquí.

Lo guió, pasando junto a un pequeño comedor adosado a la izquierda, luego empujó las puertas plegables y entraron en la cocina. Era una habitación cuadrada funcional, sorprendente por su normalidad. Horno, frigorífico, microondas, tostadora, cafetera; Shannon en cierta manera esperaba encontrar una especie de superrobot o algo así, dado que Chastain parecía ser un hombre a quien le gustara la cocina elaborada y quisiera tener todo tipo de electrodomésticos a mano para que sus novias cocinaran para él. Había una mesa de madera para dos colocada contra la pared.

Chastain midió el café y el agua con maestría y enchufó la cafetera.

—Siéntete como en tu casa —le dijo—. Saldré antes de que el café esté listo. ¿Tienes hambre?

—Comería algo.

—Hay algunas cosas de repostería en el congelador. Mete algo para los dos en el tostador.

Un poco más tarde, Shannon oyó el sonido de la ducha. No quería poner las tortas en el tostador demasiado pronto, así que se dirigió hacia las cristaleras y salió al balcón. Su coche estaba aparcado justo debajo. A su izquierda, unas luces venían del otro par de puertas, imaginó que se trataba del dormitorio de Chastain.

Shannon pensó en su propia casa, con ropa sucia por el suelo, platos en el fregadero y polvo por todas partes. Si llevaba a una chica por allí, tenía que precipitarse en una carrera para empujar la ropa bajo la cama o meterla en el baño, para esconder los platos sucios en el horno e intentar quitar lo más gordo del polvo, luego tomaba un bote de ambientador para cubrir el olor a calcetines durante unos instantes. Chastain podía llevar allí a una monada en cualquier momento sin preocuparse de cómo se encontrara el lugar.

Ese era el modo de vivir, hombre. Nada de lujos, y además todo poco más o menos era viejo como el demonio, pero apostaba que Chastain atraía a las nenas como un imán. El modo en que se vestía, el modo en que vivía... a las mujeres les gustaban esas cosas.

Shannon se apoyó de nuevo contra la baranda, pensativo. Quizá no pudiera poseer una casa en el Barrio Francés, pero podría cuidar mejor su nido, limpiarlo, quizá comprar unas cuantas plantas o algo así. Nadie tenía por qué saber que las había adquirido él mismo en vez de una novia. Y necesitaba unos cuantos trapos nuevos; unas buenas camisas y una bonita chaqueta o dos. Y puede que un super-robot. ¿Por qué no? ¡Qué demonios!

Estaba tan ensimismado con sus planes que no oyó que dejaba de caer agua en la ducha. Unos minutos más tarde, se sobresaltó cuando Chastain salió al balcón, recién afeitado y con su corto cabello negro pegado al cráneo. Se estaba abotonando una elegante camisa blanca de manga corta, hecha de una tela sedosa.

—¡Ah, demonios! —exclamó Shannon, disgustado consigo mismo—. Me he olvidado de las Pop-Tart.[1]

1. Pop-Tart: marca de una clase de galletas o tortas que pueden estar rellenas de mermelada y calentarse en un tostador.

—Ya las he metido yo.

Shannon se sintió avergonzado al hablar.

—Tan sólo estaba... Oye, este es un lugar agradable, ¿lo sabes? La casa, todo. Y he advertido el modo en que te comportabas con las testigos, como si fueras a rodearlas con tus brazos y a decirles: «Bueno, ya ha pasado todo», en cualquier momento. A las mujeres les gusta esa mierda, ¿verdad? Quiero decir, treinta segundos de paripé, y aquella chica cerró el grifo y empezó a hablar. Pensé que iba a arrojarse a tus brazos.

—Merecen cierta atención —dijo Chastain con tranquilidad—. No habían hecho nada malo y estaban preocupadas. No están acostumbradas a ver lo que tú y yo vemos todos los días. —Del interior llegó el sonido del tostador que había expulsado su contenido, y los dos hombres entraron.

Chastain cogió dos tazas del armario y las llenó de café. Lo había hecho fuerte, al estilo de casi todo el mundo en Nueva Orleans, y la cocina se había inundado con la fragancia de la achicoria. A continuación, colocó las tortas en dos platos, las espolvoreó con azúcar y se las entregó a Shannon, que las depositó en la pequeña mesa de madera mientras él sacaba dos tenedores del cajón.

—Esto no son Pop-Tart —dijo con brusquedad.

—Una amiga...

—... las hace para ti —terminó Shannon, y suspiró.

—¡Ajá! Me vienen de miedo cuando no tengo tiempo de desayunar en condiciones.

—¿Cuántas amiguitas tienes?

—Tengo muchas amigas. No salgo con todas ellas.

Shannon captó el mensaje. Un caballero no alardea de novias.

Estas pocas horas con Chastain habían sido toda una revelación, pensó Shannon. Observar cómo trabajaba, ver cómo trataba a las testigos, cómo vivía y se vestía y se comportaba, hizo que Shannon cayera de repente en cómo debía ser un hombre.

—Apuesto a que les abres la puerta a las mujeres, ¿verdad?

—¡Claro que sí!

Naturalmente. Eso era. La actitud. La actitud lo era todo. Shannon se sintió casi sin respiración. En el momento que hiciera unos cuantos cambios, prácticamente podría ver a las mujeres haciendo cola para estar con él.

—¿Cuál es tu nombre de pila? —le preguntó Chastain cuando la torta de su plato había prácticamente desaparecido.

—Antonio.

—Bien, Antonio, tienes que imaginarte que los testigos están ya de por sí nerviosos; no necesitan que venga nadie a hacerse el duro con ellos. Tranquilízalos de forma que puedan pensar, pon un tono moderado para que no se sientan amenazados y se guarden la información para sí. —Se detuvo para dar un bocado—. Digamos que tienes a un par de chiquillos que estaban en algún lugar donde no deberían, y que vieron algo. Si tienen miedo, mentirán para cubrirse las espaldas porque saben que sus padres se van a enfadar mucho. Tranquilízales. Habla con los padres si es necesario, para que no asusten a los muchachos y les hagan encerrarse por completo. No conseguirás nada si ocurre eso.

Shannon conocía las técnicas de los interrogatorios; preséntese como una persona comprensiva, incluso simpática. Puede que le estés hablando a un tipejo que sabes que golpeó a su mujer hasta matarla. Le dices: «Oye, sé cómo te sientes. Algunas veces mi mujer me pone nervioso, y lo único que deseo es hacer un agujero en algún sitio, ¿me entiendes?». No importa que estés mintiendo; el agresor no lo sabe. Tiene miedo, está preocupado, perdió el control y mató a su esposa, y sólo ve problemas. Una voz amable es quizá todo lo que necesita para descubrir sus entrañas. Chastain ofrecía también ese mismo oído amable y comprensivo a los testigos. La gente probablemente tropezara con sus propios pies para llegar hasta él y empezar a hablar.

—¿Cuántas pesquisas llevas a cabo normalmente en un caso como este? —le preguntó a Chastain con curiosidad.

—Tantas como el teniente quiera que realice. —La voz de Chastain era neutra—. Si conseguimos identificarlo, se lo notificaré a su familia. Lo más probable es que no les importe, pero al menos pueden hacerse cargo del entierro.

—¿Crees que era un demente?

Chastain se encogió de hombros, en un ademán que indicaba que las probabilidades eran infinitas.

—No parecía un toxicómano, no tenía ese aspecto de desecho. Algunos de los «sin techo» tienen familia que les envían dinero. Es mucho más fácil que intentar hacerse cargo de alguien con una demencia. Se limitan a dejarlos en la calle.

Shannon asintió. La situación no era tan anormal. Allá en los setenta o principios de los ochenta, un grupo de bienhechores fue a los tribunales para conseguir que los pacientes fueran liberados de las instituciones mentales y se basaron en que eran perfectamente capaces de desenvolverse en la sociedad. Bien, así era, mientras tomaran su medicación. Pero los locos tomaban los medicamentos sólo cuando vivían en un ambiente controlado, como en el caso de una institución mental. En el mundo real, muchos de ellos abandonaban las pastillas y sobrepasaban el límite más allá de lo que sus familias podían controlar. Cuando la tensión se hacía insostenible, muchos de los dementes acababan en las calles, incapaces de conservar un empleo, ni siquiera de mantener una conversación decente. Deambulaban arrastrando los pies, hablando solos, insultando a la gente, haciendo sus necesidades en público. Eran blancos fáciles para la estúpida violencia callejera, echados en el mismo saco que los drogadictos y los delicuentes.

Algo en la voz de Chastain alertó a Shannon, el tono bajo y frío.

—¿Estás cabreado, verdad?

—Todavía no. Si resulta que tiene una familia que pudo haberse ocupado de él, entonces me cabrearé.

Dijo aquellas palabras con suavidad, pero un escalofrío recorrió la espalda de Shannon. Le chocaba que a pesar de la refinada educación de Chastain, cuando estaba cabreado podía ser un auténtico hijo de puta.

Chastain recogió los platos, los aclaró y los colocó en el lavavajillas. Tras rellenar de café las tazas de ambos, dijo:

—Nos llevaremos el café. Vayamos a hacer el papeleo. —Ambos suspiraron.

Marc hizo un repaso mental. Si tenía tiempo, seguiría con el caso quizás un poco más de lo que haría normalmente. Por una sola cosa: quería descubrir dónde había conseguido ese tipo la Glock 17. Las pequeñas rarezas como aquella le sacaban de sus casillas.

## 5

—¿Cómo os deshicisteis del cuerpo?

—Condujimos su coche alquilado hasta Mississippi, lo pusimos dentro y lo limpiamos todo. Hicimos que pareciera un robo. Lo encontrarán dentro de un par de días.

—¿Cómo? —El primer hombre se incorporó en su inmenso sillón de piel, que había costado casi tanto como un coche corriente—. ¿Por qué diablos no lo arrojasteis en un brazo pantanoso del río, para que lo encontrara un caimán? —Estaba encolerizado.

El hombre que se encontraba de pie ante él agitó con paciencia la cabeza.

—No querrá que un montón de espías se pongan a buscar a un colega desaparecido. Nos puede caer la cagada más inesperada.

—Medina era de la CIA. No se le permite a la Agencia operar dentro del país.

Como si las normas... y las leyes... no se quebrantaran todos los días, pensó el otro, fatigado. Naturalmente, se suponía que la Agencia no operaba dentro del país. Pero, por todos los demonios, ¿había alguien tan ingenuo como para creer que eso no ocurría de todas formas? Extraoficialmente, por supuesto. Ni siquiera se molestó en replicar a esa tontería, y se limitó a decir con tranquilidad:

—Buscar a Medina no es lo mismo que llevar a cabo una operación. Además Medina era un agente contratado, no un hombre de la compañía, o sea que trabajaba también para otra gente. La CIA es lo que menos me preocupa. Déles el cuerpo, para que sepan lo que ocurrió. Dijo que Medina era un tipo verdaderamente duro, pero, por lo que he oído, no llegaba a la altura de su hijo. Preferiría no tener a Medina hijo husmeando alrededor en busca de su viejo.

—No sabía que tuviera un hijo —replicó el primer hombre, preocupado, al tiempo que fruncía el ceño. Echó un vistazo a la fotografía enmarcada que descansaba encima del escritorio, a los queridos rostros sonrientes. Su propia familia era de vital importancia para él. De joven, lo único que deseaba era ganarse la estima de su padre y hacer que se sintiera orgulloso de él. No se atrevía a esperar menos del hijo de Rick Medina.

—Hay mucha gente que tampoco ha oído hablar de él. Yo mismo sólo he escuchado unos cuantos rumores, y eso porque he hecho algún trabajo en la empresa.

—¿Puedes enterarte de dónde vive, y de qué aspecto tiene?

—No hay nada que hacer. —El segundo hombre meneó la cabeza—. No tengo los contactos necesarios, e incluso si los tuviera, una pregunta como esa me llevaría a la muerte en una hora. Se lo aconsejo, dejémoslo aquí. No hagamos nada que pueda atraer la atención sobre nosotros.

—¿Qué ocurrirá si has cometido un error, si has dejado alguna huella o algo por el estilo?

—No lo cometí. Llevábamos guantes, nos deshicimos de las armas, quemamos la ropa. No hay nada que pueda relacionar a Medina con nadie. Si tanto le preocupa, debería haber contratado a otra persona para que acabara con Whitlaw.

—Ningún otro llegó siquiera a acercársele tanto. Era demasiado bueno. Necesitaba a alguien tan bueno como él. —Ese alguien había sido Rick Medina. Desgraciadamente. Una masa de músculos sin cerebro hubiera sido bastante más sencillo; sin familia que se preocupara mucho, ni polis que se interesaran. Medina traía complicaciones, pero eso no se podía evitar, especialmente ahora. Al menos había conseguido acabar el trabajo, algo que todos aquellos payasos no habían sido capaces de hacer. Había inventado un buen cuento para incitar a Medina a la caza, pero una vez ejecutado el asesinato, Medina tenía que ser eliminado, porque si llegaba a descubrir que había sido utilizado... bueno, hubiera sido desagradable.

El primer hombre suspiró, se levantó y se dirigió con paso lento hacia los ventanales que llegaban hasta el techo y daban al cuidado césped recortado. No había nada en la visita que despertara el interés, dado que normalmente tenía una constante afluencia de visitantes, de gente que iba y venía, pidiendo favores, cumpliendo con sus obligaciones. Aun así, todo este asunto le incomodaba. Pensaba que había terminado hacía años. Había aprendido la lección, sin embargo: era necesario atar todos los cabos sueltos. Medina era un cabo suelto; lamentaba aquello, pero no se arrepentía.

—¿Y qué hay de los hombres que has utilizado? —dijo, ante la posibilidad de que hubiera más cabos sueltos.

—Respondo por ellos. Ninguno ha escuchado siquiera un nombre; se limitaron a hacer un trabajo. Lo he mantenido todo en secreto.

—Bien. ¿Y qué hay del libro?

—Ni rastro de él.

—¡Maldita sea! —La exclamación fue exhalada con suavidad. Mientras aquel libro siguiera ilocalizable, no podía sentirse a salvo. En cualquier caso, ¿qué clase de locura había impulsado a Dexter Whitlaw a anotar el golpe? Era una prueba contra él, y no se trataba de nada que pudiera incluir en su informe del cuerpo. No obstante, era evidente que Whitlaw había decidido que él tenía menos que perder que otra persona si la verdad salía a la luz, y que esa persona pagaría cualquier cantidad por conseguir el libro. Había estado casi en lo cierto. Cuando uno tenía otras opciones, no estaba sujeto a las reglas.

—¿Dónde pudo haberlo puesto?

—Dudo que haya usado una caja de seguridad —dijo el segundo hombre, pensativo. Se llamaba Hayes. Era grande, robusto, de aspecto corriente, sencillamente uno más entre tantos con un ligero sobrepeso, con un ligero aspecto desaliñado, que no se había conservado en forma. Su mirada era distante e inteligente—. Se mudó de un lado para otro demasiadas veces, y querría tenerlo donde pudiera recuperarlo con suficiente facilidad. Además, las cajas de seguridad hay que pagarlas anualmente, lo mismo que las taquillas de las estaciones de autobuses. Lo más probable es que lo dejara con alguien de confianza, quizás un amigo o un pariente.

—Whitlaw estaba alejado de su familia. —El tono del comentario fue de claro reproche—. Abandonó a su esposa e hija hace veinte años.

—¿Cuál fue su última dirección conocida? —preguntó Hayes con prontitud.

—Algún lugar en Virginia, pero ya no viven allí. Oí que se mudaron a Ohio hace años, pero todavía no los he localizado.

—Whitlaw podría saber dónde vivían. Pudo haberles enviado el libro antes de empezar a chantajearle. Planearlo todo con antelación.

—Es cierto, es cierto. —Claramente turbado por aquella posibilidad, el primer hombre volvió la espalda a los ventanales.

—¿Has seguido el rastro de sus números de la Seguridad Social o comprobado el registro tributario?

—Eso dejaría rastro...

Hayes suspiró. Sí, era cierto..., si se hacía legalmente, a través de los canales apropiados, que era la manera estúpida de hacer cualquier cosa.

—Déme sus nombres y fechas de nacimiento. Conseguiré la información... y no dejaré rastro alguno.

—Si estás seguro...

—Lo estoy.

—No lleves a cabo ninguna acción sin hablar antes conmigo. No quiero que dos mujeres sean asesinadas innecesariamente.

Después de que Hayes se hubiera marchado, el senador Stephen Lake abandonó su despacho y subió las amplias escaleras de caracol que se extendían majestuosas con un arco grácil hacia el segundo piso. El fastuoso grosor de la moqueta silenciaba sus pasos; la barandilla de ébano abrillantada resplandecía como el azabache bajo los rayos del sol estival. El aire estaba dulcificado por las flores frescas cortadas de sus propios jardines primorosamente atendidos; primorosamente atendidos por el jardinero, claro..., y se detuvo un momento para inhalar la maravillosa e indefinible esencia de la vida placentera.

Adoraba aquella casa, la había adorado desde que fue bastante mayor para apreciar su belleza y todo lo que representaba. Recordaba cuando, de niño, observó cómo su padre se agachaba y recorría con los dedos el resplandeciente mármol recién colocado en el vestíbulo, encantado con la piedra por su propia belleza y por el testimonio que ofrecía de su riqueza y, de un modo más sutil, de su poder. Stephen sintió cómo se le llenaba el pecho y se le tensaba por la emoción mientras absorbía las sensaciones de su padre y descubría que él se sentía del mismo modo. Aún le ocurría. Apreciaba las lámparas de araña de cristal veteado, el exquisito mobiliario hecho a mano por los mejores ebanistas de Europa, las maderas exóticas de África y de Sudamérica; las pinturas en sus marcos de pan de oro, la moqueta del grosor de un tobillo que mantenía alejado de sus pies el frío de los inviernos de Minnesota.

Había crecido jugando en el césped hermosamente recortado; él y su hermano mayor, William, que se turnaban para ser los vaqueros y los indios, que fingían que largos palos eran rifles, y se gritaban el uno al otro simulando disparos «¡Bang, bang!», hasta que se quedaban afónicos. Aquellos habían sido unos días felices. El cocinero siempre tenía preparada limonada fría recién hecha para refrescarlos después de un duro día de juego bajo el sol de verano, o chocolate caliente para calentarlos después de retozar en la nieve. En el interior, se respiraba el delicioso olor de los puros de su padre, un olor que el senador aún asociaba con el poder; la dulce fragancia del perfume de su madre cuando los abrazaba a William y a él y los besaba en las mejillas, y él se revolvía con deleite. «Mis principitos», así los llamaba.

Su madre los había amado incondicionalmente. Su padre había sido más severo, más difícil de complacer. Un gesto de enfado de su parte podía arruinar el día de los pequeños. William encontraba más fácil complacer a su padre que Stephen. William era mayor, naturalmente, pero por naturaleza era más cuidadoso, más responsable. Stephen era un poco vergonzoso, más inteligente que su confiado hermano, pero menos capaz de mostrar esa inteligencia. William siempre se había interpuesto entre Stephen y el castigo, desviando las regañinas y la pérdida de privilegios que hubieran ido destinados a su hermano, porque su padre perdía a menudo la paciencia con la timidez de Stephen.

Stephen había crecido con el único deseo de complacer a su padre, de ser el hombre del cual pudiera estar orgulloso. Quería ser igual que su padre, un hombre al cual la gente temiera y respetara al mismo tiempo, que con el más leve gesto de enfado se le obedeciera al instante, pero en cuya palabra se pudiera confiar de forma tácita. William, sin embargo, había sido siempre el príncipe de la corona, el heredero, y por tanto William había concentrado la mayor parte de la atención de su padre codiciada por ambos. Stephen no podía decir que la confianza de su padre fuera inmerecida, porque William había sido... maravilloso. Era la única palabra con la cual definirlo. No había habido un ápice de mezquindad ni de maldad en su cuerpo, y trabajaba con tenacidad para superar sus puntos flacos. Incluso con toda la responsabilidad sobre sus hombros, siempre estaba alegre, sonriente, listo para disfrutar de una broma o gastarla.

La muerte de William a los veintisiete años destrozó a la familia. La madre de Stephen nunca se recuperó de la conmoción, y su salud empezó a deteriorarse paulatinamente; murió cuatro años más tarde. En cuanto a su padre, estaba destrozado. Tras dejar a un lado su congoja, Stephen intentó más que nunca hacer que su padre se sintiera orgulloso de él. Supo comportarse durante toda la carrera de derecho, estudiando más horas y con más ahínco que sus compañeros de clase, y se graduó el primero. Se casó con una dulce y adorable joven procedente de una familia extremadamente rica de New Hampshire y se dedicó a ser un marido fiel, considerado y amante. Tuvieron dos hijos, un niño y una niña, y Stephen observaba cómo su severo padre se derretía totalmente con sus nietos.

Stephen comenzó su carrera política presentándose a un cargo local, como le aconsejó su padre; así era cómo se asentaba una base de electores leales. Tras servir durante un mandato como fiscal del distrito, se presentó a las elecciones legislativas estatales para la Cámara de los Representantes, a continuación para el Senado. Con doce años de vida política en el ámbito estatal y local a sus espaldas, aprovechó la oportunidad cuando un congresista nacional se retiró, y él se presentó para ocupar su cargo. Cumplía con su deber tan concienzudamente como le era posible, y esperaba el momento oportuno, acechando con paciencia a los senadores de su Estado en busca de señales de debilidad. Cuando uno de ellos se vio involucrado en un escándalo sexual, Stephen movió su ficha y fue contra él en las siguientes elecciones. Se convirtió en senador de los Estados Unidos con cuarenta y un años y poco a poco estableció los cimientos de su poder y su reputación.

Tras alejar aquellos ensueños, el senador Lake acabó de subir la escalera y avanzó por el amplio vestíbulo que daba a una serie de dormitorios en la parte posterior de la casa. Llamó con delicadeza a la puerta y acto seguido la abrió.

—¿Cómo se encuentra hoy?

—Ha comido bien —dijo la enfermera con una sonrisa dulce. Cinda Blockett era una criatura encantadora, tan tierna con su padre como lo sería con un recién nacido. Su marido, James, también enfermero titulado, trabajaba el primer turno con ella y proporcionaba el músculo necesario para el cuidado de un completo inválido.

James había llevado a Walter William Lake al inmenso sillón reclinable que se encontraba frente a los ventanales, con una perfecta panorámica de los extensos campos y del destelleante lago azul que se extendían más allá, patrullado por majestuosos pavos reales. Stephen arrastró una silla junto a su padre y tomó una de sus manos huesuda y desgastada entre las suyas.

—Buenos días, padre —le dijo con suavidad. Esperó un segundo para ver si habría una señal de reconocimiento como un guiño de ojos; acto seguido comenzó a hablar de las últimas noticias, tanto de la televisión como de la prensa escrita. No se limitaba a la política sino que le hablaba de negocios también, y de hechos científicos. Cada vez que había un lanzamiento espacial, Stephen mantenía a su padre informado. No sabía si algo de lo que estaba diciendo era realmente recibido y procesado en las partes que aún funcionaban del cerebro de su padre, pero nunca se rendía.

Se sentó con su padre durante más de una hora, y relevó a Cindia y a James para que pudieran comer relajados. Nunca dejaba solo a su padre. Tres turnos de enfermeras lo cuidaban, lo alimentaban, ejercitaban sus deteriorados músculos, lo giraban y lo movían para evitar que su frágil piel se pudriera con llagas. Hacían su existencia lo más agradable posible, poniendo su música preferida, conectando los programas de televisión que en otro tiempo le gustaban, leyéndole en voz alta o grabándole libros en cintas. Si había alguna actividad cognoscitiva en su cerebro después de la fulminante apoplejía que lo había derribado once años antes, Stephen tenía esperanza de estar haciendo lo suficiente para estimular esa actividad, para hacer que su padre fuera todo lo feliz que las circunstancias permitían.

Ahora era una de las personas más poderosas y respetadas de Washington, y nunca sabría si su padre estaba orgulloso de él.

Cuando Cinda y James regresaron, y Stephen dejó la habitación de su padre, Raymond le estaba esperando justo como el senador esperaba.

Raymond Hilley, de sesenta y nueve años, llevaba trabajando para la familia Lake cincuenta. Stephen no podía recordar ni un solo instante en el cual Raymond no hubiera estado allí, era la mano derecha de su padre, casi como un tío para William y para él en la niñez. Cuando murió William, Raymond se sentó en el suelo y lloró, unas lágrimas inmensas corrieron por su rostro maltrecho.

Hacía once años, cuando la apoplejía incapacitó a Walter William Lake y Stephen se convirtió en el cabeza de familia, los conocimientos y la lealtad inquebrantable de Raymond le fueron transferidos.

—Bajemos a mi despacho —propuso el senador, dando una palmada en el hombro de Raymond como su padre hacía siempre, en señal de amistad y aceptación.

El café les estaba esperando, lo trajeron cuando Cindia y James terminaron de almorzar y regresaron al dormitorio. Durante la visita de Hayes, el senador se había sentado detrás del escritorio mientras Hayes tomaba asiento en una de las sillas frente a él, pero con Raymond se dirigió a la zona de estar, y tomaron asiento como amigos, como familia. Sirvió primero el café de Raymond, le puso tres cucharadas de azúcar y lo diluyó con leche hasta que el café apenas tuvo color marrón. Él tomó el café con un poco de nata, en realidad tan sólo una gota; su padre lo bebía sólo, pero incluso después de todo este tiempo, Stephen no podía resistirse a esa diminuta gota de nata para suavizar el sabor fuerte del café. Algunas veces se avergonzaba de esta debilidad; parecía indicar que era la versión aguada de su padre, una especie de calzonazos; sí, esa era una comparación más acertada por dos motivos: por cómo sonaba y porque reproducía bien la imagen.

Él lo sabía, naturalmente. Había tomado algunas decisiones duras en su vida, no menos duras que aquellas relacionadas con Dexter Whitlaw y Rick Medina. No se sentía bien por lo que había hecho, pero tampoco dudaba de que era necesario.

Raymond dio un sorbo a la infusión excesivamente dulce de su taza, y suspiró satisfecho.

—Lo seguí al aeropuerto —informó con su voz grave y ronca, que sonaba como si alguna vez hubiera comido cristales y le gustaran—. No se detuvo ni utilizó el teléfono móvil; se limitó a ir directamente al mostrador de facturación y, a continuación, a la puerta de embarque.

—Pudo haber llamado a alguien desde la puerta.

—No lo haría. Demasiadas probabilidades de ser sorprendido.

Eso tenía sentido, y Stephen aceptó la información de Raymond como no lo haría de nadie más.

—Si no confía en él... —dijo Raymond con lentitud, dejando que las palabras se apagaran, invitando al senador a captar el pensamiento justo como lo hacía cuarenta años atrás, cuando enseñaba a los chicos a cazar y ellos tenían que anticipar lo que haría un gran wapiti.

—... no utilices sus servicios —concluyó el senador, y suspiró—. No lo haría, pero necesito sus contactos. Es un buen carcamal y no creo que hable. Después de todo, su sustento depende de su reputación. Si no pudiera guardar una confidencia, no lo contrataría nadie.

—¿Tiene la situación controlada?

—Se ha ocupado ya del chantajista; hay aún, no obstante, ciertos cabos sueltos.

—Los cabos sueltos son como los cordones sueltos de los zapatos; te hacen tropezar todo el tiempo. —Raymond dio otro sorbo al café, sus grandes manos manejaban la taza de porcelana transparente con cierta delicadeza.

—Se están dando los pasos necesarios.

—Bien. El señor Walter..., bueno, no quisiera que saliera nada a la luz que pudiera herirlo. Es un gran hombre. Hizo algunas cosas que la gente no podría entender, al no conocer la historia completa. No merece que la gente vaya hablando mal de él, especialmente ahora que no puede protegerse.

—No —dijo el senador, y suspiró—. No se lo merece.

γ

—Hombre blanco, un metro setenta y siete, ochenta y dos kilos, entre cincuenta y cincuenta y cinco años. Cabello gris, ojos marrones. Marcas distintivas: un tatuaje con el lema «Semper Fidelis» en el antebrazo izquierdo, una cicatriz quirúrgica de diez centímetros de largo en el lado derecho del bajo abdomen, una cicatriz oscura de cinco centímetros en diagonal sobre el cuadríceps derecho...

Marc recibió los detalles de la médico forense auxiliar, para el informe, de las muchas cicatrices de la víctima. Ninguna parecía una herida de bala, pero varias de ellas daban la impresión de que el individuo hubiera tenido algunos encuentros cercanos con afiladas hojas. La mayoría de las cicatrices, sin embargo, eran del tipo que la gente va acumulando a lo largo de la vida: caídas de la infancia que cortaban las rodillas, varios rasguños y arañazos. El detalle más importante, para fines de identificación, era el tatuaje. No sólo indicaba que había sido hecho durante el servicio militar, sino que estrechaba el cerco al Cuerpo de Marines. Pronto tendrían un nombre real para este Fulano de Tal.

Como había predicho, los presentadores de televisión de las noticias de la mañana habían hecho alarde de elocuencia —utilizando un tono rotundo de funeral para que los televidentes comprendieran la gravedad del asunto—, sobre el asesinato perpetrado durante la madrugada en el Barrio Francés. Las estadísticas de asesinatos de Nueva Orleans ascendían de nuevo; además incluían una declaración evasiva del departamento de policía, una declaración apasionada del alcalde con el objetivo de que los ciudadanos y los turistas de Nueva Orleans «puedan sentirse y se sientan seguros» en la ciudad. Era un buen eslogan de campaña; ya lo había usado antes.

Marc observó la autopsia impávido. Tenía un estómago fuerte y nunca había vomitado como hacían muchos inspectores. Al igual que los médicos forenses, podía olvidar los olores y concentrarse en lo que decía el cadáver. Para trabajar en homicidios, era una habilidad útil a tener en cuenta.

Este cadáver tendría poco que decir. Era bastante obvio lo de la bala en el cerebro. El dónde, el cuándo y el cómo no estaban en duda, tan sólo el quién y el por qué.

Las jóvenes que habían encontrado el cuerpo no habían sido de ninguna ayuda. Ninguna de ellas recordaba haber visto a nadie más, punto, ni andando ni en coche. El disparo tuvo que haberse producido justo unos minutos antes, pero nadie, ni siquiera quienes vivían cerca del lugar, había oído nada.

Los efectos personales de la víctima no proporcionaban ninguna información, excepto el anillo de boda cosido con cuidado en la vuelta del pantalón. Quizá lo había robado, pero encajaba bien en su dedo anular y lo había conservado con esmero, lo cual le decía a Marc que lo valoraba más que el dinero que le hubieran dado en una casa de empeño. El individuo había estado casado en otro tiempo, o quizás aún lo estaba.

—Me está poniendo nervioso, Chastain —le dijo el doctor malhumorado, apagando con un manotazo el micrófono para que no se grabara lo que decía. Era un hombre ocupado, impaciente y exigente, y rara vez les dirigía la palabra a los inspectores que asistían a las autopsias.

Marc alzó la ceja en silencio interrogante.

—Eso es lo que hace. —Un escalpelo manchado le señalaba—. Se queda ahí de pie, inmóvil como una roca, y al mismo tiempo tan activo. No me interrumpe para hacer preguntas, no se pone verde ni siente náuseas, tan sólo observa. ¡Maldita sea, pero si apenas pestañea! ¿Qué hace, entrar en trance?

—Si tengo alguna pregunta que hacer, la haré cuando termine —dijo Marc con tono apacible.

El escalpelo apuntó una vez más en su dirección.

—Sigue haciéndolo. Ni siquiera ha cambiado de expresión. Hágame un favor; haga algo humano antes de que empiece a pensar que es un robot. —Detrás del médico, la ayudante reprimió la risa.

—Si tiene alguna duda, cuando haya terminado le dejaré que me vea mear. —El ofrecimiento fue hecho sin un atisbo de expresión, y esta vez la ayudante no pudo contenerse.

—Gracias, pero dejaré pasar esa magnífica oportunidad.

—No le hago esa propuesta a cualquiera. Es el único hombre que jamás la haya escuchado, así que quizá prefiera reconsiderarlo. Pero, por favor, no se cree ideas falsas sobre mis inclinaciones sexuales.

Tras la máscara, los ojos de la ayudante chispearon. El doctor le lanzó una mirada severa.

—Ni se te ocurra ofrecerte voluntaria para el trabajo.

—Demasiado tarde —admitió ella animada.

Marc le guiñó un ojo.

—Olvide que he dicho algo —murmuró el doctor, y conectó el micrófono otra vez, poniendo fin a la discusión. Una pena. Marc había disfrutado aguijoneándolo, y era evidente que a la ayudante también le había gustado el cambio. Era la primera vez que Marc había visto al áspero doctor interrumpir una autopsia para hacer un comentario personal.

Únicamente por puro placer, metió las manos en los bolsillos y empezó a hacer ruido con las monedas. Transcurridos dos minutos, el doctor volvió a desconectar el micrófono.

—¡Olvide que he dicho nada —le espetó el médico—, y deje de jugar con las monedas, maldita sea! Parece Santa Claus.

Marc se encogió de hombros y sacó las manos de los bolsillos, pero sus ojos brillaban por la diversión.

Poco después, el cuerpo de la víctima les había dicho que, aparte de estar muerto, se encontraba en perfecta forma. No había rastro de enfermedad en ninguno de los órganos principales, ninguna obstrucción en las venas, presentaba una buena constitución muscular, ninguna marca de agujas en los brazos ni entre los dedos de los pies que indicara que era un consumidor de droga intravenoso. El informe de toxicología no había llegado, y podría indicar el consumo de cualquier otro tipo de drogas, pero sobre todo la víctima tenía un aspecto demasiado saludable para haber sido un drogadicto.

La causa de la muerte había sido una herida de bala en la cabeza, disparada a media distancia, sin orificio de salida. El proyectil que penetró era del calibre 22, y había dispersado varios fragmentos de huesos a través del tejido blando del cerebro. Era tanta la energía cinética del proyectil que había destruido cantidades enormes de tejido, como un maremoto rodando a través del cerebro, desmoronando a su paso todo lo que tocaba.

Las radiografías y fotografías de los dientes de la víctima habían sido enviadas al Cuerpo de Marines para su identificación. Dependiendo de lo eficaces que fueran, la identidad de la víctima debería llegar en los próximos días. Marc intentaría localizar a algún familiar, y quizás en una semana o dos el pobre tipo podría ser enterrado.

Se sorprendió cuando la identificación llegó al día siguiente. Alguien en el vasto laberinto del estamento militar y de la burocracia civil era espabilado; o bien era eso, o por pura casualidad los dientes de la víctima se encontraban en el primer montón contrastado en la búsqueda. Ahora había un nombre: Dexter Alvin Whitlaw, de Keysburg, Virginia Occidental. El pariente más cercano era su esposa, Shirley Jeanette Allen Whitlaw, y una hija, Karen Simone Whitlaw. Marc tenía sus números de la Seguridad Social y su última dirección conocida. Podría encontrarlas.

γ

La luz del contestador estaba parpadeando cuando Karen llegó a casa después del trabajo. Le tentaba no escuchar los mensajes, para limitarse a darse una ducha rápida y caer en la cama. Desde que había vendido la casa y se había mudado al apartamento hacía cuatro meses, las noches parecían aún más solitarias; después de haber trabajado durante todo el día, no tenía ni la energía ni el interés para desempaquetar más cosas, y muchas de sus pertenencias se encontraban todavía en cajas, lo cual hacía que se sintiera como si viviera en la habitación escasamente amueblada de un motel, o en un almacén. Las habitaciones parecían resonar por el eco, e intensificaban su sensación de soledad, la ausencia de Jeanette.

No había dormido ni comido bien, tampoco, y estaba perdiendo peso. En un esfuerzo por salir ella misma de la depresión, había intercambiado turnos con una de las otras enfermeras y trabajaba ahora por las noches. La estrategia había funcionado, hasta cierto punto. Estaba tan cansada cuando llegaba a rastras a casa por las mañanas temprano que caía literalmente en la cama y dormía como un tronco. Después del primer día desastroso, cuando la despertaron once veces los vendedores por teléfono y los que se equivocaban de número, aprendió a desconectar el teléfono.

Últimamente, había estado intentando permanecer despierta varias horas al llegar a casa, para simular la rutina de los trabajos diarios, pero no hoy. Era la mañana después de una noche infernal. No deseaba otra cosa que deshacerse del dolor de pies y dormir.

Trabajaba en la planta de quirófanos, donde los pacientes en estado no crítico eran alojados tras la operación. Todos tenían dolores, pero cada uno mostraba un nivel de tolerancia al dolor diferente. Algunos eran tan estoicos que sólo la presión sanguínea indicaría si estaban sufriendo o no; otros gritaban de una manera espantosa ante la más mínima molestia. Aquella noche había sido la de los gritadores. Sufrían, maldita fuera, y querían algo de inmediato: otra pastilla, que le aumentaran la morfina en el gotero, cualquier cosa. Naturalmente, las enfermeras no podían aumentar las dosis prescritas por los médicos sin autorización; todo lo que podían hacer era tomar la temperatura. Seguir el rastro de un doctor en medio de la noche para que autorizara más calmantes era normalmente un ejercicio inútil; las enfermeras necesitaban prácticamente un equipo de sabuesos para que siguieran el rastro al médico de guardia, el cual tenía ingenio para estar en cualquier otro sitio y no escuchar las llamadas de su busca.

A continuación una paciente, la madre de dos pequeños, de treinta y dos años, sufría por sus hijos. Estaba ingresada por una perforación del apéndice y había estado muy enferma durante varios días, pero se estaba recuperando. Aquella noche, justo después de la cena, se dirigió andando al cuarto de baño y de repente se desplomó en el suelo. Se le había alojado un coágulo de sangre en la arteria pulmonar, y se había ido, a pesar de todos sus esfuerzos. Sucedía a veces, pero la conmoción nunca se podía evitar en realidad. La única cosa que había cambiado era que Karen había aprendido a trabajar en medio de la conmoción, a seguir adelante, a dejarla a un lado. Todas las enfermeras y médicos tenían que aprender aquello, o no podrían funcionar.

Pero aún había más: algún idiota había dejado escapar a un joven de diecinueve años, con mono de drogas, de la unidad de psiquiatría, donde había sido llevado por seguridad. Cierta seguridad. ¿Y dónde se había dirigido el muchacho?

Derecho a la planta de quirófanos, donde se podían encontrar todos los estupefacientes.

Se había despojado del pijama del hospital en algún lugar por el camino. Completamente desnudo, las pupilas tan contraídas que parecía un alienígena, y con el cabello que le sobresalía en una maraña salvaje, había destrozado el despacho en busca de drogas. Finalmente, había encontrado el armario cerrado con llave, pero Judy Camliffe, la enfermera jefe de planta, tenía la llave en el bolsillo. Los de seguridad llegaron en el momento que intentaba romper las puertas de metal. Desgraciadamente, someter a un hombre desnudo es complicado; no hay ropas a las que agarrarse, y la piel desnuda es resbaladiza. El joven se soltó tantas veces que Karen perdió la cuenta. Lucharon en los pasillos, volcaron carrillos, tiraron archivos y gráficos por todos sitios, despertaron a los pacientes que entonces se alarmaron o decidieron que necesitaban más calmantes. Cuando se consiguió finalmente someter al muchacho, la planta de quirófanos estaba destrozada y del mismo modo se encontraron las enfermeras al terminar con su turno.

El mensaje sería de un vendedor o de alguna institución benéfica; no había tenido tiempo aún para hacer amigos entre sus nuevos vecinos, y el resto de sus amigas eran enfermeras que sabían cuál era su turno de trabajo y no llamarían para charlar. No podía pensar en ninguna razón remotamente urgente por la cual debiera escuchar los mensajes, pero aun así arrojó el bolso y se encaminó al contestador. No sería capaz de dormir sabiendo que la luz roja estaba parpadeando.

Movida por la costumbre, tomó el cuaderno de notas y el bolígrafo que tenía siempre junto al teléfono, por si acaso había realmente una llamada que devolver. Pulsó el botón de «play» y escuchó cómo se rebobinaba la cinta.

Después de unos cuantos zumbidos y un par de «clic», una voz de barítono, lenta y con deje rompió el silencio de la habitación. Por cualquier razón, se le paralizó la respiración de repente. La voz en cierto sentido era seductora, con cálidos, misteriosos y puros tonos masculinos que vibraron a lo largo de sus terminaciones nerviosas, como si la hubieran casi tocado. Incluso camuflada tras ese deje, se percibía también un toque áspero de autoridad. Dijo: «Señorita Whitlaw, soy el inspector Marc Chastain, del Departamento de Policía de Nueva Orleans. Necesito hablar con usted en relación a su padre. Puede contactar conmigo en el...».

Dictó el número, pero Karen se había quedado tan estupefacta que no escribió ni un solo dígito. Apresurada, pulsó el botón de «stop» y acto seguido lo puso de nuevo. Tras cesar los zumbidos y los clics, volvió a escuchar el breve mensaje y una vez más se quedó tan absorta por la voz que casi perdió el número por segunda vez. Lo escribió, y acto seguido se quedó mirando fijamente el bloc a través de una neblina de fatiga y perplejidad.

Era evidente que Dexter tenía problemas y pensaba que ella iba a sacarlo del apuro. No, él pensaba que «Jeanette» iba a sacarlo del apuro; no podía saber que su esposa llevaba muerta seis meses. ¿Qué había dicho el inspector, señorita o señora Whitlaw? El deje de su habla hacía confusa la palabra.

No podía resistirlo. Volvió a escuchar el mensaje una vez más, tanto para oír esa voz como para determinar si la llamada iba dirigida a ella o a su madre. Al escucharlo con atención, pensó que decía «señorita», lo cual era socialmente incorrecto por su parte, pero todavía no estaba segura.

No quería llamar. No quería oír nada acerca de los problemas de Dexter, y no tenía intención de sacarlo de ningún apuro, de todas formas. Todo lo que quería era ocuparse de sus pies e irse a la cama.

Pensó en su madre, en cómo Jeanette lo había recibido una vez tras otra, en cómo ella siempre estaba allí si la necesitaba. Él nunca había estado allí por ellas, pero Jeanette nunca había titubeado en su devoción.

De repente, Karen se sintió abrumada por un agotamiento que no tenía nada que ver con el cansancio físico y sí con una vida llena de amargura, de cautela, y con estos últimos seis meses solitarios de aflicción por su madre. Estaba cansada de estar deprimida por el abandono de su padre. Estaba hecho, y nada de lo que ella pudiera hacer iba a cambiarlo. No quería convertirse en una de esas personas que se pasaban toda la vida llorando por los problemas del pasado, como si eso las excusara de tener un comportamiento responsable en el presente. Había querido a su madre muchísimo, aún la quería y continuaría sufriendo por ella, pero era hora de seguir viviendo. En lugar de permitir que el apartamento vacío la deprimiera, debería sacar las cosas de las cajas y crear un hogar allí.

Quizá continuara con sus estudios para obtener la licenciatura en enfermería. Podría dedicarse al campo de la asistencia de pacientes en estado crítico. Era un reto, pero fascinante para aquellos que pudieran soportar la presión. Ella mantenía la calma en los casos de urgencia, era capaz de pensar con rapidez, ambas características necesarias para una buena enfermera de esa índole.

Inhaló una bocanada profunda de aire. Por primera vez desde que murió Jeanette, sintió que tenía el control de sí misma en sus manos, de su vida. Tenía que tratar con Dexter, aunque sólo fuera por el amor a su madre, así que también podría hacer la llamada. Sin darse tiempo a sí misma para cambiar de parecer, tomó el auricular y marcó el número del inspector Chastain. Inconscientemente, contuvo la respiración, preparándose para escuchar su voz. ¡Menuda tontería por su parte permitir que le afectara la voz de un hombre por teléfono! Sin embargo, reconocer lo ridículo de su reacción no mitigó la fuerza de esta.

El teléfono sonó varias veces, pero nadie respondió. Con toda seguridad los inspectores no compartían el horario con los banqueros, pensó.

Echó una ojeada al reloj. Siete y cuarenta y cinco.

—¡Idiota! —murmuró en voz baja, y colgó. Louisiana estaba en la zona horaria central, una hora menos que en Ohio. El inspector Marc Chastain no estaba definitivamente en su despacho a las seis cuarenta y cinco de la mañana.

Karen no podía permanecer despierta hasta que fuera una hora razonable y él se encontrara allí. No podía permanecer en posición vertical cinco minutos más. Dexter tendría que esperar.

Pero llamaría. Cuando se despertara esa misma tarde, llamaría.

Tomada aquella decisión, entró dando un traspié en la habitación. Se desvistió con torpeza a causa de la fatiga. Bostezó de nuevo, se estiró entre las sábanas frescas y suspiró con alivio, al tiempo que arqueaba sus doloridos pies y agitaba los dedos. Intentó imaginarse el aspecto del inspector Chastain. Las voces casi nunca coincidían con la apariencia; el inspector seguramente sería un tipo muy mayor, barrigudo, a punto de jubilarse, con un par de hijos ya crecidos. Pero su voz era dulce como la miel, misteriosa, profunda y estuvo con ella hasta que se dejó llevar por el sueño.

γ

El sonido estridente del teléfono la despertó de una sacudida. Confundida y asustada, Karen se irguió de un salto en la cama, acto seguido gruñó al darse cuenta de que había olvidado desconectar el aparato antes de irse a dormir. El reloj digital le echaba en cara unos grandes números rojos: nueve treinta.

Agarró el auricular para silenciar el molesto sonido.

—¡Dígame! —contestó, su voz empañada por el sueño.

—¿Señorita Whitlaw?

Aquella voz. Tan sólo aquellas dos palabras ya le provocaron un hormigueo en la espalda. Se aclaró la garganta.

—Sí.

—Soy el inspector Chastain, del Departamento de Policía de Nueva Orleans. Le dejé un mensaje ayer en relación con su padre.

—Sí. —Karen empezó a decir que tenía intención de llamarle esa misma tarde, pero él ya estaba hablando de nuevo, su tono cálido notablemente más frío.

—Lo siento, señorita, pero su padre ha sido asesinado hace dos días en un tiroteo callejero.

La conmoción la dejó paralizada. Su mano se aferró al auricular hasta que sus nudillos se pusieron blancos.

—¿Hace dos días? ¿Por qué no llamó nadie antes?

—No llevaba ninguna identificación. Lo hemos identificado por los informes militares de su dentadura. —Él continuó diciendo algo de que Karen fuera a Nueva Orleans y verificara la identidad de Dexter. Su tono era enérgico, serio, y Karen luchó por organizar su resquebrajada mente.

—Intentaré tomar un avión hoy —dijo finalmente—. Si no...

—Las líneas aéreas tienen previstos casos especiales para emergencias —le cortó—. Puede estar aquí esta tarde.

«Si quiere». Aquella acusación silenciosa con tono entrecortado avivó su resentimiento. Este hombre no sabía nada de ella; ¿quién se creía que era para establecer un juicio de valor sobre su relación, o la falta de ella, con su padre?

—Le llamaré cuando llegue —dijo ella, con la furia tensando su voz.

—No hace falta. Venga directamente al Distrito Ocho de Royal Street.

Karen repitió la dirección, y a continuación dijo:

—Gracias por llamar. —Colgó antes de que él pudiera decir nada más.

Levantó las piernas y apoyó la cabeza en las rodillas. Dexter estaba muerto. Intentó asimilar la noticia, pero era demasiado irreal. Ella sabía que debería estar sintiendo algo diferente a la conmoción, pero se encontraba vacía. ¿Cómo podía llorar la muerte de un hombre que apenas había conocido? Fue su ausencia, no su presencia, la que había determinado la vida de Karen.

Echó la sábana hacia atrás y salió de la cama. Se sentía como un zombi andante, pero debía hacer algunas llamadas, acordar un vuelo, hacer la maleta. Sólo le movía el deber, pero el deber llevaba un gran látigo.

Su padre estaba muerto. Aquella idea se mantuvo reverberando en su mente como si estuviera de pie bajo un ducha de agua fría. No lo había conocido realmente, y ahora nunca podría hacerlo.

# 6

—Karen Whitlaw, Karen Whitlaw.

Un hombre llamado Carl Clancy permanecía de pie en una cabina de teléfono, le había llevado una eternidad encontrar una con guía telefónica, y recorría con el dedo la página, fina como un pañuelo. Era justo después de mediodía y el sol lo estaba cociendo. Cambió de postura para que su cuerpo tapara el reflejo sobre el papel. No había ninguna Karen Whitlaw inscrita, pero encontró una K. S. Whitlaw. Apostaría a que se trataba de ella. Las mujeres solteras siempre usaban sus iniciales; la práctica era tan común que muy bien podrían continuar y hacer que sus nombres aparecieran completos, salvo por la simple precaución de protegerlos. Echó algunas monedas en la rendija y marcó el número. Después de cuatro llamadas, escuchó el clic de un contestador, y la voz agradable de una mujer que decía: «Ha llamado al 555-0677. Por favor, deje su mensaje».

Una chica inteligente, pensó dando su aprobación. No revelaba su nombre a cualquier estúpido que marcara por casualidad su número. La gente lo hacía todo el tiempo, revelaban sus nombres en sus contestadores automáticos, incluso ponían etiquetas en los buzones o en las entradas que anunciaban: «Los Henderson» o cualquier otro nombre. Estúpidos. Todo lo que tenía que hacer entonces un ladrón era buscar el nombre Henderson en la guía de teléfono hasta llegar a esa dirección, luego llamar para comprobar si había alguien en la casa. Si no contestaba nadie, podía entrar despreocupadamente sin más, seguro, al saber que estaba solo.

En este caso, no obstante, Carl conocía ya el nombre. La llamada sólo había confirmado su dirección. Seguramente se encontraba en el trabajo; la información que había recibido de ella decía que era enfermera. Podía tomarse su tiempo, dar un buen repaso a la casa, y encontrar el libro que quería Hayes. Si no podía encontrarlo, le dijo Hayes, quema la casa, sencillamente para estar seguros. Quizás el libro se encontraba en una caja de seguridad. Sin embargo, la gente rara vez era tan precavida con los objetos de valor; se limitaban a buscar lo que ellos consideraban un escondite inteligente en cualquier lugar de la casa.

De vuelta a su coche, sacó el plano de la ciudad que había comprado y localizó la calle de Karen Whitlaw. Podía estar allí en quince minutos, máximo; tiempo de sobra para llevar a cabo su encargo y coger el último vuelo de la tarde.

Condujo por el vecindario, en busca de señales de vigilantes y de vecinos que estuvieran regando o cortando el césped. Las casas eran más bien pequeñas y habían perdido ya su esplendor. Vio sólo unos cuantos niños jugando, y la mayoría de los coches de los caminos de entrada eran viejos sedanes, de lo cual deducía que los dueños de las casas eran gente mayor cuyos hijos habían crecido hacía ya tiempo y se habían marchado, o bien parejas jóvenes que habían adquirido su primera casa y no tenían todavía familia. Las casas sin coches en la entrada pertenecerían a las parejas jóvenes, que estaban en el trabajo.

Eso era por un lado bueno y por otro malo. No había mucha gente en casa en el vecindario, pero aquellos que se encontraban allí serían probablemente personas mayores. A la gente mayor le gustaba husmear. Sabían qué coches pertenecían al barrio y cuáles no, y no tenían otra cosa mejor que hacer con su tiempo que asomarse por las ventanas.

Bueno, unas cuantas personas mayores no podían mantenerlo fuera de una casa en la cual quería entrar. El truco, si era visto, consistía en aparentar ser de lo más normal y en actuar como si tuviera todo el derecho a estar allí. Era incluso mejor no ser visto. Era bueno en ello; por eso Hayes lo había escogido para el trabajo.

Condujo por el vecindario hasta que encontró una tienda apropiada y aparcó el coche lo más lejos de la acera que le fue posible. Por si acaso el empleado estaba mirando por la ventana, entró y compró una bebida sin alcohol, con cuidado de no cruzar la mirada con él ni de hacer nada que pudiera recordarse. Tras dejar el coche allí, avanzó a paso ligero por las tres manzanas hacia la casa de Karen Whitlaw.

Cuando llegó a su calle, empezó a atajar por los patios traseros, parapetándose tras arbustos y vallas. La gente ponía todo tipo de trastos en los patios traseros, lo cual iba muy bien para esconderse. Generalmente, su mayor problema eran los perros. Los perros eran como un grano en el culo. Ahora podía oír a uno de esos pequeños bastardos, ladrando y sacando la cabeza desde la casa en cuya parte trasera se encontraba él. Carl se instaló detrás de un matorral, y permaneció inmóvil hasta que cesaron los ladridos.

Finalmente, llegó a la casa de Whitlaw. Entrar fue pan comido. La cerradura de la puerta trasera no sería un impedimento para un chaval decidido de diez años; la abrió en unos segundos. ¡Dios santo, si la gente supiera!

Recorrió primero toda la casa, examinando los escondites más obvios: el congelador, encima de los armarios, bajo las sillas. No sabía qué aspecto tenía el libro; nadie lo sabía. «Busca un cuaderno de notas pequeño —le había dicho Hayes—. Estará sucio y viejo».

No había ningún cuaderno sucio y viejo en ninguno de los escondites más obvios. Metódicamente, Carl empezó a registrar toda la casa. Miró en todos los cajones, los sacó uno a uno y comprobó que no hubiera nada pegado detrás ni debajo. Palpó las cortinas para ver si se había cosido algo en los bajos, y examinó todos los cojines y almohadas en busca de una costura cosida por dos veces o de algún bulto sospechoso. No destrozó el lugar; eso quedaba para los aficionados. El verdadero arte estaba en entrar y salir sin dejar rastro de la presencia de uno. No rompió el mobiliario, y volvió a colocarlo todo en su sitio después de examinarlo.

Había fotos enmarcadas alrededor, algunas de ellas con un pareja joven sonriente. Dio por hecho que la preciosa rubita de las fotografías era la señorita Whitlaw. No le importaría tenerla de enfermera, especialmente si se sentaba en su regazo del mismo modo que lo estaba haciendo sobre un idiota de risa burlona en uno de los marcos. El idiota de risa burlona era el tipo de las otras imágenes; sin duda era el hombre del momento.

En el dormitorio encontró trajes de hombre en el armario y utensilios de afeitar en el cuarto de baño. Chascó la lengua. Karen tenía un novio que vivía en la casa, o al menos permanecía allí con bastante regularidad como para dejar algunos de sus trajes. Quizás incluso se había casado con él, hacía tan poco tiempo que el número de teléfono aún aparecía bajo el nombre de ella.

La casa era pequeña; él era eficiente. En dos horas la había cubierto, y el libro no se encontraba allí, a menos que la joven fuera realmente lista y lo hubiera escondido bajo la casa o, de alguna forma, en el techo. Encontró la trampilla que conducía al ático, se asomó y echó un vistazó alrededor, pero todo estaba a oscuras y polvoriento, y se estaba a más de treinta y siete grados allí arriba. Tampoco se sentía inclinado a gatear por debajo de la casa; aquél no era un buen escondite, porque estaba muy mojado. La humedad destruía todo.

Estaba seguro de que el libro no se encontraba en el lugar, pero las órdenes de Hayes eran quemar la casa si no hallaba el libro. Se encogió de hombros. Las órdenes eran las órdenes, y Hayes era un hombre meticuloso. Carl se dispuso a seguir aquellas indicaciones.

En su opinión, el mejor modo de incendiar una casa era

por medio de un fuego con aceite en la cocina; no había que utilizar nada que lo acelerara y levantara sospechas, y siempre parecía un accidente. Había incendios de cocinas todos los días.

Silbó en voz baja mientras se ponía manos a la obra. ¡Bendita fuera Karen, pues había frito bacon aquella mañana y había dejado la sartén con la grasa para que se enfriara! Utilizó un trapo para encender el gas y colocó la sartén sobre el fuego, a continuación dispuso el paño para que se prendiera cuando la grasa empezara a arder. Se hizo una apuesta para sí, luego abrió la puerta del armario más cercano al horno. ¡Ajá! Allí era donde guardaba el aceite para cocinar, en un par de botellas, justo tan cerca del calor que lo más probable sería que se prendieran fuego. No podría habérselo puesto más fácil si se lo hubiera propuesto.

Como profesional que era, nunca se marchaba sin saber que había hecho su trabajo. Mientras esperaba a que el aceite se inflamara, quitó una pila del detector de humo y le dio la vuelta, luego puso el detector en su sitio. Odiaba escuchar esos malditos ruidos estridentes.

El humo estaba inundando ahora la cocina por completo. Abrió todas las puertas de la casa para que el fuego recibiera una buena corriente de aire y se extendiera con más rapidez. No disfrutó quemando la casa; incluso lamentó disgustar a la preciosa rubita. Le haría sufrir el perder todas sus fotografías y cosas. Pero un trabajo era un trabajo, y esto no era nada personal.

Se puso en cuclillas en el suelo para quedar fuera del alcance del humo mortal, esperó hasta que la sartén sobre el fogón se inflamó con una repentina llamarada. El trapo prendió fuego de inmediato, y las lenguas de las llamas se elevaron hacia el armario. En ese momento Carl abandonó la casa con rapidez y tomó las acostumbradas precauciones para volver al coche. De vez en cuando echaba un vistazo atrás y al final fue recompensado con una bocanada de humo negro que daba a entender que las llamas se habían abierto paso o bien a través del tejado o bien a través de las paredes. Era tentador conducir junto a la casa para asegurarse de que se consumía, pero era una mala idea, y él lo sabía. Nunca volver. Dado lo vieja que era la casa y el modo en que había abierto todas las habitaciones, el fuego se extendería demasiado deprisa para que se pudiera salvar nada.

Comprobó el reloj cuando escuchó la primera sirena en la distancia: diez minutos. Demasiado tiempo. Las casas ardían mucho más rápido de lo que la gente se daba cuenta; pensaban que tendrían varios minutos en los cuales rescatar sus preciadas posesiones. Un error. En el momento en que la mayoría de los incendios eran descubiertos, la gente del interior tenía cerca de treinta segundos para salir. La única razón por la cual él había podido permanecer tanto tiempo en el interior era que había sido consciente del fuego desde el principio, había permanecido agachado, y se encontraba cerca de la puerta. Para cuando el cuerpo de bomberos llegara a la casa, cada una de las habitaciones estaría envuelta en llamas. Se concentrarían en mantener alejado el fuego de los árboles y en que no se extendiera al resto de las casas.

Se encogió de hombros mientras se alejaba con el coche. Había fracasado y triunfado al mismo tiempo. No tenía el libro en su poder, pero si se encontraba en algún lugar de la casa, ahora estaría totalmente destruido. Había cumplido las órdenes de Hayes, aunque a él le parecían excesivas. Le diría a Hayes que no creía que el libro se hallara en la casa, y lo que Hayes hiciera entonces era asunto de él. Carl había hecho su trabajo.

γ

La abollada y oxidada camioneta de reparto rodó hasta detenerse al final de un estrecho camino polvoriento, y dos adolescentes larguiruchos salieron de un salto. El camino sin salida se ensanchaba en una gran área abierta, en el lateral izquierdo de la cual había una mina llena de rocas. Dos caballetes toscamente labrados estaban colocados de espaldas a la mina, una tabla los cruzaba. Sobre la tabla había una gran variedad de latas, y el terreno de detrás estaba cubierto con más.

Los dos muchachos cogieron un par de rifles del calibre 22 del armero colocado detrás del asiento.

—Tío, Shavon le dedicó muchas atenciones ayer a Justin —dijo uno de ellos al tiempo que agitaba su rojiza cabeza—. Llevaba una moña tan inmensa, que apuesto a que no se ha levantado todavía.

—Y si lo ha hecho, apuesto a que desearía no haberlo hecho —contestó el otro joven, y ambos rieron mientras encajaban con destreza las balas del 22 en sus rifles—. ¿Sabe su papaíto que bebe?

—No sé cómo podría esconderlo, teniendo en cuenta que siempre llega a casa borracha después de sus citas. —El reproche inundó la voz del joven—. No tengo nada contra el beber, pero Shavon permanece borracha tanto tiempo como sobria. Un día va a destrozar ese coche suyo y va a matar a alguien, y entonces habrá problemas.

—Su padre es igual. Supongo que de ahí le viene.

Los dos se colocaron en posición, las zapatillas de lona clavadas en un surco poco profundo del terreno de polvo rojizo que revelaba la frecuencia con la cual se entregaban al tiro a las latas. Empezaron a disparar metódicamente, y una a una, las latas fueron saltando. Cuando hubieron caído todos los botes, los dos avanzaron con dificultad hacia los caballetes y comenzaron a colocarlas de nuevo para seguir con otra ronda. A medida que avanzaban hacia sus posiciones iniciales, el sol se reflejó en algo brillante justo más allá del claro, haciendo que uno de los muchachos entrecerrara los ojos.

—¡Maldita sea, cómo brilla eso! Hay algo detrás de ese gran matorral.

—Parece un coche —replicó el otro, al tiempo que estiraba el cuello. Era el más alto de los dos—. Vayamos a ver.

—¿Te imaginas que sea alguien dándose el lote?

—Si es así, apuesto a que su pajarito perdió la rigidez cuando empezamos a disparar. —Ambos rieron con disimulo. Se lanzaron una mirada rápida, y el más alto se llevó un dedo a los labios. Anduvieron de puntillas hacia el matorral, apenas pudiendo contener el resoplido de sus risas ante la idea de pillar a alguno de sus amigos haciendo algo que no debiera. O quizás a los padres de algún amigo, lo cual sería incluso mejor.

Los dos jóvenes se desplazaron en silencio a modo de cazadores experimentados. Cuando se acercaron al inmenso matorral, pudieron vislumbrar el contorno del techo de un coche, y el muchacho alto hizo un gesto con la mano indicando que debían deslizarse rodeándolo hacia la parte trasera. Así lo hicieron, y cuando la parte trasera del coche apareció a la vista, ambos miraron decepcionados las placas con la matrícula de Louisiana. Más decepcionante aún, no había nadie visible en el interior.

—¡Mierda, todo este secretismo para nada!

—¡Sss! Puede que estén echados en el asiento.

—De ninguna manera. —El muchacho se irguió—. Mira, las ventanas están subidas. Nadie se enrollaría en un coche con este calor y las ventanas cerradas.

—Quizá sea un coche robado, y alguien lo ha guardado aquí. —Miraron alrededor, sus jóvenes manos fuertes aferradas a los rifles. Avanzaron hacia el coche, ahora sin esforzarse en ser sigilosos. Era un Pontiac blanco de cuatro puertas, cubierto por una capa de polvo rojo. El chico alto se inclinó y se asomó por la ventana del conductor, acto seguido dio un salto hacia atrás con tanta violencia que tropezó y estuvo a punto de caer.

—¡Mierda! ¡Hay un hombre muerto ahí!

γ

Karen sintió el calor tan pronto como avanzó desde el avión hacia el acordeón extendido de la pasarela de acceso. El aire estaba cargado de humedad, y el sudor brotaba de su frente mientras arrastraba su alborotada bolsa por la ligera pendiente. Iba vestida con un traje de verano de manga corta que había resultado ser demasiado fresco para el avión y que ahora le hacía sudar abundantemente. Las piernas se les estaban cociendo dentro de las medias, y el sudor le corría por la espalda.

El inspector Chastain tenía razón con respecto a las líneas aéreas; Karen había hecho una llamada, había hablado con un simpático agente de reservas, tranquilo y eficiente, y se encontró apresurándose para hacer la maleta y dirigirse al aeropuerto con el tiempo justo para coger el vuelo. No había tenido tiempo para comer antes de subirse al avión, y el estómago se le había encogido de repulsión ante la idea de comerse el sándwich de pavo que sirvieron durante el vuelo. De todas formas no le gustaba el pavo; no hubo manera de comérselo con el estómago hecho un nudo y la cabeza dándole punzadas por la tensión.

El dolor de cabeza la acompañaba aún. Sentía sus punzadas con cada paso que daba mientras seguía las señales de la zona de recogida de equipajes. Nunca se había sentido como ahora, ni siquiera cuando murió su madre. Entonces, su aflicción había sido intensa, abrumadora. Karen no sabía lo que experimentaba ahora. Si era aflicción, entonces se trataba de una variedad diferente. Se sentía paralizada, distante, extrañamente frágil, como si se hubiera cristalizado por dentro y el menor golpe fuera a resquebrajarla.

El peso de la bolsa le tiraba del brazo, provocándole dolor en el hombro. El ambiente era pegajoso incluso dentro de la terminal, como si la humedad rezumara a través de las paredes. Se dio cuenta de que no había llamado de antemano para reservar una habitación. Permaneció ante la cinta transportadora, observando cómo giraba alrededor con las maletas de todo el mundo excepto la de ella, y preguntándose si era capaz de moverse de aquel punto.

Finalmente, la cinta expulsó su maleta. Mantuvo la mano aferrada a su bolsa de mano y se inclinó hacia delante para agarrar la otra maleta mientras pasaba rodando. Un hombre calvo y corpulento que se hallaba de pie junto a ella le dijo:

—Yo la cogeré por usted. —Y la recuperó de la cinta blandiéndola con destreza.

—Gracias —dijo Karen, su gratitud sincera evidente en la voz mientras el hombre depositaba la maleta a sus pies.

—Es un placer, señora. —Tras hacer una inclinación de cabeza, se volvió para hacerse cargo de su propio equipaje.

Ella intentó recordar la última vez que un extraño fue cortés, pero no lo consiguió. El pequeño gesto de amabilidad casi consiguió atravesar el aturdimiento que la envolvía.

El conductor de su taxi era un joven de color con el cabello lleno de trencitas al estilo rasta y una sonrisa contagiosa.

—¿Dónde va en este día tan magnífico? —le preguntó con voz cantarina al tiempo que se colocaba tras el volante después de haber guardado su equipaje en el maletero.

¿Día magnífico? ¿Con treinta y seis grados de temperatura y otro tanto por ciento de humedad, era un magnífico día? Aun así, el cielo estaba de un azul intenso, despejado, e incluso por encima del olor a gas de los tubos de escape en esta isla de hormigón Karen podía atrapar la fragancia de la vegetación, fresca y dulce.

—No tengó aún hotel —le explicó—. Necesito ir a la comisaría de policía del Distrito Ocho, en Royal Street.

—No querrá ir arrastrando el equipaje por la comisaría —le dijo al tiempo que agitaba la cabeza—. Hay un montón de hoteles en Canal, tan sólo a unas cuantas manzanas de donde quiere ir. ¿Por qué no se inscribe primero en uno, y luego baja andando por la calle Royal? O puedo llevarla a un hotel justo en Quarter, pero quizá sea difícil conseguir una habitación allí si no ha hecho una reserva.

—No la he hecho —le confirmó. Quizá todos los conductores de taxis daban consejos a los viajeros fatigados; no lo sabía, ya que no había viajado mucho. Pero este tenía razón; no quería ir arrastrando su equipaje por todos lados.

—Es más probable que en los hoteles más grandes, como el Sheraton o el Marriott, tengan algunas habitaciones libres, pero van a ser más caras.

Karen estaba tan agotada que le preocupaba más la comodidad que el precio.

—El Marriott —dijo. Podía permitirse unas cuantas noches en un buen hotel.

—Ese está a tan sólo un par de manzanas de Royal. Cuando salga del hotel, gire a la derecha. Al llegar a Royal, gire a la derecha otra vez. La comisaría de policía se encuentra a unas cuantas manzanas abajo, no se perderá. Es un gran edificio amarillo con columnas blancas y todos los coches de patrulla se hallan aparcados junto a la verja. Sale en todos los programas de televisión sobre Nueva Orleans, se parece a una de esas antiguas mansiones sureñas. Imagino que la poli trabaja todavía allí, porque los coches siguen aparcados en la zona.

Se recostó en el asiento y cerró los ojos, dejando que el torrente de palabras la inundaran. Si pudiera aguantar las pocas horas siguientes, irse a la cama temprano y dormir lo suficiente aquella noche, al día siguiente se encontraría normal de nuevo, en lugar de sentir esa fragilidad tan desconcertante. No le gustaba aquella sensación. Era una joven saludable, enérgica, sosegada y competente, conocida en la planta de quirófanos por su sensatez. No era una mujer inestable.

En una hora se encontró instalada en una habitación con una cama gigantesca y con vistas al río Mississippi y al barrio francés, el French Quarter, el cual para su decepción tenía un aspecto derruido, al menos desde la posición aventajada de un decimoquinto piso. No perdió tiempo en deshacer las maletas, sin embargo se echó agua en el rostro y se cepilló el pelo. Debía de ser la fatiga lo que la hacía estar tan pálida, pensó mientras miraba fijamente su reflejo en el espejo del lavabo. Sus ojos marrones parecían negros en contraste con la palidez de sus mejillas.

Las indicaciones del taxista para llegar a la comisaría de policía parecían lo bastante fáciles, no se encontraría a más de cinco o seis manzanas, una distancia demasiado corta para molestarse en tomar otro taxi. El paseo la ayudaría a aclarar su mente.

Estuvo a punto de cambiar de opinión con respecto a ir caminando al salir al calor de la calle. El sol de la tarde abrasó su piel, y le costaba trabajo respirar el aire cargado. Hubiera tomado un taxi después de todo si las aceras no hubieran estado bulliciosas con gente que daba la impresión de no notar la temperatura. Normalmente, el calor no la importunaba de ese modo, y los treinta y dos grados eran algo corriente en Ohio durante la etapa final de verano.

Sintió una punzada en el estómago y contuvo una arcada de náuseas. Quizás había cogido algo, pensó. Aquello explicaría lo mal que se encontraba.

Pero incluso en aquel estado de estrés, prácticamente justo cuando giró a la derecha para dejar el Canal hacia Royal Street, se sintió embriagada por el encanto que daba fama al French Quarter. Las calles eran estrechas, y la calle Royal estaba congestionada de coches estacionados a ambos lados. Las aceras estaban resquebrajadas y desniveladas, los edificios eran viejos y, en su mayor parte, derruidos. No obstante, las puertas estaban pintadas de colores vivos y alegres, las flores en los setos, los helechos y las palmeras convertían los balcones de las segundas y terceras plantas en jardines. Las barandillas y cancelas de hierro laboriosamente labrado atraían la mirada; una vegetación exuberante bordeaba los callejones insinuando los jardines que se extendían más allá. Iba captando una variedad de acentos y lenguas a medida que pasaba junto a otra gente. Si las circunstancias hubieran sido diferentes, le hubiera encantado entrar en alguna de aquellas tiendas de aspecto exótico.

Pero ese día no tenía energía para hacer otra cosa que no fuera colocar un pie delante del otro y esperar que la comisaría de policía no se hallara mucho más lejos. Incluso en el lado de la calle a la sombra, las aceras conservaban el calor del día, y le estaba abrasando a través de las suelas de los zapatos.

Finalmente, vio varios coches de policía estacionados delante de una impresionante mansión; cuando se acercó lo suficiente, vio el letrero en una de las columnas blancas: «Distrito 8º de la Policía de Nueva Orleans». El edificio era de un tono cremoso demasiado dorado para ser salmón y demasiado rosáceo para considerarlo marrón. Una verja negra de hierro labrado rodeaba el edificio y su inmaculado jardín. Una refinada fiesta al aire libre no hubiera estado fuera de lugar.

Karen atravesó las verjas abiertas y ascendió por un par de escalones amplios y poco profundos. Una puerta maciza se abría hacia una enorme sala de paredes azules y con un techo que daba la impresión de tener al menos quince metros de altura. Los apliques recubiertos con globos, los folletos con atracciones para los turistas, así como el ambiente general de un museo le hicieron preguntarse si se encontraba en el lugar adecuado después de todo.

Tras un mostrador alto se hallaba sentada una mujer policía. Parecía ser la única persona, aparte de ella, en el recinto. Karen levantó la vista en su dirección.

—¿Trabaja aquí un tal inspector Chastain?

—Sí, señora, así es. Llamaré para ver si se encuentra en el edificio. ¿Podría decirme quién pregunta por él?

—Karen Whitlaw.

La oficial habló a media voz por el teléfono, a continuación se dirigió a Karen.

—Se encuentra aquí, y me ha dicho que pase a su oficina. —Señaló en la dirección adecuada y le dio indicaciones—. Gire a la derecha y lo encontrará en la tercera puerta a la izquierda.

Los ventiladores del techo giraban sobre su cabeza a medida que Karen seguía la dirección indicada; el contraste con el horno de las calles hizo que el movimiento del aire le provocara un escalofrío en los brazos. Nunca había estado en una comisaría, y esperaba encontrar algo parecido al caos; lo que halló fue el sonar incesante de teléfonos, gente estirada en las sillas, nubes de humo de los cigarrillos y el olor a café intenso. Podría haber sido una oficina activa, desorganizada, excepto por el hecho de que la mayoría de la gente allí iba armada.

Encontró la puerta que buscaba y llamó. Aquella suave voz enigmática que recordaba tan bien dijo:

—Adelante.

Karen abrió la puerta, y sintió de nuevo una punzada en el estómago, esta vez de puro nerviosismo, al mirar al hombre que se ponía en pie. El inspector Chastain no era como esperaba. No era de mediana edad, ni barrigudo ni se estaba quedando calvo. Tendría unos treinta y cinco años, intuía. Tenía el aspecto de un hombre que ha visto demasiado como para que nada en esta vida lo sorprendiera. Llevaba su espeso cabello negro aplastado contra la cabeza, y sus espesas cejas se arqueaban sobre unos alargados ojos brillantes. Su piel era de un tono oliva; la barba incipiente de un día que le oscurecía la barbilla y el rostro era densa. Tendría unos centímetros por encima del metro ochenta, ancho de hombros, brazos musculosos; daba la impresión de ser severo, incluso mezquino. Había algo en él que la asustaba, y Karen quiso salir corriendo. Sólo los años de disciplina adquirida en el trabajo le sirvieron para no hacerlo.

γ

Marc se levantó cuando Karen Whitlaw entró en su pequeña oficina. Tenía el talento habitual de los polis para calibrar a la gente, y ahora lo utilizaba, estudiándola con ojos que no dejaban que nada se escapara al tiempo que percibía cada detalle sobre ella. Si estaba desconcertada por la muerte de su padre, no lo exteriorizaba. Su expresión daba a entender que pensaba que todo aquello eran gilipolleces, pero que pasaría por ello y luego continuaría con su vida.

Era una pena, pensó, evaluándola de nuevo, y esta vez con ojos de hombre en vez de los de un poli. No soportaba a la gente insensible, pero era una mujer bonita. De unos veinticinco a treinta años, con un rostro que se las arreglaba para ser al mismo tiempo exótico y típicamente americano, claramente perfilado pero con cierta inclinación hacia los pómulos que le confería una fascinante sensualidad a sus oscuros ojos ligeramente hundidos. Era más que bonita, pensó, corrigiendo su opinión. Era discreta, por lo que su aspecto no llamaría de inmediato la atención de un hombre, sin embargo, definitivamente merecía una segunda mirada.

Una figura agradable, también; de estatura media, delgada, de pecho redondeado y alto que no se meneaba en absoluto cuando andaba. Eso significaba que, o bien eran muy firmes o que llevaba un sujetador mortificador. A un nivel puramente físico, le gustaría descubrir de qué se trataba. La presión creciente en la ingle le indicaba que lo deseaba y mucho. Se encogió mentalmente de hombros. Le ocurría a veces; sentía una fuerte reacción sexual ante una mujer que ni siquiera le gustaba. En la mayoría de las ocasiones hacía caso omiso del impulso, porque el coste superaba la recompensa.

Chastain extendió la mano ante ella.

—Soy el inspector Chastain.

—Karen Whitlaw. —Su voz era un poco gutural, pero tan serena como su rostro. Sus dedos estaban fríos, sintió su mano delicada entre la suya, el apretón de mano breve y firme. Tenía unas manos preciosas, advirtió, unos dedos largos, afilados, y llevaba las uñas ovaladas cortas, sin pintar. Nada de anillos. Nada de joyas en absoluto, excepto un práctico reloj de pulsera y un par de bolitas de oro prendidas en los lóbulos de las orejas. Era obvio que Karen Whitlaw no era partidaria de los excesos, pero había que tener en cuenta que ella no lo necesitaba.

Su cabello era tan oscuro como sus ojos, peinado hacia atrás, sencillamente apartado del rostro. Azotaba sus hombros con unas ligeras ondas. Era elegante. Práctica. Impasible.

Era su lado impasible lo que le disgustaba. No había esperado que estuviera sollozando, pero normalmente la gente exhibía cierta dosis de congoja o conmoción, aunque controlada, ante la muerte de un miembro de su familia, tuvieran o no relación con él. El remordimiento provocaba normalmente unas cuantas lágrimas aunque no se tratara de una congoja verdadera. Chastain no podía ver nada de eso en esta mujer dueña de sí misma.

—Siéntese, por favor —dijo indicándole una silla, la única existente en la diminuta oficina aparte de la de él. El respaldo era rígido y no invitaba a la gente a relajarse ni a dilatarse.

Karen se sentó, la falda dispuesta de forma que le caía por la mitad de la rodilla. Mantuvo ambos pies en el suelo. Permanecía tan inmóvil que le recordaba a una muñeca de porcelana.

—Me dijo por teléfono que la muerte de mi padre parecía ser resultado de la violencia fortuita callejera.

—Fortuita, no —le corrigió, al tiempo que se sentaba y cerraba un expediente que se encontraba abierto ante él—. Quienquiera que lo matara tenía intención de hacerlo. Pero el motivo... —Se encogió de hombros. El móvil podría ser cualquier cosa, desde drogas hasta una pelea por una caja de cartón. Sin testigos, sin el arma asesina, ni pistas de ningún tipo, el caso estaba acabado, y nadie le dedicaría ningún esfuerzo extra.

Ella se quedó sentada en silencio por unos instantes. Aunque él hubiera respetado cierta exhibición de emoción o remordimiento, al menos Karen no le gritaba, exigiéndole que encontrara al asesino de su padre, como si realmente le importara lo que le había sucedido. Marc acarició la idea de descubrir por casualidad que ella se las había arreglado para cobrar una gran poliza de seguro de su padre. La posibilidad no era del todo remota; el dinero estaba detrás de muchos asesinatos, aunque bien se podría tratar sencillamente de algo tan mundano como la forma de preparar un filete.

—¿Cuánto tiempo hace que vio o supo algo de su padre?

—Hace años. —Dio la impresión de que iba a decir algo más, en cambio, apretó los labios con fuerza y dejó que aquellas dos palabras quedaran en el aire.

—¿Hay algún seguro de vida a nombre de su padre?

—No que yo sepa. —Conmovida, se dio cuenta de lo que el inspector estaba pensando.

—¿No sabía ni dónde ni cómo estaba viviendo?

Karen percibió su hostilidad, a pesar de que el rostro de Chastain se mantuvo impasible y ocultaba sus ojos tras las largas pestañas. El inspector Marc Chastain la desaprobaba por cualquier razón, pero si persistía en el punto de vista del seguro, se toparía con un callejón sin salida. Quizás él esperara que se echara a llorar gritándole porque obviamente no estaba trabajando duro para descubrir quién había asesinado a su padre. De todas formas ella no había esperado un despliegue supremo de esfuerzos. Era enfermera; veía con demasiada frecuencia lo que ocurría cuando una persona sin hogar era víctima de un crimen. Las comisarías de policía en todo el territorio nacional trabajaban con recursos limitados, y no podían desperdiciar su preciado tiempo ni dinero en causas inútiles. Los hospitales lo hacían todo el tiempo. La preselección era importante, de lo contrario todo el mundo perdía.

Podría habérselo dicho al inspector, pero tenía demasiado calor, estaba demasiado cansada y demasiado estresada para preocuparse de lo que él pensara. La cabeza le latía con fuerza. Sentía como si estuviera a punto de saltar en todas las direcciones, sus sentimientos en ebullición, y la única manera de sobrellevarlo era mantener el control. Así era cómo lo hacía en el trabajo cuando moría un paciente, no importaba lo concienzuda que fuera en sus cuidados, no importaba lo bueno que fuera el médico, ni que se tratara de un pequeño de cara angelical o de una anciana alegre de ojos chispeantes. La gente moría a todas horas. Ella había aprendido a sobrellevarlo.

—No se mantenía en contacto —dijo finalmente.

—Era un veterano del Vietnam. —Fue una afirmación, no una pregunta.

—Sí. —Karen sabía adónde quería llegar. El veterano trastornado, con necesidad de cuidados psiquiátricos, expulsado y olvidado por su familia por ser una carga demasiado pesada, un estorbo demasiado grande con sus caprichos, rabias y reacciones imprevisibles.

Sin embargo, el inspector Chastain no lo dijo; no tenía que hacerlo. Karen podía leerlo en su mirada fría y entrecerrada.

—Nos dejó cuando era una niña —dijo con mayor aspereza de la que prentendía. Podía sentir cómo iba perdiendo el dominio de sí, el filo desgarrador de un dolor que se negaba a identificar, y luchó por contener sus emociones a raya. Habría tiempo de sobra para ello más tarde, cuando se encontrara sola y aquel hombre de rostro severo y semblante sombrío no la estuviera mirando con desdén velado.

No le debía ninguna explicación. No tenía que revelar el dolor, la angustia y el miedo de su infancia, para que mejorara su opinión sobre ella. Todo lo que tendría que hacer sería soportar los dos próximos días, luego regresar a Ohio y volver al trabajo, al apartamento silencioso y vacío al cual no lo consideraba como su hogar a pesar de llevar viviendo allí cuatro meses.

—¿Qué debo hacer para reclamar su cuerpo? —preguntó Karen después de unos instantes, con voz una vez más fría y serena.

—Tiene que identificarlo, firmar algunos papeles. Yo la acompañaré. ¿Ha hecho algún preparativo para llevarlo de vuelta a Ohio?

Karen se quedó allí sentada, aturdida. No había pensado en ello. Se había centrado en estar presente en el funeral, pero no en dónde tendría lugar. No tenía una parcela en Ohio donde pudiera enterrar a Dexter. No había espacio junto a la tumba de su madre; de todos modos no se trataba de que ella quisiera aquello, pero así lo habría querido Jeanette.

Karen retorció las manos como si intentara controlar la afilada punzada de dolor. Había defraudado a su madre. Jeanette le había pedido muy poco y a cambio le había dado todo; sin embargo, Karen había permitido que el resentimiento contra su padre le impidiera hacer lo que su madre hubiera deseado.

—Yo... ni siquiera había pensado... —dijo deseando no haberlo hecho. La expresión hierática de Chastain se asemejaba a la de una roca, pero Karen sintió de nuevo aquella corriente de desaprobación.

Le inundó el remordimiento, no a causa de lo que el inspector Chastain pensara de ella sino porque había desperdiciado mucho tiempo con ese resentimiento, permitiendo que le nublara la mente. No lo permitiría por más tiempo.

Chastain se encogió levemente, con un movimiento de sus amplios hombros, un gesto que resultaba extrañamente galo. Karen pensó que quizá por hallarse en Nueva Orleans, era de esperar que encontrara en todo un tinte francés. Y quizás, incluso estuviera más nerviosa de lo que percibía, dado que estaba dejando que detalles insignificantes la distrajeran. Había sido entrenada para concentrarse en el trabajo que tenía frente a ella, no en trivialidades tales como observar el modo en que un poli de Nueva Orleans se encogía de hombros.

—Si no puede hacer frente a los gastos para llevarlo de vuelta, puedo ayudarla a encontrar un nicho para enterrarlo aquí. —Se ofreció Chastain, aunque Karen se imaginó que él esperaba que lo rechazara—. No en la ciudad, eso sería imposible, pero sí a unos cuantos kilómetros, en las afueras. O si no podría considerar la incineración. Sería más barato.

Más barato. Él pensaba que incineraría a su padre porque era más barato. Karen no tenía nada en contra de la incineración, si era lo que alguien deseaba, pero no podía dejar de pensar en Jeanette. Dexter tendría que ser enterrado junto a ella. Tenía que solucionar aquello en ese momento, pero cuando regresara a Ohio, empezaría los preparativos para enterrar juntos a sus padres. Tendría que localizar dos parcelas una al lado de la otra, llevar a cabo los trámites judiciales y técnicos para el traslado de los cuerpos... ¡Oh, Dios santo, no podía pensar en su madre como un «cuerpo»!

No podía pensar en absoluto; se le estaba paralizando la mente por minutos. Y fuera cual fuera la opinión privada del inspector Chastain sobre ella, al menos le había ofrecido su ayuda. Se sentía incómoda al aceptar su apoyo, sabiendo que no era de su agrado, pero justo en ese momento lo necesitaba con desesperación.

—Gracias. —Se esforzó al contestar, su voz insólitamente ronca—. Por norma general no soy tan desorganizada. Mi madre murió hace tan sólo unos meses, y aún no estoy... —Se detuvo al tiempo que apartaba la vista, asombrada al verse excusándose.

El inspector se levantó y retiró la chaqueta del respaldo de su silla.

—La llevaré al depósito de cadáveres ahora, si se siente capaz de soportarlo.

No era así, pero se puso en pie de todas formas. Lo miró fijamente, preguntándose cómo podía soportar el llevar una chaqueta con aquel calor. Sintió un mareo, demasiado calor y frío al mismo tiempo, el sudor que corría por su columna le provocó un escalofrío. El perezoso movimiento del ventilador del techo apenas agitaba el aire caliente. No lo comprendía; se había vestido con el traje más fresco que poseía, pero tenía la sensación de estar enfundada en lana en vez de en algodón.

A continuación la mano del inspector Chastain se posó sobre su brazo. Era una mano cálida y firme. Sintió las durezas de sus dedos, percibió el ligero olor a limón de su loción de después del afeitado, y obtuvo una imagen borrosa de un gran cuerpo de pie junto a ella, demasiado cerca, como si ella se encontrara casi recostada contra él. Uno de los brazos estaba colocado alrededor de su espalda, y la mano que le sujetaba el brazo la obligó a sentarse de nuevo en la silla, en cierto modo su fuerza la reconfortaba.

—Siéntese aquí —le ordenó a media voz—. Agache la cabeza y respire profundamente. Le traeré algo frío para beber.

Respiró con fuerza, pero pensó que si inclinaba la cabeza hacia delante, la inercia le haría seguir hasta caer al suelo. Así que permaneció sentada inmóvil, con los ojos cerrados, cuando él abandonó la pequeña oficina. Al otro lado de la puerta podía oír a gente hablando, los teléfonos que sonaban, el murmullo de papeles. Se escuchaban maldiciones, alguna de ellas en un tono mordaz y de enfado, otras emitidas con acento perezoso y fluido que prácticamente le hacían olvidar el contenido de las palabras.

Polis. Las enfermeras que trabajaban en urgencias y en traumatología estaban rodeadas de polis, pero salvo en algunos periodos de prácticas, ella siempre había estado destinada como enfermera de planta, de modo que el mundo de los policías era ajeno a ella. Con la mente a la deriva, les escuchó hablar: con dureza, con un lenguaje soez, insensibles, y aun así curiosamente preocupados. Los polis y las enfermeras tenían mucho en común, pensó adormecida. Tanto unos como los otros tenían que endurecerse frente a hechos desgarradores y no obstante se interesaban por la situación global.

—Aquí tiene.

No le había oído llegar y se encontró de repente con una lata de refresco helada presionada contra la mano. Abrió los ojos y parpadeó ante ella. Normalmente, bebía soda descafeinada baja en calorías, sin embargo esta era genuina, con su dosis completa de azúcar y cafeína.

—Bébasela —dijo el inspector. Evidentemente era una orden, no una sugerencia, ya que Chastain le levantó la mano y ladeó la lata para acercársela a la boca.

Se vio obligada a dar un trago, como si se tratara de una niña pequeña y le lanzó una mirada de resentimiento. Él le respondió con una especie de insistencia afable que le hizo pensar una vez más en una roca. En un instante de perspicacia, Karen pensó que sería un hombre implacable cuando fuera tras algo que deseaba. No le gustaría ser un delicuente con Chastain pisándole los talones.

La soda burbujeó en su lengua, ácida y dulce al mismo tiempo, estaba tan fría que podía sentir cómo se deslizaba por el esófago. Él le hizo dar otro trago antes de decidir que ella podía arreglárselas por sí sola, pero incluso entonces no llegó a desplazarse más de un paso para apoyarse en el borde del escritorio. Estiró las piernas musculosas recubiertas por unos pantalones informales de color oliva, mientras sus pies calzados con mocasines permanecieron a tan sólo unos centímetros de los de ella, mucho más pequeños. Karen echó los pies un poco hacia atrás, extrañamente perturbada, y el estómago se le encogió reaccionando como ante una situación de miedo, lo cual era ridículo. No temía a Chastain; a pesar de su actitud, incluso le estaba agradecida.

—Bébase todo. La humedad es como la altitud —le dijo con tranquilidad—. Ambas te invaden a hurtadillas y te dejan sin conocimiento. Por un momento vi que tenía la mirada extraviada. ¿Se encuentra mejor ahora?

Así era. Karen se dio cuenta de que casi se había desmayado a sus pies. Era enfermera; debería haber reconocido los síntomas. Al no haber comido ese día, había medio provocado un desvanecimiento, y el calor y la humedad con toda certeza no habían sido de gran ayuda. Cada hilo que reposaba sobre su cuerpo se hallaba empapado. ¡Qué embarazoso hubiera sido si se hubiera caído de bruces! Dada su velada aversión, Karen se preguntaba por qué el inspector Chastain no había dejado que eso ocurriera. Sin embargo, él había estado atento e inesperadamente amable, y recordaba esa fugaz sensación de seguridad que había experimentado bajo su tacto.

—Gracias —dijo ella, levantando la vista de nuevo hacia él. Estando tan cerca, advirtió con sorpresa que sus ojos eran de un pálido gris cristalino, con anillos de color carbón alrededor de los bordes externos del iris. Dado el tono oscuro de su cabello y de las cejas, así como su tez aceitunada, ella había creído que sus ojos serían también oscuros. O quizá se encontraba al borde del desvanecimiento antes de entrar en su oficina, porque de otro modo ¿cómo no hubiera advertido un color tan chispeante? Sintió que se le encogía otra vez el estómago, y respiró hondo para tranquilizarse.

—Ya estoy en condiciones para ir al depósito.

Cualesquiera que fueran sus pensamientos, ella no pudo leerlos en su rostro.

—Realmente no tiene que ver el cadáver —le explicó—. La oficina del médico forense utiliza cintas de vídeo para las identificaciones. Es más fácil para los familiares.

Si duda él pensaba que la idea del depósito, de la visión del cuerpo de su padre, la había afectado tanto como el calor y la humedad.

—Soy enfermera —se oyó decir—. No es probable que la visión de un cadáver haga que me venga abajo, pero de todas maneras... —De todas maneras, le reconfortaba que fueran cintas de vídeo.

Chastain colocó la mano de nuevo en el brazo de ella, la ahuecó bajo su codo al estilo de otros tiempos.

—Entonces más nos vale acabar con ello, ¿no es cierto?

# 7

El doctor Pargannas, el médico forense adjunto, deslizó la cinta en el vídeo. Mientras Karen observaba la pequeña pantalla de televisión, Marc la observaba a ella. No era tarea difícil; su perfil era delicado y perfectamente esculpido, completamente femenino. Vista de perfil, su boca parecía sensible y temblorosa. Se recostó en su asiento, bajó los párpados al tiempo que la estudiaba, analizándola con la misma intensidad que si se tratara del principal sospechoso de asesinato.

El doctor Pargannas le habló despacio. Marc conocía el procedimiento, por tanto no se molestó en escuchar. Algunas veces los afectados familiares necesitaban ser preparados y animados para enfrentarse a lo que iban a ver. Karen Whitlaw cuadró los hombros y con su voz fría y serena dijo:

—Estoy lista. —Nada de remilgos con ella, no señor.

Chastain reprimió una mueca. Por supuesto, no era escrupulosa; no podía serlo y hacer su trabajo. Apostaría a que era un verdadera joya en urgencias, aunque tenía sus dudas respecto a su comportamiento con el enfermo después. Él había sido paciente de un hospital en dos ocasiones, las dos por cortesía de su empleo, y creía que debía de ser una norma de los hospitales que una enfermera por turno y por planta tenía que ser una bruja insensible. Quizá la señorita Whitlaw no fuera una bruja, pero no había visto ni un ápice de calor en ella. No le gustaría que le clavara agujas en el culo.

No había dudas sobre ello, sin embargo, porque ella lo excitaba, con aquellos ojos oscuros y aquella adorable boca de apariencia engañosa. No debería haberla tocado, pero, diablos, no podía permitir que se desmayara a sus pies. Por tanto la había sujetado contra sí, le había servido de apoyo, había sentido la suavidad de su cuerpo bajo sus manos, olido el dulce almizcle de su piel... y la deseaba. No sabía si había algo de pasión en ella, pero estaba seguro de que le gustaría llevarla a la cama y descubrirlo.

«Aparta tu mente de su ropa interior y vuelve al trabajo, Chastain», se reprendió a sí mismo. No era el momento, ni el lugar para esta clase de pensamientos, y además, se estaba poniendo duro al pensar en ello.

El doctor Pargannas puso en marcha el vídeo, y el pálido rostro ceroso de la víctima inundó la pantalla.

Si no hubiera estado observando tan de cerca a Miss Whitlaw, Marc hubiera pasado por alto su reacción. Percibió la casi imperceptible mueca de dolor, rápidamente controlada, y las esbeltas manos se retorcieron sobre su regazo.

—Sí, es mi padre —dijo a pesar de todo tranquila, mientras sus nudillos se tornaban blancos.

Marc desvió la vista de aquellas manos traicioneras hacia el rostro sereno, y la conmoción fue como una bofetada en el semblante. De pronto todos los pequeños detalles encajaron en su sitio. ¿Dios, cómo podía haberlo pasado por alto? Se sentía como un estúpido, porque debería haberlo visto desde el principio. Su vista se agudizó mientras la examinaba.

No, aquello no le era tan indiferente como pretendía. Él había notado en la oficina que cada vez que su compostura se resquebrajaba, con rapidez ella se recobraba, sus hombros se cuadraban y alzaba la barbilla. No le gustaba perder el control, y definitivamente no se vendría abajo ante extraños; no obstante, Chastain supo de repente que estaba lejos de ser una mujer insensible.

Quizá sentía demasiado. Desvió de nuevo la vista hacia sus manos, selladas entre sí mientras ella se mantenía literalmente dentro de un puño firme. Quizás hubiera aprendido a protegerse fingiendo indiferencia, manteniendo a la gente a distancia para no ser dañada. En un momento de comprensión, Marc pensó que debía de estar sola, sufriendo de pena; sin embargo, en algún momento de su vida había aprendido a esconderse tras una máscara de despreocupación, quizá cuando su padre las abandonó. Los niños aprendían a actuar con firmeza cuando en su interior estaban aterrados.

Si Marc interpretaba bien aquellos indicios, ella estaba intentando controlar su entereza en ese momento, pero cuando se encontrara a solas lloraría a lágrima viva.

Aquello no era bueno. Una mujer necesitaba un hombro sobre el cual llorar. En este caso, el hombro de un hombre. El suyo, para ser más específicos.

La atracción sexual que sentía contra su voluntad se fundió de repente en algo mucho más violento, más apremiante, y esta vez no intentó siquiera apartarlo de su mente.

Lejos de toda presunción, Marc sabía que era un poli condenadamente bueno. Se ganaba la vida recogiendo retazos de información y atando cabos para crear el cuadro de una situación. Sus instintos daban normalmente en el blanco, pero en este caso había permitido que unos cuantos malentendidos se interpusieran, y ella se había topado con su hostilidad inicial. ¡Diablos, si estaba en lo cierto respecto a ella, era tan sensible que con toda probabilidad se habría sentido dolida con su actitud! Había reaccionado, como era de esperar, cerrándose más aún en sí misma. Para conseguir que ella confiara en él ahora, y tenía toda la intención de hacerlo, tendría que superar no sólo su cautela natural, sino también la barrera protectora que había levantado como reacción a la impresión errónea que él había percibido y a su frialdad inicial.

No obstante, él la deseaba y ese deseo aumentaba cada vez que la miraba, cada vez que ella respiraba. Conseguirla era otra cosa; la tarea requeriría todas sus habilidades. Era asustadiza y, teniendo en cuenta el ejemplo de su padre, probablemente no confiaría mucho en los hombres. A pesar de todo, nunca se había encontrado con una mujer a la cual deseara y no la hubiera conseguido, y no tenía ninguna intención de permitir que Karen Whitlaw fuera la excepción.

Marc tenía dos grandes ventajas cuando se trataba de mujeres. En primer lugar, él respetaba sus diferencias en relación con los hombres, y siempre que se involucraba con una mujer, se dedicaba en cuerpo y alma a descubrir lo que necesitaba. Por supuesto, las necesidades variaban de una mujer a otra, pero en la mayoría de los casos todas ellas buscaban la atención y el cariño que hacían que se sintieran importantes para él. Cuando Marc estaba con una mujer, él le pertenecía; era así de sencillo. Les ofrecía a cada una de ellas el respeto a la fidelidad mientras su relación durara, aprendía sus caprichos y rarezas, y era pródigo en atenciones; en dos palabras, las mimaba. Le encantaba hacerlo, adoraba ver a una mujer resplandecer de felicidad.

Dado su pasado, pensó que Karen necesitaba con desesperación ser mimada. Había pasado su vida siendo un duro soldadito, y se merecía una oportunidad para relajarse, para permitir que alguien se ocupara de ella para cambiar. Él era justo el hombre para este trabajo.

Su segunda gran ventaja consistía en que era implacable e inflexible.

Tendría que actuar con rapidez, ya que no se quedaría por mucho tiempo, probablemente no más de un par de días. No tenía tiempo para una seducción pausada, camuflada con cenas, bailes, y que se prolongara durante varias semanas. Karen tenía un trabajo y una casa a los que regresar, y a menos que él forzara la situación antes de que se marchara, ella no tendría ninguna razón por la cual continuar la relación.

No tenía ninguna duda de que «habría» una relación. Estaba completamente seguro, más seguro de lo que jamás había estado. La sacudida que había sentido momentos antes le había llegado a lo más profundo de su piel. Y se encontraba, de repente, incómodo, de una forma que jamás había experimentado, porque poseer a una mujer nunca antes había revestido tal importancia, esa «necesidad».

Marc no sabía cómo iban a resolver los pormenores, con ella en Ohio y él en Louisiana, pero podrían llegar a un acuerdo respecto a eso más tarde. Lo más importante en ese momento era hacer valer sus derechos, y para hacerlo tenía que ganarse su confianza.

Empezar ahora, pensó, al tiempo que desviaba la mirada de sus manos para posarla en su rostro sereno, primero y en la pantalla de televisión después. A pesar de la rápida identificación de su padre, el doctor Pargannas le estaba mostrando con detalle el tatuaje con el lema «Semper Fidelis» y las otras marcas distintivas, quizá con el deseo de asegurarse de que no había hablado con precipitación, o bien porque Marc había estado ensimismado en sus pensamientos y no se había movido para dar por terminada la sesión. Se maldijo a sí mismo en silencio; debería haber detenido la proyección en el mismo segundo que habló.

—Gracias, doctor —dijo al tiempo que posaba una mano en el respaldo de la silla y apoyaba la otra en la mesa ante ella, abrazándola eficazmente sin tocarla. Advirtió cómo se tensaba levemente, como respuesta instintiva al sutil ademán posesivo de su postura; sin embargo, estaba demasiado trastornada para ser consciente de lo que él acababa de hacer. Aquellos sombríos ojos oscuros le miraron, a continuación fueron apartados con rapidez cuando sus miradas se cruzaron, pero no sin antes ver el alivio reflejado en ellos.

Ella fingía bien, se las arregló para echarse a un lado, se apartó de él deslizándose por la silla, se levantó y dijo con tono enérgico:

—¿Qué tengo que hacer ahora?

—Firmar algunos papeles para que podamos dejar salir el cadáver —contestó el doctor Pargannas, y acto seguido parpadeó ante la mirada de soslayo que le lanzó Marc—. ¡Ah... es decir, los restos de su padre! —El doctor parecía desconcertado; si ella hubiera estado visiblemente afectada, podría haber comprendido esa falta de tacto, pero con toda franqueza lo consideraba una pérdida de tiempo con una mujer tan pragmática.

Marc se había puesto de pie cuando ella lo hizo. Advirtiendo la tensión en sus hombros, dijo con voz tranquilizadora:

—Llamaré a una funeraria por usted, luego la llevaré a un par de cementerios pequeños para que pueda adquirir una parcela... ¿es eso lo que quiere?

—Sí, gracias —contestó Karen con rapidez.

—De acuerdo, arreglaremos los papeles aquí. ¿Doctor? —¡Maldita fuera, aquellos ojos negros le estaban afectando realmente, haciendo que sus entrañas se retorcieran como nudos! Quería acunarla, sujetarla contra sí para que supiera que no estaba sola en aquel trance, pero era demasiado pronto; un movimiento tan descarado como aquél la aterraría. Debía moderarse hasta que ella se relajara lo bastante con él.

Por el contrario, colocó la mano en su espalda a la altura de las caderas y sintió cómo el calor traspasaba su vestido, consciente de que la calidez de su mano sobre una zona tan sensible la reconfortaría. En circunstancias normales, ella se apartaría de él con un sobresalto y le lanzaría una mirada fría, pero aquél no era un día normal. Estaba cansada, trastornada por el calor, y atravesaba un infierno emocional. Estaba demasiado tensa incluso para notar el contacto, aunque no quizá para sentir el consuelo que suponía el que estuviera allí y la ayudara.

El doctor Pargannas lo estaba mirando absorto.

—¿Hmm? ¡Oh... claro! Lleve a la señorita Whitlaw a mi oficina, yo estaré allí en un minuto. ¿Les gustaría a alguno de ustedes tomar una taza de café?

Marc sintió cómo la espalda de Karen se estremecía ante la idea.

—Iré a buscar algo fresco a la máquina —dijo al tiempo que la conducía fuera de la sala de conferencias hacia la exigua y desordenada oficina al otro lado del pasillo.

Treinta minutos más tarde, la llevaba de vuelta al coche. La segunda bebida la había calmado una vez más, pero los efectos del azúcar pronto desaparecerían; necesitaba algo de comida. Marc pensó un instante. Una comida pausada, sentados en algún restaurante tranquilo sería lo mejor, pero era probable que ella rechazara la idea. No sólo lo consideraría un retraso intolerable cuando tenían tantas cosas que hacer, sino que el ambiente la haría sentirse como en una cita. Menos beneficioso pero con mayores probabilidades de ser aceptado sería que él comprara algo en el camino y lo comieran mientras conducía.

—¿Le importaría si consiguiéramos algo para comer? —preguntó con voz afable—. No he tenido oportunidad de almorzar. —Era mentira, pero qué importaba, si eso ayudaba a cumplir con su objetivo. Echando una mirada retrospectiva, estaba enfadado consigo mismo por haber pasado por alto algunos detalles cuando Karen entró en su oficina. Estaba debilitada por la presión, a punto de derrumbarse, y sólo su autodisciplina la mantuvo intacta. Quería darse él mismo una patada en el culo; normalmente interpretaba mejor a la gente.

—¿Comer? —Su tono era vago, como si tan sólo tuviera una ligera idea de lo que significaba la palabra. A continuación hizo un gesto visible de afirmación—. Claro que no me importa.

—Compraremos algo en algún restaurante de la carretera. ¿Le gusta la comida mexicana, las hamburguesas, el pollo frito, los frijoles y el arroz, la pizza...?

—La mexicana está bien —fue lo que eligió porque era lo primero que había enumerado.

Un poli conocía todos los restaurantes de la ciudad, y condujo hasta un minúsculo lugar destartalado que en otro tiempo fue el cobertizo de una barbacoa. No había mesas en su interior, tan sólo una ventana ante la que se paraban los coches y a través de la cual el propietario dispensaba sabrosos burritos y enchiladas. En breves instantes se encontraron de nuevo de camino, y Marc observó cómo el color asomaba en el rostro de Karen a medida que masticaba con lentitud un bocado de burrito.

—¿Cuánto tiempo tardaremos? —le preguntó.

—Alrededor de media hora, con tráfico. —Un esbozo de sonrisa confirió un toque peculiar a las comisuras de sus labios—. Podría colocar la luz azul en el salpicadero, pero intento no usarla a menos que esté hambriento, o realmente necesite un lavabo.

Una pequeña sonrisa alarmada brotó de ella. Se cubrió la boca con la mano, parpadeando como si no pudiera creer que él hubiera bromeado con ella y se hubiera reído. Aquellos grandes ojos negros se abrieron como los de un búho, mostrando su sorpresa.

A causa de aquellos ojos, él decidió ir más allá.

—Habrá observado que he depurado mi lenguaje por respeto a usted, en lugar de decir algo como: cuando necesito echar realmente una meada.

Ella se rió de nuevo y parecía tan sorprendida como la primera vez.

—¡Ah... sí, lo he notado! —consiguió decir—. Gracias.

Marc ocultó su satisfacción. Aquel inofensivo intercambio de palabras en tono de broma había trasladado decididamente su relación del plano estrictamente profesional al plano personal de un modo sutil, haciendo que ella se relajara. Lo necesitaba; por su aspecto necesitaba dormir. Cuando terminó de comerse el burrito, Marc tomó el envoltorio de su mano, rozando sus dedos en el proceso, y lo metió en la bolsa junto a sus desperdicios.

—¿Por qué no se echa hacia atrás y cierra los ojos hasta que lleguemos?

—Me temo que me dormiré si lo hago —le contestó con la mirada fija en el tráfico—. Trabajo en el tercer turno, por tanto...

Se detuvo y él continuó la frase.

—Por ello sólo había dormido un par de horas cuando la llamé —eso explicaba muchas cosas. Estaba realmente exhausta.

—Le devolví la llamada cuando llegué a casa, pero era demasiado temprano para que estuviera en la oficina.

—¿No saltó el contestador?

Karen hizo un gesto negativo.

—No, y dejé que sonara un largo rato.

Marc contuvo una maldición, alargó la mano para coger el teléfono móvil y marcó un número pulsando con fuerza con el pulgar. Karen observaba nerviosa; constantemente trataba a pacientes involucrados en accidentes de coche porque se habían distraído mientras hablaban por teléfono y conducían. El inspector Chastain mantuvo la mirada fija en la carretera y la mano izquierda firme sobre el volante. Era un conductor excelente, pensó, su estilo de conducir era tan suave que Karen apenas notaba la velocidad a la que se desplazaban.

Cortó la conexión con otro movimiento brusco del pulgar.

—No funciona el buzón. Lo siento. Lo comprobaré cuando regresemos; un inspector no puede permitirse estar ilocalizable. Entre tanto eche una cabezada si quiere. La despertaré cuando lleguemos.

Deseaba negarse, pero se encontraba demasiado cansada y la tentación era irresistible. Echó la cabeza sobre el reposacabezas del asiento y cerró los ojos ante los últimos rayos de sol de la tarde que resplandecían a través del parabrisas justo en sus ojos. No obstante, las rejillas del aire acondicionado expulsaban aire frío, rociando con frescor muñecas y cuello, y Karen sintió cómo sus músculos ateridos se iban relajando lentamente.

El sueño la eludía, aun así era reconfortante descansar. Aunque se había preparado para enfrentarse a la prueba de identificación, no había imaginado que sería tan difícil. Con toda seguridad, los años de separación y una vida marcada por el abandono y las promesas rotas deberían haberle conferido suficiente objetividad emocional para enfrentarse a aquello como si se hubiera tratado de un vecino. Pero no había funcionado de tal manera.

A pesar de no haber visto a Dexter en varios años, lo había reconocido de inmediato, sin la menor vacilación. Su cabello se había vuelto más grisáceo, pero su rostro, que debería haber estado más arrugado, había sido suavizado por la muerte. Había visto aquello antes, como si el final de la vida borrara algunas de las líneas que habían surcado la carne, otorgando a la muerte un semblante tranquilo. Su nariz rota no había cambiado, aún ligeramente inclinada hacia la derecha. Aquella era su mandíbula, larga y estrecha, y la línea recta de sus cejas. Estaban sus ojos hundidos y sus pómulos pronunciados que ella había heredado, así como sus afilados dedos.

El limpio agujero de la frente era nuevo.

Había intentado mirarlo desde el punto de vista clínico, pero todo su ser había reaccionado. Quería abandonar su asiento, escapar de aquella sala, ir a algún lugar, a cualquier parte. En cambio, había apretado las manos con la fuerza suficiente para clavarse las uñas en las palmas y obligarse a hablar con serenidad. Había tenido la esperanza de que al identificarlo pondría fin a la sesión, pero por el contrario, el doctor continuó pasando la cinta, haciendo comentarios en un tono seco y monótono.

Gracias a Dios que el inspector Chastain lo detuvo. Seguramente la cinta no duraba más de dos minutos, pero se habían convertido en horas para ella. Se había quedado paralizada en la silla, incapaz de hablar o moverse, hasta que Chastain rompió el hechizo al hablar. Confundida a causa de la sensación de alivio, realmente se había inclinado hacia él; no había sido consciente de que se balanceaba, pero de repente el rostro de él se hallaba mucho más cerca, sus brazos abiertos para cogerla en caso de que se cayera de la silla. Después de haber estado a punto de desvanecerse en su oficina, estaba claro que el inspector no iba a correr ningún riesgo. Avergonzada, se precipitó para ponerse en pie ayudándose con las manos y demostrarle que se encontraba perfectamente bien.

No debió convencerlo, sin embargo, ya que le sirvió otro refresco. Se preguntaba si no lo habría juzgado mal en un principio, si habría sido su estado de agotamiento el que la había llevado a percibir ese rechazo inexistente, porque ahora parecía un hombre perfectamente agradable. Si la despreciaba, lo estaba disimulando muy bien, y ella estaba tan cansada que no le preocupaba. Había necesitado comer, y necesitaba dormir. Al día siguiente, cuando hubiera hecho ambas cosas, sería de nuevo ella misma, pero por el momento estaba agradecida por la ayuda de Chastain.

Enterrar a Dexter en aquel lugar era la decisión más lógica, hasta que consiguiera arreglar todo de vuelta a casa. Suponía que existían lugares donde Dexter podría ser llevado, pero cualesquiera que fueran sus fallos, y había tenido muchos, había sido una persona, un hombre, un marido y padre, no se trataba de un simple montón de carne inerte. Merecía la ceremonia de un funeral, que se dijeran las oraciones ante sus restos.

Sintió alivio y supo que estaba haciendo lo correcto.

La radio del inspector emitió un ruido y la sacó de su absorbente ensoñación medio despierta, pero no abrió los ojos. Marc habló en voz baja por la radio, y fue como oír su voz de nuevo por primera vez. No la percibía de la misma manera cuando lo miraba, advirtió; era un hombre con un gran atractivo, no por su aspecto sino más bien por la fuerza de su carácter. Controloba su intensidad, pero era revelada por aquellos ojos alargados y brillantes.

No obstante, ahora, su voz era vertida sobre ella como la miel. No escuchaba las palabras, tan sólo el tono. El susurro incomprensible de su deje era relajante, como si no hubiera prisa por ir a ningún sitio ni por hacer nada. El modo en que pronunciaba «dónde» confería a la palabra dos, quizá tres, sílabas. Si se tomaba el mismo tiempo para hacer el amor como para hablar, debía de ser... Aquel pensamiento sexual la sorprendió, y abrió los ojos de golpe. No se atrevía a mirarlo, aunque se percató de inmediato de que estaba sentado a no más de un palmo de distancia.

Le ardían las mejillas. ¿De dónde provenía aquel pensamiento, y en ese momento, precisamente? No tenía por costumbre especular sobre las habilidades sexuales de los hombres. No tenía por costumbre especular sobre los hombres, y punto. Desde su punto de vista, la libertad sexual era una estupidez, para empezar, y además ahora era también peligrosa. Nunca había salido con muchos hombres, y nada en absoluto desde la muerte de Jeanette.

La verdad era que siempre había evitado involucrarse emocionalmente con un hombre porque no confiaba en ellos. Temía poner en peligro su corazón como lo había hecho su madre; no quería desperdiciar su vida amando a un hombre que no le correspondía. Por ello, había desperdiciado su vida sin amar por completo a ninguno.

Se sentía estúpida y enfadada consigo misma. Todos los hombres no eran iguales; lo sabía. Sí, su padre las había abandonado, pero también conocía a hombres que adoraban a sus esposas y familias, que eran fieles y fiables. Sin embargo, emocionalmente, ella no había conseguido desprenderse del temor silencioso y de la desesperación de su infancia. Sólo la tarde anterior... no aquella mañana... Dios, daba la sensación de que había transcurrido un año entero en un solo día, y este no había concluido aún; había decidido no permitir que el pasado la hundiera. Había empezado a hacer planes para el apartamento, con respecto a su profesión, pero aquellos planes no incluían un hombre.

¡Qué tonta podía llegar a ser! ¿Por qué no se había dado cuenta de esto antes? Se negaba a engañarse con la idea de un marido y una familia, sencillamente a causa del miserable ejemplo de su padre. Cuando hubiera acabado con todo aquello y estuviera de vuelta en casa, empezaría a aceptar alguna de esas invitaciones que ocasionalmente le llegaban. Conocía a algunos hombres agradables y era hora de conceder a uno de ellos la oportunidad de ser algo más que un amigo superficial.

Echando la vista atrás, le complacía haber tenido ese pensamiento picante sobre el inspector Chastain, porque había propiciado aquel arrebato de examen de conciencia. Además, era probable que fuera bueno en la cama, pensó, sintiéndose desafiante. Cualquiera que fuera la opinión que tenía de ella, estaba haciendo todo lo posible por allanar el camino para Karen. Una de sus amigas de la planta de quirófanos, Piper Lloyd, decía que una siempre podía descifrar si un hombre era un buen amante o no con sólo observarlo en el trabajo. Alguno de los médicos del sexo masculino, de acuerdo, la mayoría, creían ser un regalo de Dios para las mujeres, pero conforme a la teoría de Piper, eran demasiado arrogantes y tenían demasiadas prisas. Si no prestaban atención a sus pacientes, no era probable que prestaran atención a una amante.

Piper aprobaría al inspector, pensó Karen adormecida. Estaría ya batiendo sus ojos ante él y ahuecando su cofia de negros rizos, había que tener en cuenta que Piper era una veterana con cicatrices de guerra en las batallas amorosas. Tenía cuidado con el sexo, pero no tenía vergüenza en perseguir aquello que deseaba.

Karen no estaba al nivel de Piper. Con sólo aceptar algunas citas ocasionalmente y dar una oportunidad a un tipo, ya sería un gran paso para ella.

—¿Está casado? —Sus ojos se abrieron de golpe al escuchar aquellas palabras salir de su boca. No tenía intención de hacer esa pregunta; en realidad no había pretendido decir nada, porque era demasiado agradable estar allí sentada con los ojos cerrados. En lugar de mirarlo, fijó la vista en el paisaje que avanzaba ante ella mientras dejaban la ciudad atrás, donde los Burguer Kings daban paso a los árboles y a la hierba.

—No, nunca lo he estado —le contestó con voz tranquila y sorprendiéndola—. ¿Qué me dice de usted?

—No, yo... no —iba a lanzarse a una larga explicación sobre lo ocupada que estaba, pero decidió dejar la respuesta tal cual. No era una cuestión de trabajo, sino de cautela.

—¿Comprometida?

Bueno, una pregunta indiscreta conducía a otra, pensó resignada Karen.

—No.

—Yo lo estuve, una vez, pero ambos lo pensamos mejor —Marc le lanzó una extraña mirada velada—. Los policías tienen el mayor índice de divorcios del país. Algunas mujeres no pueden soportar besar a sus maridos por la mañana para despedirlos, sabiendo que puede ser la última vez.

Karen chascó la lengua, con un gesto que reflejaba una alegría inconcebible en lugar de compasión.

—Pequeñeces —pronunció con tono sentencioso—. ¡Fíjese, preocuparse por una insignificancia como esa!

Una rápida sonrisa irónica iluminó su expresión. Chastain tenía lo que ella creía era el aspecto típico de un poli, ligeramente distante, definitivamente cínico. El corte militar de su cabello negro le hacía parecer incluso más duro, por tanto el resquicio de diversión fue tan brillante como la mella de un relámpago en un cielo plomizo.

—Podría casarse con otra mujer policía —sugirió ella.

Marc gruñó al tiempo que giraba en la señal a su izquierda, reducía la velocidad al acercarse a una intersección y luego tomaba una carretera secundaria.

—Sí, claro, del mismo modo que usted se casaría con un médico u otro enfermero.

Karen hizo una mueca. Alguna gente se casaba con compañeros de profesión y funcionaba, pero ella quería tener cierta independencia del hospital. Se sumergía en el trabajo mientras estaba allí, y amaba su empleo, pero no deseaba llevárselo consigo a casa.

—¿Qué tipo de enfermera es?

Ganó puntos ante ella al saber que había distintos tipos.

—Trabajo en la planta de quirófanos de un hospital, pero estoy pensando en regresar a la facultad y obtener la licenciatura, quizá me especialice en trauma. —Al decirlo en voz alta, sin embargo, parecía solidificar la decisión, y supo que iba a hacerlo.

Marc arqueó una ceja.

—¿No es como abandonar un trabajo de despacho para estar en primera línea de fuego?

—Usted mismo está en las trincheras —remarcó Karen—. Además, quiero saber más, hacer más cosas —se metió una onda de cabello tras la oreja, volviéndose a medias hacia él, su expresión seria habitual con un brillo intenso—. Quiero conocer los últimos avances, los medicamentos y tratamientos más recientes. No quiero cambiar los vendajes quirúrgicos, deseo aplicar la presión que corta la hemorragia —no sabía por qué estaba contándole a un verdadero extraño, todo esto, pero había algo en él que hacía fácil hablar. Era curioso, ya que en realidad no habían empezado de un modo muy amigable. Quizá fuera porque parecía interesado, o quizá porque era tan sólo un consuelo apartar la mente de Dexter. Podría ser que se encontrara borracha por la fatiga o con una subida de azúcar a causa de todos los refrescos que él le había servido.

El inspector se detuvo en el estacionamiento de una pequeña iglesia rural, vacío y alertagado bajo el calor intenso de la tarde. A un lado, bajo las ramas protectoras de unos inmensos robles, se hallaba un cementerio bien cuidado. Karen miró las tumbas y sintió cómo todo su ser se tensaba. Había conseguido olvidar por unos minutos, pero el descanso se había acabado. Cuadró los hombros y salió del coche.

—En unos instantes vendrá alguien —dijo Chastain, poniéndose con rapidez las gafas de sol mientras avanzaba con ella en dirección al cementerio—. Si le gustan las parcelas, puede dejar arreglados los papeles esta tarde.

Karen inspiró una bocanada de aire denso y cargado que le produjo la sensación de que no había suficiente oxígeno. Se encontraba ya empapada de sudor, y pensó con ansias en otra de esas refrescantes bebidas, cargadas de azúcar o no, no importaba. Los pollos se cocinaban a temperaturas inferiores a aquella. Al menos ella estaba a medio hacer.

La mano de Chastain se posó otra vez en su espalda, tan candente como el hierro. Todo esto no era real, pensó Karen, mientras miraba fijamente la maraña rizada de líquenes que colgaban de los árboles y que se balanceaban en una brisa inexistente. Esa misma mañana, se hallaba durmiendo en su habitación oscurecida y provista de aire acondicionado. Ahora se encontraba asándose en Nueva Orleans, adquiriendo una sepultura para el padre que llevaba años sin ver hasta que el médico forense le pasó un vídeo de él sobre la losa de las autopsias, y estaba siendo cuidada por un poli de aspecto duro que no la apreciaba, pero que, por razones que sólo él conocía, estaba siendo de gran ayuda.

No, no era real. Era un pesadilla, pero estas, como todos los sueños, también tenían un fin.

*Langley, Virginia*

Franklin Vinay, el director adjunto de operaciones, trabajaba hasta tarde normalmente. Le gustaban las horas en que su personal se había marchado a casa, el teléfono dejaba de sonar la mayor parte del tiempo y los asuntos que le mantenían ocupado aligeraban. Era entonces cuando se abría paso entre la montaña de papeles que cada día aterrizaban en su mesa, e intentaba ir un paso por delante de los enemigos del país; quienes demonios fueran.

Había sido más fácil durante la Guerra Fría; todo estaba bien delimitado, se conocía al enemigo. Temía que la antigua Unión Soviética, ahora fragmentada, fuera más peligrosa de lo que había sido antes, con gente inexperta en los muchos gobiernos. China le preocupaba enormemente, pero la Administración actual estaba más interesada en hacer dinero que en salvaguardar la seguridad del país. Cualquier loco podía fabricar una bomba, los llamados aliados de Norteamérica vendían felizmente armas y tecnología a todo aquel que pudiera permitirse el coste, y la capacidad militar estaba más baja que nunca. Todo era propicio para el desastre, y él pasaba largas horas en su despacho intentando evitar que aquella mezcla no estallara.

Un leve golpe en la puerta le interrumpió; suspiró y cerró el expediente que estaba leyendo.

—Adelante.

Esperaba que abriera la puerta uno de los empleados jóvenes que estuviera echando unas horas como él, pero ante él apareció un rostro familiar y sin atractivo.

—Pensé que estarías aquí todavía —dijo Jess McPherson al tiempo que entraba con naturalidad en la oficina y cerraba la puerta tras de sí—. Tengo malas noticias.

Jess y el director adjunto de operaciones se conocían de hacía mucho tiempo y por ello dejaban de lado las formalidades entre ellos. Conocía la expresión del rostro de Jess y se le encogió el estómago.

—¿Qué ha ocurrido?

—Ha muerto Rick Medina. Encontraron su cuerpo en Mississippi. —McPherson acopló su largo y desgarbado cuerpo en un sillón.

—¡Mierda! —La voz de Vinay fue embargada por una tristeza profunda. Rick Medina era una leyenda en los círculos de la CIA, pero más allá de eso, había sido un amigo personal. No quedaban muchos del viejo grupo; todo el mundo estaba volcado ahora en la tecnología, olvidando que el mejor de los satélites y el mejor de los ordenadores no podían sustituir al recurso más básico, a un hombre en su puesto. La inteligencia humana estaba en el alma de cada una de las buenas decisiones que Vinay había tomado.

—¿Qué ocurrió? ¿Estaba trabajando?

Esperaba por todos los demonios que no fuera así. Rick nunca llegó a ser un agente fijo de la CIA; por el contrario, había sido un agente colaborador, lo que significaba que regularmente ofrecía sus servicios a otros clientes fuera de la agencia, lo cual implicaba otros países. Con Rick, sin embargo, Vinay siempre había tenido la certeza de que ninguno de sus otros trabajos pondrían en peligro la seguridad de su país. Los otros agentes no eran tan particulares, pero Rick Medina era, sencillamente, un patriota. Entonces, también, había otras consideraciones.

—No para nosotros —dijo MacPherson—. El último rumor que he oído dice que estaba resolviendo algo personal. Los polis locales lo han declarado como un robo con asesinato, pero mierda, no me imagino a Rick atrapado como un patoso por un novato con una asequible 22.

—¿Eso fue lo que le mató? ¿Una veintidós?

—Según el informe, sí. Dos disparos en el corazón. Un par de jóvenes lo encontraron en su coche, escondido tras unos arbustos en una antigua mina abandonada. Su cartera estaba depositada en el asiento de al lado, vacía. El dinero y las tarjetas de crédito esfumadas.

—Lo más conveniente, a efectos de identificación. —Vinay se mordió el labio—. Rozando en demasía lo conveniente.

—¡Ajá, lo sé! A mí tampoco me encaja, pero no estaba trabajando para nosotros, por tanto no tengo ninguna idea de lo que hacía. Que nosotros sepamos, tan sólo se trata de pura mala suerte y de un infeliz novato que por casualidad hizo algunos disparos certeros.

—¿Qué hay del arma de Rick? ¿Ha sido encontrada?

MacPherson negó con la cabeza. Vinay no esperaba una respuesta afirmativa. Ningún desecho de la calle pasaría por alto un arma cara como la que llevaba Rick Medina. Tampoco serían capaces de seguir la pista por el número de serie, porque Rick se habría asegurado de que ningún arma le condujera hasta él.

—¿Dónde está John? —preguntó McPherson a media voz.

—En una misión.

—¿Vas a comunicárselo o a dejarlo tal y como está? —Cualquier misión encomendada a John Medina era, por definición, crucial.

—Se lo comunicaré. Confío en su juicio. —Además, únicamente un loco le ocultaría a John la noticia de la muerte de su padre.

—Dile que me llame —le pidió McPherson al tiempo que se levantaba.

Vinay lanzó una mirada penetrante a su preciado amigo.

—¿Jess? ¿Sabes algo que no me hayas contado?

—No, pero puede que John sí. Y si va detrás de quienquiera que se cargara a Rick, bueno, lo consideraría un honor ayudarle.

# 8

Karen tuvo un sueño tan profundo que cuando se despertó al día siguiente se sentía lenta de reflejos y atontada, incapaz de levantarse. Sentía los ojos arenosos, y la funda de la almohada estaba empapada. Vagamente recordó haber llorado durante la noche, haber emergido del sueño por unos instantes sintiéndose abrumada por la desesperación y la pérdida.

Por fin, consiguió arrastrarse fuera de la cama y desperezarse, consciente del estiramiento de cada músculo, y de mala gana se despejó. Abrió las cortinas y miró fijamente el resplandor cegador del día; podía sentir ya el calor empujando contra la ventana. Agradeciendo a Dios la eficiencia del aire acondicionado del Marriott, se dirigió tambaleándose a la ducha y dejó que el agua fría corriera con fuerza sobre ella y disipara un poco más su enredo mental.

Acababa de secarse el pelo cuando oyó el teléfono. Envolviéndose en la bata se precipitó hacia la habitación.

—¿Diga?

—Buenos días —identificó al instante la voz cálida y enigmática en su oído—. ¡Espero no haberla despertado!

—Buenos días, inspector. No, ya estaba despierta. Acabo de salir de la ducha. —Karen se giró para echar un vistazo a los dígitos de la radio despertador sujeta con pernos al velador. Parpadeó, pero los números rojos seguían marcando lo mismo: eran las diez y veintitrés—. ¡No puedo creer que haya dormido hasta tan tarde! —dijo de buenas a primeras, sorprendida—. ¿Son realmente casi las diez y media?

Marc rió entre dientes, aquel sonido era tan cálido que su estómago empezó a fundirse.

—Sí, señorita. Estaba tan cansada ayer, que pensé que podría dormir hasta tarde, así que esperé para llamarla. Necesito entregarle los efectos personales de su padre, si se siente con fuerzas para hacerlo hoy. Si no, puede esperar.

Podía esperar hasta el día siguiente, quería decir; sin embargo, Karen había programado el funeral para esa mañana, y no creía que pudiera soportar ambas pruebas el mismo día.

—No, iré hacia allí en cuanto haya comido.

—Si tengo que atender un servicio, se lo haré saber, tenga cuidado al venir.

—De acuerdo —aceptó ella. Tras cortar la comunicación, Karen llamó al servicio de habitaciones y pidió el desayuno, apartando de este modo la aprensión que se instalaba en la boca del estómago como si fuera un bloque compacto y frío de harina de avena. Los efectos de Dexter consistirían en ropa andrajosa y zapatos viejos, quizá con agujeros en las suelas. Odiaba pensar en él sin la ropa apropiada, sin un lugar a salvo para dormir o resguardarse de las inclemencias del tiempo. Siempre se lo había imaginado llevando una vida despreocupada, desarraigada, sin esposa ni hija; nunca se lo había imaginado desprovisto de las cosas más elementales de la vida.

Le dolía. Podría haber llevado una vida normal con su familia, pero él las había rechazado a cambio de... nada. Sin casa, ni empleo, durmiendo en cajas de cartón, consiguiendo comida en los centros de caridad y en los comedores de beneficiencia o de lo que podía escarbar en los cubos de basura. ¿Habría robado un carro de un supermercado y deambulado por ahí con sus bienes materiales cargados en él? ¿Les había dado la espalda para aquello?

¿Cómo podía un hombre hacer algo así? ¿No sentía ningún vínculo, ninguna responsabilidad hacia su familia? ¿Cómo podía haber herido a su madre de esa forma y aun así sentirse libre para aparecer o llamarla siempre que lo necesitaba? ¿Qué había en él que Jeanette había amado hasta su último aliento?

—¡Oh, mamá! —susurró Karen, dolida por su madre, cuyo dolor había sido el más intenso. Ella, al menos, nunca había conocido a su padre tan bien; por ello, no había sufrido tanto por ella sino más bien por su madre. Agradecía que Jeanette no hubiera tenido que ver esa cinta de vídeo y tuviera que reclamar un pequeño montón lamentable de pertenencias.

Se acababa de vestir, lo más cómoda posible, con un vestido color melocotón sin mangas y con forma de tubo y unas sandalias, cuando el servicio de habitaciones llegó con el desayuno. Su apetito se había desvanecido, pero se obligó a comer. El café estaba hirviendo y fortísismo: tras darle un sorbo lo apartó y en su lugar se bebió el vaso de agua helada. Quizá si refrescaba sus entrañas, tendría la sensación de que el calor no era tan sofocante.

Al menos Dexter no había pasado frío. Al menos no había muerto en algún sitio en pleno invierno, con nieve en el suelo, agujeros en los zapatos y periódicos metidos entre cuerpo y camisa para mantenerse caliente.

Sintió náuseas y apartó aquellos pensamientos de su mente junto con la bandeja. Con rapidez se cepilló los dientes, se puso pintalabios, y aseguró la llave de la habitación en el bolsillo con cremallera de su bolso.

—¡Nunca estaré más preparada! —susurró y abandonó la habitación.

La mañana se presentaba cálida y al mismo tiempo fresca. Nueva Orleans era una ciudad con interés gastronómico, y una multitud de esencias inundaban el aire: provenían de los pasteles que se horneaban, de las especias que hervían a fuego lento, de la elaboración de la chicoria. El aroma se intensificó al pasar junto a Brennan's, conocido por sus desayunos exóticos. Todo era tan diferente a lo que estaba acostumbrada en Columbus que podría haberse encontrado en otro país. Incluso la gente parecía más exótica, más apasionante, tanto por el color como por la forma de vestir, rozando lo agitanado. Oía multitud de acentos y lenguas alrededor de ella a medida que avanzaba con paso ligero junto a turistas que paseaban y a compradores persistentes. Vio máscaras de carnaval con lentejuelas en los escaparates y rostros de arlequines centelleantes adornados con vistosas sartas de cuentas. Un leopardo enorme, tallado en un único bloque de madera, observaba desde el escaparate de una tienda cuando Karen pasó.

El ambiente de Nueva Orleans la absorbía, e intentó reducir su paso al ritmo habitual de allí. El sudor le goteaba por el pecho, abriéndose poco a poco paso hacia abajo, advirtiéndola de lo estúpida que era por correr. Todo le estaría esperando, continuaría en el mismo sitio si se detenía para mirar un escaparate. Se resistió a la tentación.

Podía ver el Distrito Ocho delante de ella, a la derecha, la elegancia y la solera del edificio la atraían con su promesa de frescor. Karen sabía que había edificios municipales corrientes en la ciudad, había visto algunos de ellos el día anterior cuando el inspector Chastain la condujo a la funeraria, pero la comisaría del Distrito Ocho era como la misma Nueva Orleans: seductora, antigua, con estilo, indulgente y despreocupadamente escandalosa. ¿Qué habrían visto aquellas paredes? ¿Cuántos escándalos y muertes habrían sido esclarecidos bajo aquellos techos, cuántas aventuras tórridas y amorosas habrían tenido lugar allí? Uno normalmente no asociaba una comisaría con aventuras amorosas, pero esto era Nueva Orleans, esto era el Barrio Francés, el Quarter, y todo era posible.

Había un agente de policía diferente al del día anterior en el mostrador de la inmensa sala de entrada, donde los ventiladores del techo batían sin cesar el aire cargado describiendo círculos. Karen dio su nombre y le permitieron proseguir más allá del mostrador. Serpenteó por el laberinto de pasillos sintiendo el crepitar del viejo suelo bajo sus pies.

El inspector Chastain estaba al teléfono cuando llegó a la minúscula y repleta oficina. Alzó la vista cuando la vio en el umbral de la puerta y le hizo un gesto para que entrara.

El corazón le dio un brinco y a continuación sus latidos se tornaron en un repiqueteo rápido. Karen se hundió en la silla de respaldo rígido y aferró el bolso sobre su regazo. Había un saco marrón corriente de verduras sobre su mesa, e intentó no mirarlo. En cambio dirigió sus ojos a él, centrando con desesperación la atención en pequeños detalles, como el contraste de su reloj de oro sobre su bronceada muñeca, o el vello corto y oscuro de sus brazos, a la vista por tener las mangas de la camisa subidas. Llevaba puesta una sencilla camisa blanca sin cuello y unos pantalones negros, una ropa simple y austera que le hacía parecerse más a un coreógrafo que a un poli, salvo por la pistola enfundada que llevaba en el cinturón sobre la cadera derecha.

Intentó a propósito no escuchar la conversación, aunque advirtió su creciente impaciencia. Marc comenzó a fruncir el ceño, sus negras cejas se unieron en una. Le lanzó una mirada a Karen y entonces cambió de lengua y dio rienda suelta a una andanada en francés criollo que Karen agradeció no entender, porque el tono de las maldiciones era inconfundible independientemente de la lengua que utilizara.

Finalmente, refunfuñó algo y colgó el teléfono de golpe. Sus grises ojos se tornaron dos líneas, y giró la silla para mirarla de frente.

—Espero que no hable francés.

—No lo hablo —le aseguró.

—Conozco todas las palabrotas. La mayoría de las veces, con eso basta. —Pasó la mano sobre su cabello cortado al rape, y aquel gesto repentino reveló su irritación. Aspiró una bocanada grande de aire y lo soltó—. ¿Quiere una taza de café o una Coca-Cola?

—No, gracias. —Karen esbozó una sonrisa—. Acabo de comer, así que no corro peligro de desmayarme a sus pies. Hoy no tendrá que atiborrarme de sodas.

—Nuestro lema es «servir y proteger», así que entra dentro de mi trabajo. —Las comisuras de los ojos se arrugaron en una sonrisa que casi se contagió a sus labios, para desvanecerse cuando volvió los ojos en dirección al saco marrón de verduras—. No suelo encargarme de esto, pero algo que dijo ayer me hizo pensar... bueno, esto podría afectarla más de lo esperado.

La aprensión que había sentido antes pasó de tener la consistencia de la harina de avena fría a tener la del hormigón armado. Sus manos se aferraron al bolso.

—¿En qué sentido? —mantuvo la voz serena, pero cada vez le costaba un mayor esfuerzo mantener la rigidez del labio superior.

Marc se quedó en silencio un momento; después, se levantó de la silla y rodeó la mesa para sentarse en el borde, del mismo modo que había hecho el día anterior.

—¿Estaba muy unida a su madre, verdad?

La pregunta la pilló desprevenida.

—Sí, claro. Cuando mi padre nos abandonó, ella estaba... destrozada. Él había dejado el Ejército, así que mi madre no volvió a recibir ningún cheque más. Tenía que cuidar de mí, y no tenía ninguna experiencia laboral, de modo que aceptaba todos los trabajos que podía: limpiaba casas, planchaba, servía en restaurantes.

—Eso no está muy bien pagado —comentó Marc sin apartar la vista de su rostro.

—No. Trabajó en dos o tres sitios a la vez, hasta que fui lo bastante mayor para obtener un empleo y ayudar. El día que me contrataron en el hospital dejó de trabajar. Se había dejado la piel trabajando durante todos aquellos años, así que ahora me tocaba a mí cuidar de ella.

Él la contempló en silencio durante unos instantes, con expresión enigmática.

—No existe mucha gente que piense de ese modo —dijo finalmente.

—Entonces algo les funciona mal —replicó airada. Hubiera hecho cualquier cosa por hacerle la vida más fácil a su madre.

Marc levantó la mano con un gesto tranquilizador.

—Estoy de acuerdo, estoy de acuerdo.

—¿Por qué me pregunta eso? ¿Qué tiene que ver mi madre con que me devuelva los efectos personales de mi padre?

Él vaciló.

—Guardaba algo que era importante para él. Podría haberlo empeñado, pero estaba cosido en el bajo de sus pantalones.

Confundida, Karen lo miró fijamente, intentando pensar qué diablos podría haber tenido importancia para su padre; sin duda, su esposa e hija no la habían tenido.

El inspector Chastain alargó la mano detrás de él y sacó un sobre marrón pequeño del saco que contenía la ropa de su padre. Lo abrió y volcó el contenido en su mano.

—Significaba algo para él —dijo con tranquilidad al tiempo que se agachaba delante de ella y abría la mano con la palma hacia arriba para que pudiera ver lo que sostenía.

Karen clavó los ojos en el anillo de oro que yacía en la mano áspera del inspector. Durante un momento no reconoció qué era, acto seguido se quedó paralizada por completo. Su mente en cierto modo separada de su cuerpo como si la realidad se hubiera alterado bruscamente. Su alianza. Había guardado su anillo de boda. La simple presencia de aquella sencilla tira de oro ponia en tela de juicio todo lo que ella creía saber de su padre.

—No es justo —susurró, no se refería a la perspicacia del inspector sino al inesperado sentimentalismo de su padre. No quería conocer esto de él; no quería pensar que quizá tuviera remordimientos, pena, y sueños rotos. Era más fácil pensar en él como un insensible.

Pero nada era fácil. Ni la muerte, y con toda certeza, tampoco la vida.

Chastain no dijo nada; se limitó a quedarse allí en cuclillas, con el anillo en la palma de la mano como una ofrenda.

¿Qué hubiera ocurrido si ella hubiera estado sola? Con toda seguridad habría una lista de objetos, y hubiera firmado un recibo confirmando que había recibido todo lo de la lista, pero no se hubiera enterado de que su padre guardaba el anillo cosido en el bajo de sus pantalones para mantenerlo a salvo. El ocupado médico forense no hubiera hecho esto en persona, un empleado se hubiera encargado del trabajo rutinario, y ella no se hubiera enterado nunca. El inspector Chastain se había tomado las molestias de hacerlo, al igual que había hecho todo lo posible por ayudarla el día anterior.

Se vio a sí misma estirar la mano, un movimiento involuntario, como si su mano no le perteneciera. Le temblaban los dedos. Lentamente, tocó el anillo, siguiendo el trazo del círculo con un dedo, luego retiró la mano para depositarla de nuevo sobre su regazo.

El inspector Chastain tomó la mano de Karen entre las suyas, con tacto delicado mientras abría su puño y colocaba el anillo sobre la palma de ella, luego le dobló los dedos sobre la alianza. Estaba caliente, la mano de él incluso más caliente.

—Amaba —dijo él—. No sé por qué se marchó, pero no dejó de amar.

Karen no podía mirarlo. En cambio, tenía los ojos clavados en las manos de ambos, las de él firmes y fuertes, bronceadas, mucho más grandes que las de ella. La tenía agarrada con suavidad, como si fuera consciente de su fuerza, no como muchos hombres, y se preocupara de no herirla involuntariamente.

Desesperada, luchó por mantener el control, pero la cercanía de él y su comprensión la minaban. Y dio la impresión de comprender aquello también, porque liberó su mano, se puso en pie y volvió a su asiento detrás de la estropeada mesa.

—Gracias —dijo con voz apenas perceptible. El hecho de que se distanciara fue un alivio; sin embargo, se sorprendió a sí misma ansiando su apoyo.

—De nada —le contestó dejándolo así.

—El resto de sus pertenencias... ¿es sólo ropa?

—Sí, hay una lista.

—Al menos sabré qué talla de traje comprarle —añadió, aunque se encogió ante la idea de revolver entre las andrajosas prendas en busca de las etiquetas. Era demasiado, demasiado pronto.

El inspector Chastain hizo una pequeña pausa, al tiempo que la observaba y acto seguido dijo a media voz:

—Una cuarenta y cuatro larga.

Karen tragó saliva y asintió, bajando la mirada a sus manos. Tenía que preguntarle algo, sólo para asegurarse, y aunque la pregunta sería difícil de contestar para un policía, en cierto modo sabía que él sería honesto con ella.

—Inspector...

—¿Sí? —le preguntó con amabilidad después de unos segundos, al ver que no continuaba.

Karen levantó los ojos hacia él, encontrando su mirada frente a frente.

—¿Está todavía trabajando en el caso?

Hubo un silencio.

—No.

Karen hizo una mueca a pesar de que era la respuesta que esperaba. Marc se colocó de nuevo en cuclillas ante ella, tomó su mano y acarició sus nudillos con el pulgar. La leve aspereza de su piel callosa le arañaba, provocando una cálida sensación de masculinidad.

—Lo siento —murmuró él.

—Lo comprendo —añadió ella, aunque con dificultad—. Tiene que desviar sus esfuerzos allí donde mayor bien haga. Ocurre lo mismo en urgencias.

—La realidad es perra.

Su ruda compasión, su honestidad, significaban más para ella que si hubiera hablado con afectación de las banalidades oportunas, o si hubiera intentado consolarla con mentiras bienintencionadas. Karen estrechó su mano y a continuación enderezó la espalda.

—Tengo muchas cosas que hacer hoy, así que me quitaré de en medio —Marc retrocedió para dejarle espacio—. Gracias —dijo al marcharse.

γ

Marc suspiró cuando Karen abandonó su oficina, con el rostro pálido pero sereno. Sentía una opresión en el pecho. ¡Maldita fuera, su padre había sido asesinado, y él no podía hacer nada al respecto! En cuanto consiguió identificar el cadáver, llegaron órdenes para que se dedicara a otro caso más apremiante. No resultaba provechoso intentar resolver el asesinato de un «sin techo», y que no contaba, además, con ninguna pista para seguir, de todas formas. Era tan condenadamente frustrante.

¡Dios, había deseado sujetarla, sencillamente cogerla y sujetarla en su regazo y hacerle saber que no tenía que hacer esto sola! Pero no lo había hecho, por dos motivos, porque era demasiado pronto y porque el hacerlo hubiera quebrado la serenidad que tanto trabajo le había costado recuperar.

Probablemente había estado actuando serena y con responsabilidad desde niña, obligándose al mismo tiempo a convertirse en una pequeña adulta cuando debería haber estado despreocupada, jugando con muñecas y saltando a la comba. Solía ocurrir con frecuencia: cuando sólo quedaba uno de los padres, y el niño lo veía luchando, el pequeño solía convertirse en efecto en el padre, aceptando responsabilidades muy por encima de su edad. Con toda seguridad ella había asumido las tareas de la casa, se había asegurado de que su cansada madre tuviera un plato de comida esperándola cuando llegara a casa después del trabajo, y posiblemente había hecho todo lo que podía para aligerar la carga.

Karen incluso había hecho enfermería, asumiendo más responsabilidades. Fue revelador que entonces se convirtiera en el único apoyo de su madre, completando así la inversión de papeles. Seguramente llamara a su madre más por su nombre de pila que por el de «mamá», al menos parte del tiempo, ya que la niña pequeña se había convertido en la madre, y la madre había pasado a ser la dependiente. Era evidente que había adorado mucho a su madre y por ello había sido igual de protectora.

Se había pasado la vida cuidando de otros, y ahora él quería cuidar de Karen, lo deseaba con tal intensidad que se sentía turbado. Por norma era protector con las mujeres, pero nunca antes se había sentido así. Algo dentro de él se había alterado, transformado, y no podía lamentar el cambio.

¿Tenía Karen alguna idea de lo valiente que era? Su ingenioso comentario del día anterior referente a que las mujeres eran superficiales por tener problemas para comprometerse con un policía a causa del factor peligro, había sido divertido, pero realmente lo pensaba. Karen Whitlaw no rehuiría un compromiso por miedo; permanecería allí, tanto en lo malo como en lo bueno.

Cuando se involucraba en una relación, Marc mantenía su trabajo al margen. Era inevitable que lo llamaran para un servicio, pero no llevaba los detalles a casa. Siempre había protegido a sus amigas de las monstruosidades que él veía, en parte a causa de su naturaleza protectora, pero también porque nunca había pensado que lo entendieran o fueran capaces de aceptar aquella parte de su naturaleza que le capacitaba para enfrentarse a las cosas que hacía. Quizás hubiera subestimado a las damas toda su vida, pero había visto muchas relaciones destrozadas por las presiones del trabajo, y él no había querido correr el riesgo.

Sabía que Karen no haría ni una mueca. Cuadraría los hombros y levantaría la barbilla, del mismo modo que él la había visto hacer varias veces cuando el dolor y la presión la abrumaban. La mayoría de la gente se hubiera desmoronado bajo la carga emocional que estaba soportando, pero ella se había enfrentado cara a cara a la situación y controlado sus lágrimas hasta encontrarse sola.

Sabía que había llorado; tenía los párpados hinchados. Había llorado, y él no había estado a su lado para apoyarla.

Lo estaría, pensó con ardor. De ahora en adelante, estaría a su lado.

# 9

El día estaba nublado, con la amenaza de la lluvia presente cada minuto, y tan bochornoso que Karen se sentía como si fuera a derretirse. El sudor se concentraba como en un charco entre sus pechos, abriéndose paso hacia los costados. Su vestido era fino y de manga corta, aunque de color negro; podía notar cómo la tela absorbía el calor. Se concentró en sus penalidades físicas y en el distante fragor amenazador de los truenos. Pensaba en lo frondosa que estaba la hierba, escuchaba el canto de los pájaros, y se permitió enfadarse porque los tacones no dejaban de hundirse en la negruzca tierra blanda. Nunca había visto una tierra tan negra, y se asombró de su riqueza.

Miró a los árboles inmensos, a las flores. Este pequeño cementerio rural era mucho más bonito y más tranquilo que el «jardín de reposo» enorme y acicalado en el cual estaba enterrada Jeanette. Quizá debiera trasladar a su madre a aquel lugar en vez de llevar a Dexter a Ohio.

Se le encogió el estómago. Había intentado con todas sus fuerzas no pensar en lo que estaba sucediendo, pero sus caprichosos pensamientos la habían conducido de todas formas al funeral. No quería pensar en el hombre del ataúd. Dexter Whitlaw. Su padre. Cualesquiera que fueran sus fallos, cualesquiera que fueran los demonios que lo habían arrastrado, en ese momento ella reconoció que no todos los recuerdos que tenía de él eran malos.

Hubo unas cuantas veces en las cuales él se sentó en el suelo y jugó a las muñecas con ella, doblaba sus largas piernas como si ni siquiera notara lo incómodo de la posición, y escuchaba con aparente embelesamiento mientras ella le contaba historias complicadas sobre lo que estaban haciendo las muñecas. Normalmente, estaban enfermas y ella las cuidaba, una manifestación temprana de sus tendencias profesionales. Y un par de veces, Dexter la había llevado consigo a pasear por el bosque y la había enseñado a esconderse entre los matorrales y a sentarse muy quieta de forma que incluso las ardillas y los pájaros olvidaban que estaban allí. ¿Valían más aquellos pocos momentos brillantes que una vida entera de oscuridad? ¿Se suponía que tenía que recordar sólo aquello y olvidar las noches en las cuales su madre sollozaba contra la almohada, deseando a un hombre que no estaba allí?

¡Qué desperdicio de vidas, tanto la de Jeanette como la de Dexter! La pena crecía en su pecho, la sofocaba, o quizá se tratara tan sólo de aquella condenada humedad que le hacía imposible respirar. No podía ser pena; ¿por qué iba a llorar por un hombre que nunca le había dedicado un pensamiento, que se limitaba a llamar o visitarlas cuando necesitaba algo? Y a pesar de todo, había guardado la alianza de boda, cosida en la vuelta del pantalón para mantenerla a salvo. Había sido importante para él, como señaló el inspector Chastain. Si era la vida que el anillo representaba, la vida normal que había abandonado, o la gente de esa vida, ella no era capaz de imaginarlo.

No lloraría por él. Se negaba. Pero el contorno del ataúd estaba borroso, las palabras del ministro de la iglesia no eran más que un sonido de fondo, y la presión en su pecho era tan fuerte que a penas podía soportarla.

Los árboles respiraron, agitándose y sacudiéndose con un repiqueteo. Una sorprendente ráfaga de viento frío sacudió la parte posterior de sus piernas y la atosigó. Un escalofrío recorrió su columna. La sensación era, sin embargo, refrescante, y suspiró cuando el sudor se evaporó de su cuerpo.

Agradeció poder liberarse del calor, incluso cuando un fino velo de lluvia siguió de cerca al viento.

En cuestión de unos instantes, pasó de estar acalorada a estar completamente helada, mientras el viento se levantaba y empezaba a llover a cántaros. El inspector Chastain abrió el paraguas y lo sujetó sobre sus cabezas, acercándose más para que les cubriera a ambos. Karen no sabía lo que hubiera hecho sin su ayuda los dos días anteriores, pensó inmovilizada. Había hecho algo más que acompañarla en los trámites necesarios, mucho más; se había involucrado y preocupado de los preparativos, acortado los pasos burocráticos y allanado el camino para evitar que hubiera obstáculos. Incluso se había acordado de las flores para el ataúd y la había ayudado a disponerlas.

No podía imaginarse por qué lo había hecho. Era una persona con sentido común, pero empezaba a pensar que el desprecio de él hacia su persona la primera vez que se vieron no era real, porque desde entonces no había mostrado ni un destello de hostilidad. Quizá la fatiga y la conmoción la habían hecho alucinar. A pesar de todo, Chastain había ido por encima y más allá de su deber, aunque ella se hubiera equivocado en su primera impresión. Quizás aquello era un ejemplo de la cortesía hacia las mujeres por la cual los sureños eran tan famosos, pero había ido bastante más allá del simple hecho de abrir puertas y de levantarse cuando ella entraba en la habitación.

Sí, eso era mejor. Pensar en el inspector, o en las diferecias regionales en general; pensar en cualquier cosa menos en el hecho de que el ministro de la iglesia estaba estrechándole la mano y expresando sus condolencias, y que el encargado del funeral estuviera esperando a que se marchara para poder bajar el ataúd a la tumba y empezara a arrojar tierra sobre ella. Incluso la tumba estaba camuflada bajo una alfombra de fieltro verde, como si la visión de esta fuera demasiado para la desconsolada familia.

Pero no se podía marchar. No podía abandonar a Dexter ahora, no en su último momento sobre la tierra. Merecía tener a alguien allí, alguien cuya memoria grabara esos detalles, para evitar que se desvaneciera sin dejar rastro. Cualesquiera que fueran sus defectos, era su padre, vinculada a ella para siempre por medio de genes compartidos.

—Adelante —dijo con voz ronca. Le costaba trabajo hablar. La piel de sus brazos se erizó, y los abrazó para protegerlos de las garras del viento, al tiempo que se preguntaba dónde se había ido el calor. La lluvia repiqueteaba sobre el paraguas, salpicaba sus piernas y la espalda, y fue embargada por un temblor.

Vio cómo el encargado del funeral lanzaba una mirada al inspector Chastain, como si la decisión última le correspondiera a él. Quizá fuera así. Si elegía apartarla de la tumba, Karen no sabía si sería capaz de protestar, o de resistirse. Si intentaba discutir, el frágil control que estaba manteniendo se resquebrajaría, y se hundiría en un mar de lágrimas. En un estado semejante no se encontraría en buena posición para imponer su autoridad.

Pero Chastain hizo un breve gesto de asentimiento, y Karen intentó decirle con la mirada lo mucho que se lo agradecía, no sólo por esto, sino por todo. El encargado se giró con discreción en dirección a los hombres que esperaban. Comenzaron a crujir las cadenas y el ataúd bajó lentamente a la tumba.

Karen se estremeció de nuevo y vio que no podía detenerse. ¿Se trataba de un escalofrío o estaba temblando? No podía decirlo, no importaba. Todo lo que sabía era que se agitaba desde dentro hacia fuera, y que apretaba con fuerza los dientes para reprimir el sollozo que la estaba ahogando.

En silencio, Chastain se colocó tras ella, interceptando el paso del viento y de la lluvia hacia Karen. Permaneció rígida, bloqueada en su esfuerzo por controlarse, pero él se acercó más, tan cerca que presionaba contra ella, fuerte, sólido, cálido. Como si fuera la cosa más natural del mundo, abrió su chaqueta y la envolvió entre las alas protectoras. La tela caía sobre sus hombros, sobre sus brazos desnudos, envolviéndola en calor. Continuaba sujetando el paraguas con la mano izquierda, pero su mano derecha se deslizó alrededor de su cuerpo y la mantuvo anclada a él, estrechada contra su duro tórax.

El gesto la dejó perpleja. Excepto su madre, nadie se había puesto entre ella y el mundo. La acción de Chastain fue tan inesperada e íntima... tan protectora. Aquel proteccionismo fue lo que la destrozó, al tiempo que la consolaba.

Unas lágrimas calientes nublaron su visión una vez más, borrando la imagen de los hombres que se doblaban y hundían las palas en el montón de tierra; sin embargo, oía el sonido de la tierra al caer contra el metal. Trabajaban metódicamente, a pesar de la recia lluvia, como si el trabajo fuera demasiado serio para precipitarse. Permaneció de pie allí hasta que terminaron, y durante todo el tiempo Chastain se quedó detrás de ella, transmitiéndole calor, cediéndole su fortaleza para que pudiera continuar erguida.

Karen estaba acostumbrada a mantenerse firme sola. Incluso cuando era una niña, había intentado no molestar a su madre con sus problemas, porque siempre había intuido que Jeanette llevaba a sus espaldas bastante carga. La escuela de enfermería había ensalzado aquella independencia al otorgarle incluso mayores responsabilidades. No se había apoyado en nadie durante muchos años, y le afectaba encontrarse a sí misma haciéndolo, tanto emocional como físicamente, ante un hombre que había sido un completo extraño dos días antes. Intentó hacer desaparecer con un parpadeo las lágrimas que continuaban quemándole los ojos. Intentó decir algo y encontró que la presión de su pecho era demasiado grande para permitir que escaparan las palabras. Se irguió, aunque algo dentro de ella gritó ante el repentino frío, ante la pérdida de contacto. Se volvió para mirarlo, pero el rostro de él daba vueltas frente a sus ojos, y de pronto no pudo soportarlo por más tiempo.

El sollozo desgarrado que salió de su garganta se asemejaba al balido de un animal herido. Karen no supo si fue ella la que se desplomó sobre él o si fue Marc el que alargó los brazos, pero inesperadamente estaba en sus brazos, con el rostro enterrado en la curva de su hombro. Lloraba de un modo convulsivo, todo su cuerpo estremeciéndose mientras lo abrazaba con fuerza, hundiendo los dedos en su espalda.

Chastain dejó caer el paraguas sobre el terreno empapado. Inclinó la cabeza sobre la de ella, al tiempo que le murmuraba delicados sonidos de consuelo que no se asemejaban en absoluto a palabras, pero que bastaban por sí solos. Intentó esconder más su rostro, ligeramente asombrada ante su propia necesidad y aún así incapaz de detenerse. Una gran mano se cerró sobre su nuca, la acarició, la acunó, cálida sobre su tierna piel desnuda.

El dolor era prácticamente superior a lo que podía soportar, la congoja, el remordimiento y una sensación penetrante de soledad la desgarraban. A pesar de su profundo resentimiento, cuando Dexter vivía, siempre había existido la posibilidad de que algún día él solucionara cualesquiera que fueran sus problemas, se deshiciera de los demonios que le rondaban, y quisiera forjar una relación con ella. Ahora eso no era posible. Había muerto siendo para ella aún un gran desconocido, todas las brillantes perspectivas desvanecidas. Lloraba aquella pérdida de esperanza tanto como a él, un padre que nunca había conocido realmente pero cuya ausencia había marcado su vida. Ahora nunca podría decirle lo enfadada que estaba, lo herida, no podría extenderle la mano y sentir el vínculo de familia. Lloraba por aquello, por su madre, por él.

Sin embargo, semejante sentimiento era agotador y poco a poco Karen se fue calmando, sujeta áun con fuerza a los brazos del inspector, su rostro aún enterrado en su hombro.

Oyó cómo le hablaba a alguien a media voz por encima de su cabeza, quizás al ministro, y unos segundos después oyó los pasos que se alejaban, chapoteando en la tierra húmeda. Estaban solos, y ahora le estaba agradecida por algo más; necesitaba intimidad y él se la había proporcionado.

La lluvia había dejado de caer, quedándose reducida a poco más que un tibio velo a medida que la tormenta se alejaba. El viento había cesado, y Karen podía sentir ya cómo el calor del día reaparecía, cómo ascendía el vapor de la tierra. El corazón de él latía con regularidad bajo su oído, su pecho se elevaba y descendía con la cadencia de su respiración, y el cálido aroma de su cuerpo se fundía con la débil y fresca fragancia a limón de su loción de después del afeitado. Olía deliciosamente, pensó medio aletargada, justo como debería oler todo hombre.

Su mente vagaba. Intentó pensar en la última vez que había estado tan cerca de un hombre, pero su memoria la eludía, y en cierto modo no creía haber estado nunca tan cerca. Otros hombres la habían abrazado, por supuesto, pero no de ese modo. Nunca había aceptado el consuelo de un hombre, nunca había permitido a ninguno de sus novios verla llorar. Nunca se había permitido necesitarlos, pero de alguna manera, en ese momento, necesitaba a Chastain. Necesitaba sentir sus brazos alrededor de ella, sencillamente en ese instante. Necesitaba la fuerza física tan evidente en su cuerpo largo y musculoso, una fuerza que sin esfuerzo soportaba el peso de ella, y Karen necesitaba ser abrazada con la firmeza con la cual él la sujetaba ahora. Necesitaba escuchar el murmullo de su voz rica y profunda, necesitaba la tranquilidad de saber que justo en ese momento, sólo por unos breves minutos, no estaba sola.

La tormenta emocional le había dejado agotada, exhausta, extrañamente indiferente.

—Lo siento —dijo con voz empañada, amortiguada contra su hombro.

—Está en su derecho —él se apartó un poco y mientras la sujetaba con un brazo metió la otra mano en el bolsillo—. Aquí tiene un pañuelo.

Lo buscó a tientas sin levantar la cabeza, se secó los ojos y se sonó la nariz; entonces se preguntó con gran vergüenza cómo iba a devolvérselo después de haberse sonado. Arrugó el trozo de tela en la mano y masculló:

—Lo lavaré.

Marc esbozó una sonrisa entre dientes y la rodeó con los brazos de nuevo. Karen volvió a colocar la cabeza en su hombro, dejó escapar unos suspiros y se percató de la humedad de la chaqueta en contacto con su mejilla. En los árboles que se encontraban sobre sus cabezas, los pájaros empezaron a gorjear y a cantar de nuevo después de la lluvia.

—Nunca llegué a conocerlo de verdad —susurró, sintiéndose obligada a hablar—. Solía aparecer en nuestras vidas cada año o así, y mamá solía hacerse ilusiones de que esa vez se quedaría, pero entonces volvía a marcharse, y ella lloraba durante días. Yo lo odiaba por ello.

Aquellos fuertes brazos reconfortantes se tensaron, la estrecharon.

—¿Quería que él se quedara?

—Al principio, sí. Cada vez que regresaba, corría a mi habitación y rezaba tan fuerte como podía para que no se marchara otra vez, y para que mi madre fuera feliz y nunca más llorara. No funcionó nunca por mucho tiempo. Entonces comencé a pedir deseos. Se los pedía a las estrellas fugaces, a los huesos de la suerte, arrojaba monedas en cualquier estanque que me encontraba. No conocía ningún pozo oficialmente declarado como de los deseos, pero imaginaba que cualquier remanso de agua serviría.

Marc volvió a reír entre dientes, y ella se sorprendió sonriendo en cierta manera sobre su chaqueta. Era una sonrisa vacilante, pero allí estaba. Él la meció un poco hacia atrás y hacia delante, como a una niña.

—¿Se siente mejor?

Ella asintió.

—Llorar libera endorfinas en el cuerpo y automáticamente levanta el ánimo.

—Entonces ahora mismo debe de estar llena de endorfinas —bromeó Marc y esta vez Karen rió. La sorprendió y se quedó inmóvil. ¿Cómo podía reír? Estaba junto a la tumba de su padre.

—No se preocupe —le dijo, agitándola un poco, al comprender sin haberlo dicho por qué se había quedado rígida en sus brazos—. La gente siempre ríe en los funerales, a veces incluso los familiares. Mi abuela siempre decía que era el modo que tenían los ángeles de aligerar el peso. No es irrespetuoso, es sano.

Tenía razón. Rememoró otros funerales a los que había asistido, los brotes de risas amortiguados, y se relajó.

—Cuando tenía unos once años, regresamos a Virginia Occidental para el funeral de mi abuelo por parte de padre. Recuerdo a mi abuela sentada en una mecedora, sujetando un pequeño pañuelo de encaje y recordando el pasado de mi abuelo con las personas mayores que estaban allí. Todos empezaron a reír a causa de algún relato, al principio intentaron reprimirse, pero entonces mi abuela comenzó realmente a hacer un gran ruido, a mecerse de un lado a otro sujetándose el estómago y riendo hasta que apenas pudo respirar. Todos rieron como locos.

—Recordar los buenos tiempos ayuda. ¿Así que es realmente una chica de Virginia Occidental? Creí oír un deje furtivo en ese acento de Ohio unas cuantas veces —Marc imitó su acento, y pronunció «Ohio» como lo hacían los sureños. Mientras hablaba, sutilmente se fue separando de ella, pero sin soltarla. Al tiempo que se echaba a un lado, comenzó a andar haciendo que ella le siguiera, sujetándola con un brazo alrededor de la cintura. Karen tenía que andar o ser arrastrada.

Karen no quería mostrar su rostro aún. Sabía que sus ojos estaban hinchados, su nariz roja y el maquillaje corrido. Sólo esperaba haber sido capaz de ocultar lo peor del destrozo. Pero el inspector Chastain había decidido que era hora de marcharse, así que, quisiera o no, Karen estaba abandonando el lugar. Quizá le esperara el trabajo y tuviera que regresar a Nueva Orleans. Se sintió culpable por el modo en que había monopolizado su tiempo.

—¿Le estoy entreteniendo? —le preguntó avergonzada por completo. Él le había ofrecido su ayuda, pero quizá sólo se había tratado de un ofrecimiento por cortesía y no había esperado que aceptara.

—Claro que no —el inspector le dio un pequeño apretón cuando llegaron al camino de gravilla que conducía al coche—. Estoy fuera de servicio, y no tengo ningún compromiso.

—¿Ni cita? —preguntó Karen, aunque le disgustaba la idea. Estaba sorprendida consigo misma. ¿Se había convertido de repente en una persona tan dependiente que no podía soportar perder su apoyo? Más le valía renunciar a ello rápido, porque al día siguiente volvía en avión a casa.

—Ninguna cita —le contestó relajado—. ¿Por qué no damos una vuelta por el Quarter y luego cenamos? No ha visto nada de Nueva Orleans realmente, y necesita relajarse.

Su repentina tensión desapareció lentamente. Quería pasar el resto del día y de la noche con ella. Bueno, quizá no lo «quisiera» de verdad, a lo mejor se sentía meramente responsable de ella; no obstante, Karen estaba tan agradecida por la oportunidad de evitar una larga noche en soledad, con sus deseos melancólicos de sentirse acompañada, que sintió una corriente de alivio ante su invitación.

—Gracias, me encantaría.

El sol de la tarde de repente brilló con todo su esplendor en el rostro de Karen, las nubes de lluvia habían desaparecido, pero otros nubarrones oscuros y de aspecto ominoso se estaban formando nuevamente en el suroeste. El calor y el brillo del sol eran increíbles, y Karen comenzó a sudar con la misma celeridad con la cual se había enfríado antes. Al entrecerrar sus ojos hinchados contra el resplandor, calculó mal la distancia a la que se encontraba del borde de camino y pasó rozando un arbusto. Las ramas llenas de tocones se engancharon de la media y tiraron con fuerza.

—¡Maldita sea! —se detuvo para valorar el alcance del desperfecto. El nailon estaba enredado en una de las ramas, que había perforado un agujero del tamaño de una moneda en el tejido. Una horrible carrera se abría paso en ambos sentidos desde el agujero. Una carrera en unas medias negras era particularmente horrible, pensó bajando los ojos hacia el trozo pálido de pierna que asomaba por ellas.

Se disponía a inclinarse para liberarse, pero Marc se puso en cuclillas junto a ella, ahuecó una mano sobre su pantorrilla y con la otra soltó el nailon. Un pequeño arañazo rojo provocado por la rama desfiguraba su piel, que brillaba con intensidad a través del agujero abierto en los pantys. Marc pasó el pulgar por el arañazo para aliviar el pinchazo.

—Puede quitárselos en el coche —le dijo al tiempo que se levantaba tras acabar su tarea. Le sonrió con aquellos brillantes ojos grises—. Me colocaré en el otro lado y no miraré, lo prometo.

La perspectiva de despojarse de los pantys en su presencia, aunque se encontrara en el otro lado del coche, parecía prácticamente demasiado atrevido e íntimo. «Íntimo», ahí estaba de nuevo esa palabra. Durante todo el día... bueno, en realidad desde el primer día..., tenía la sensación de que él la había envuelto en una manta de intimidad sin tener realmente ningún contacto sexual. La había tocado constantemente; había puesto la mano en su brazo o en la espalda, la había sujetado, estrechado, y era probable que ella no hubiera podido pasar por aquella prueba tan dura sin esas caricias que le daban a entender que no se encontraba sola.

Quizá la sensación de intimidad era entendida sólo por ella; quizá los sureños eran por norma así de solícitos con las mujeres. Karen no conocía a ningún sureño, ya que precisamente no llegaban en tropel a Columbus, Ohio, y por tanto no podía hacer comparaciones. Si el inspector Marc Chastain era el prototipo de hombre del sur, pensó, entonces las mujeres del resto del país no sabían lo que se estaban perdiendo.

Llegaron al coche, y Marc se dirigió al lado del conductor y se volvió de espaldas, justo como había prometido. El sol infernal batía sobre sus cabezas, y Marc se despojó de la chaqueta con un movimiento de hombros y la sujetó en la mano mientras esperaba.

Su cabello negro estaba empapado por la lluvia y brillaba al sol. La camisa blanca que llevaba era fina y dejaba entrever la calidez de su piel a través del tejido al tiempo que caía sobre sus anchos hombros. Karen lo miró por encima del coche, y sintió un vuelco en el estómago. Por un instante, se quedó paralizada, incapaz de apartar los ojos de él. Cada detalle apareció de repente arrollador en su claridad: el tamaño de su cuerpo, el porte de su cabeza sobre los hombros, la perfección de sus orejas, el cabello negro más corto en un punto determinado de la nuca. Aquella pistola grande aún prendida de su cinturón, se preguntaba si iba sin ella alguna vez.

Nunca antes había sido tan perspicaz ni tan consciente del físico de un hombre como en aquel momento, de un modo que casi le cortaba la respiración.

—¿Puedo darme la vuelta ya? —le preguntó con tono desenfadado, y dejó pasar un momento.

—Todavía, no —contestó. Marc se apoyó paciente contra el costado del coche.

Karen bajó la vista hacia su pierna. El nailon estaba rasgado, flojo, y le daba un aspecto mucho peor del que tendrían las piernas desnudas. La vanidad, al menos, le inclinó a hacer lo que él le había dicho. Ligeramente divertida, al ver a los dos en aquella situación, se levantó la falda y con rapidez se quitó los pantys destrozados, a continuación hizo una bola con las medias y las metió en su bolso.

Para su sorpresa, se sintió mejor al instante. A pesar del calor y de la humedad del aire, se encontraba sin comparación alguna más cómoda, sin que el nailon abrasador la envolviera desde la cintura hasta la punta del pie. Casi al momento de enderezarse, Marc se hallaba en el mismo lado del coche abriéndole la puerta . Hubo de nuevo un contacto, esta vez en la espalda, para guiarla con delicadeza al interior del vehículo. Como llovido del cielo surgió un deseo intenso de estar en sus brazos otra vez, de ser consolada, protegida, de poder reposar la cabeza en su hombro. Semejante debilidad era tan ajena a ella que automáticamente Karen se irguió, mentalmente echándose atrás. Sí, había estado bajo una fuerte tensión, y mientras tanto quizá fuera adecuado apoyarse en aquellos fuertes hombros durante un rato, pero no se permitiría hacer de ello un hábito.

Al deslizarse detrás del volante, el inspector le lanzó su habitual media sonrisa: un gesto que arrugaba las comisuras de sus ojos y curvaba apenas sus labios, aquella que le hacía parecer soñoliento y... algo más; no estaba segura de qué con exactitud.

—Pensándolo bien, da la sensación de que va a llover otra vez, por tanto dar una vuelta por el Quarter queda excluido—dijo Marc—. Iremos a mi casa. Podemos sentarnos en el balcón, beber una copa de vino, ver a la gente pasar. No hay necesidad de que deambule abatida por la habitación del hotel sola por completo.

Un paseo vespertino y cenar era una cosa, pero ir a su casa era completamente otra cuestión.

—Ya la he molestado bastante... —comenzó a decir.

—No discuta.

—Es su día libre, y yo...

—He dicho que no discuta.

La tranquilidad de su tono evitó que se ofendiera, pero no la cegó con respecto a su determinación. Había decidido que iba a ir a su casa, y eso era lo que iba a hacer.

Era por su condición de policía, pensó, al tiempo que dejaba caer la cabeza en el asiento. Cuando daba una orden, esperaba que fuera obedecida. Los médicos actuaban igual. Una enfermera no tenía que estar de acuerdo con la orden, siempre que la llevara a cabo. Pero aquel era su trabajo y este no. Ni tampoco un asunto policial. Podía oponerse. El problema era que no quería hacerlo. Quería sentarse en su balcón y dar sorbos a una copa de vino; parecía tan propio del sur, tan propio de Nueva Orleans. Quería divertirse observando a la gente. Definitivamente, no quería enfrentarse a aquella habitación vacía de hotel en ese momento.

No hablaron mucho durante la media hora de camino de vuelta a la ciudad. Se sentía débil, extrañamente distante, casi ausente. Lo entendió como las secuelas de la tormenta emocional y el alivio de ver que el funeral había concluido, como si hubiera cumplido con alguna tarea hercúlea y ahora pudiera descansar. Esa sensación de reposo era agradable.

No advirtió que vivía en el Quarter hasta que el coche giró hacia St. Louis. Hasta entonces, había pensado que había tomado un atajo atravesando el Quarter, aunque cuando lo reconsideró con lógica, supo que era ridículo. ¿Por qué iba a complicar su camino serpenteando por las estrechas calles llenas de gente del Quarter para ir a cualquier sitio que no fuera el Quarter? Redujo la velocidad, apretó el botón del mando del garaje y una amplia puerta azul empezó a deslizarse hacia arriba. Guió el coche por la abertura cuando apenas había hueco suficiente para que pasara, haciendo que Karen contuviera la respiración y escondiera la cabeza entre los brazos.

Marc sonrió entre dientes.

—Lo siento. Cuando entras por aquí bastantes veces, aprendes a calcular al milímetro. —Paró el motor del coche, salió y rodeó el vehículo. Karen se sintió incómoda allí sentada sin hacer ningún intento por abrir la puerta, pero de todas formas esperó. Sólo llevó unos segundos, y él parecía esperar llevar a cabo su acto de cortesía. Abrió la puerta, y ella descendió. Marc colocó la mano en su espalda de nuevo, una cálida y delicada presión que la condujo hacia un tramo de escaleras. En la parte superior, el inspector introdujo la llave en una puerta de madera, la abrió hacia fuera y la invitó a pasar.

Karen salió a un balcón amplio que daba a un exuberante patio. Una fuente antigua de piedra ocupaba el centro, sirviendo de punto alrededor del cual plantas de todo tipo florecían. Helechos enormes y altas palmeras agitaban sus frondas de encaje; rosas, geranios y otras flores cuyos nombres desconocía inundaban el aire con su perfume. Estaba segura de percibir la esencia del jazmín, aunque no veía ninguna de las pequeñas flores blancas estrelladas. Hechizada, dio un paso adelante y depositó las manos en la barandilla de hierro forjado. Aquello era maravilloso. Bajó la vista hacia un banco de piedra casi escondido entre el follaje y se preguntó si el inspector usaría el jardín para escapar del estrés del trabajo.

—Es precioso. —Karen inhaló la deliciosa esencia con una bocanada profunda que inundó sus pulmones.

—Gracias. Una de las inquilinas mantiene el lugar con aspecto de invernadero, y le hago un descuento en el alquiler. El patio es agradable, pero no tengo tiempo para cuidar las plantas. Estaría reducido a piedras y tierra si no fuese por la señora Fox.

—Entonces, bendita sea la señora Fox —añadió, poco dispuesta a abandonar el pequeño paraíso.

—¡Amén! —dio la vuelta a la llave mientras hablaba, abrió la puerta hacia dentro y extendió la mano en su dirección. Ella se apartó de la barandilla, avanzó al interior y sintió que dejaba tras de sí el siglo XX. La casa pertenecía a otra época, a un mundo diferente. Los techos de estuco tenían al menos tres metros y medio de altura, y el mobiliario era antiguo, aunque con esas antigüedades que se usaban todos los días, no de las que se ponían destrás de una vitrina. La alfombra descolorida bajo sus pies conservaba aún su grosor y lujo, era maravillosamente blanda. La única nota moderna era un gran butacón, lo bastante largo para acomodar la altura de él.

Se disponía a preguntarle cómo podía permitirse un lugar así con el salario de un policía, pero la pregunta era demasiado grosera, y la reprimió.

—Heredé la casa de mi abuela —explicó al observar cómo miraba a su alrededor—. El desván está lleno de muebles que tienen doscientos años de antigüedad. Las telas se descomponen, como es natural, pero cuido la madera y de vez en cuando hago que los tapicen de nuevo.

—Debe de ser maravilloso vivir en un lugar así.

—Crecí aquí, así que lo tengo asumido, pero sí, es magnífico. —Extendió la mano y le hizo una señal para que avanzara—. Por aquí. —La llevó por un pequeño comedor hasta la cocina y a continuación salieron por la puerta de cristal que conducía a otro balcón que daba a la calle—. Siéntese —le invitó—. Traeré algo de beber. ¿Tiene hambre?

—No, yo...

—Apuesto a que no ha comido —dijo entrecerrando los ojos—. ¿Verdad?

—No —reconoció.

—Es una enfermera —le dijo con tono imparcial—. Debería saberlo mejor que nadie. Siéntese.

Karen se sentó. Marc entró en la casa y ella se relajó sobre el cojín de la silla de hierro forjado, observó la actividad de la calle con una especie de curiosidad incierta. Estaba cansada, vacía y todavía un poco entumecida. Estar sentada allí era prácticamente lo único que se podía permitir hacer en ese momento. Miró las jardineras colgantes de helechos, las cristaleras de ambos lados, y se sintió de nuevo en otro mundo. La temperatura había subido otra vez a los treinta y dos grados, haciendo que ascendiera el vaho de los huecos llenos de agua de lluvia de las aceras, aunque a la sombra el calor era tolerable. Necesitaba un ventilador, sin embargo, simplemente para estar en consonancia con el ambiente. Sonrió ante aquella idea y cerró los ojos.

Debió de echar una cabezada y se despertó cuando él colocó una bandeja en la mesa junto a ella. La bandeja contenía bocadillos de jamón cortado muy fino, un plato de galletas, dos vasos vacíos y una botella de vino tinto.

—Un hombre de su casa —dijo Karen, que percibió su tono de voz alertagado como si todavía no se hubiera despertado del todo.

—No me dé demasiados puntos —le advirtió Marc con el tono perezoso que parecía haber patentado, al tiempo que se sentaba al otro lado de la mesa—. Las galletas son de una pastelería y cualquier estúpido puede hacer un sándwich.

Se había cambiado de ropa, advirtió ella, se había despojado de la corbata y había sustituido los pantalones por un par de vaqueros raídos. Iba descalzo, y aunque aún llevaba la camisa blanca, había dejado sueltos los faldones, arrugados por donde habían estado remetidos antes. También se había abierto un par de botones, de forma que estaba abrochada sólo hasta la mitad del pecho. Un amplio tórax con vello, observó, aún adormecida. Agradable.

Apoyó los pies desnudos en la barandilla del balcón, suspirando al tiempo que se relajaba.

—Quítese los zapatos —le invitó Marc.

Siguió su iniciativa, porque la idea de estar descalza con este clima húmedo resultaba realmente magnífica. Apoyó los pies en la barandilla al igual que él, tras convencerse de que los transeúntes que pasaban por abajo no podrían ver más allá de unos cuantos centímetros por encima de su falda, eso suponiendo que alguno siquiera mirara. Ocurrían demasiadas cosas al nivel de la calle para que alguien se interesara en si enseñaba o no un poco de pierna. Suspiró tal como lo hizo él, porque era estupenda la sensación de verse libre del calor opresor de los zapatos, de poner los pies en alto, notar cómo se relajaba la columna. Karen sencillamente se «sentaba» tan raras veces que aquello era un lujo.

Sin incorporarse, ni abandonar su posición relajada, Marc alargó el brazo y con destreza sirvió dos copas de vino.

—Come —le ofreció y esperó a que cogiera uno de los bocadillos antes de tomar el otro para sí.

En silencio, Karen mascó el sándwich, dio un sorbo al vino y observó a los turistas que paseaban por debajo. Desde algún lugar llegaba el sonido de una banda de música callejera, también podía oír a alguien que tocaba con destreza canciones conocidas al piano. Retazos de conversaciones flotaban en el aire, como mero telón de fondo del momento. No podía imaginarse ningún otro sitio en el mundo como Nueva Orleans, con su magia desenfadada y exótica.

Sus pies se encontraban apoyados uno al lado del otro sobre la barandilla, y Karen los examinaba con interés, sorprendida por el contraste. Los de ella eran mucho más pequeños, más delgados, perfilados con delicadeza, definitivamente femeninos. Los de él eran grandes, huesudos, con un poco de vello por encima: masculinos. Interesantes.

—¿Sabes —murmuró ella aún adormecida— por qué los pies de los hombres son tan diferentes a los de las mujeres?

Marc acercó el pie de forma que ahora tocaba el derecho de ella, al tiempo que los ojeaba. Ladeó un poco la cabeza y dijo:

—Por las uñas pintadas.

Si hubiera estado a su alcance, Karen le hubiera dado un codazo.

—¡No! Es a causa de todas esas carreras con los pies descalzos, a la caza de los antílopes y de los mamuts lanudos.

Él rió, en realidad rió con fuerza, emitiendo un sonido profundo y deliciosamente masculino que le hizo curvar los dedos de los pies.

—Por eso los pies de las mujeres son tan delicados, porque todo lo que tenían que hacer era pasear y recoger bayas.

—Y llevar a los niños consigo. —Quería oírle reír otra vez. Casi volvió a estremecerse, esta vez de placer.

El inspector acomodó mejor los amplios hombros en la silla.

—Bueno, hubiera sido difícil cazar los mamuts lanudos llevando a los pequeños junto a las lanzas.

—Excusas, nada más que excusas con tal de librarse del cuidado de los niños. —El vino era bueno, pensó. Normalmente no le gustaba beber vino tinto, pero este era añejo y generoso. Terminó la copa y la dejó en la mesa con un suspiro de alegría.

Hubo un silencio durante un largo rato. El calor candente hacía en cierto modo innecesaria la conversación. El fragor grave de un trueno anunció la proximidad de más lluvias, y las nubes empezaron a extender poco a poco su masa violácea sobre el resplandor del sol poniente. Marc entró la bandeja pero dejó el plato de galletas en la mesa. Regresó después de varios minutos. La música era arrastrada desde el interior, un blues instrumental lento. Todo convergía allí, pensó, y cerró los ojos. Cualquier otra cosa requería un esfuerzo demasiado grande.

—¿Más vino?

—Mmm, sí.

—Entonces toma una galleta.

—Negrero —le reprendió, pero sonrió al tomar una galleta y darle un mordisco. El agradable sabor fue como una explosión en su paladar— ¡Oh, está buenísima! —exclamó jubilosa y radiante—. ¿De qué es?

—Chocolate blanco. Pacana. Y otros ingredientes. Son mis preferidas. —Comió una con entusiasmo, y luego otra.

«¡Una mezcla increíble!», pensó divertida. Casi del Viejo Mundo en ciertas cosas, el prototipo de americano moderno en otras. Se encontraría perfectamente a sus anchas estirado en su sillón, en aquel maravilloso salón antiguo, en pantalones vaqueros, camiseta de manga corta y viendo un partido. Además, era policía, algo más a añadir a su compleja personalidad. ¿Qué otras cualidades saldrían a la superficie con más tiempo para conocerlo? No importaba, advirtió; ella no tendría oportunidad de descubrirlo, porque se marchaba al día siguiente. Un extraño calambre le oprimió el estómago.

Acabaron con el plato de galletas y con la segunda copa de vino. Se escuchó el estruendo de otro trueno, esta vez más cerca. Unas cuantas gotas de lluvia comenzaron a salpicar la calle y los turistas se precipitaron en busca de refugio. En unos minutos, la calle estaba desierta, y la lluvia argentina aumentó su cadencia, acelerando a su vez el crepúsculo.

Karen sintió un poco de frescor por fuera; sin embargo, el vino había creado en su interior un calor agradable. Un único saxofón se lamentaba, las notas puras le tocaron el alma. Se rodeó con sus propios brazos, presa del dolor.

—Baila conmigo —le pidió Marc a media voz, levantándose y extendiendo la mano.

Karen se levantó y avanzó en silencio a sus brazos. Cerró los ojos, y su cabeza encontró su lugar personal de reposo en el hombro de él. No podía existir nada más perfecto, pensó, que bailar lento, con los pies desnudos, en un balcón de Nueva Orleans, mientras llovía a cántaros y el ocaso les rodeaba. Era tan maravillosamente cálido que quería hundirse en él, y en realidad se sorprendió a sí misma estrechándose contra su cuerpo. De inmediato empezó a separarse, pero él la detuvo con una mano firme sobre los riñones, incitándola a acercarse aún más.

—Está bien. Reposa sobre mí. —Las palabras pronunciadas apenas con un murmullo, como si Marc no quisiera que se entrometieran en el momento.

De modo que se relajó de nuevo, con tanta facilidad que sintió un resquicio de culpabilidad en el lugar más recóndito de su cerebro. Estaba usándolo con descaro para consolarse, como apoyo, por... placer. Sí, esto era puro placer: la fuerza de sus brazos rodeándola, la firmeza de su tórax y del vientre rozando contra su pecho, contra su propio vientre, a medida que se balanceaban al son del balido hipnótico del saxo. Los muslos de él se deslizaban junto a los de Karen, sus pies rozaban los de ella, e incluso de vez en cuando sentía la prominencia de sus genitales, aunque pensó que estaba siendo cuidadoso al respecto; de nuevo aparecían sus buenos modales. Se sorprendió a sí misma esperando, casi sin respiración, el siguiente instante en el cual los movimientos de ambos atrajeran su cadera contra la de él. Deseaba enroscarse en él, presionar por completo su cuerpo contra aquella intrigante prominencia.

Su corazón latía con lentitud y fuerza. El frío había desaparecido; se sentía deliciosamente abrigada, prácticamente incorpórea, todo pensamiento suspendido.

Una mano firme ascendió deslizándose por su espalda para cerrarse con delicadeza sobre su nuca, mientras la otra descendió hasta sus nalgas. No pensó en protestar. En cierto modo aquel contacto no exigía nada de ella. Se limitaba a acariciar esa parte, eso era todo. Nunca se había percatado de lo agradable que eso podía ser.

Marc le echó la cabeza hacia atrás, su sólida mano aún en su nuca. Vio la curva sensual de sus labios, y entonces la besó; incluso aquello no era exigente. Cerró los ojos. Percibió sus labios suaves al acoplarse a los de ella sin usar la lengua.

De repente, deseó que lo hiciera. Quería saborearlo más. Sin embargo, disfrutaba con lo que le estaba ofreciendo más de lo que había disfrutado con los besos de cualquier otro hombre y se dejó llevar por el roce delicado de aquellos besos. Y advirtió que se había enroscado a Marc después de todo, con las caderas arqueadas hacia él.

Apartó la mano de sus nalgas, casi arrancando al instante un gemido de protesta de ella. Karen escuchó el clic del pomo de la puerta a su espalda y advirtió que la estaba conduciendo de vuelta a la cocina. El interior estaba a oscuras; no había dejado ninguna luz encendida. No se molestó en abrir los ojos, se limitó a suspirar de placer mientras él continuaba besándola y su mano volvía a su trasero. Con ambas manos, advirtió vagamente, ahora se encontraba aferrada con las dos manos a sus hombros. Su pecho la oprimía, anhelante; su sexo pleno. Era agradable, más que agradable. Deseaba el roce de su lengua, lo deseaba con tanta intensidad que se alzó de puntillas y profundizó el beso, al tiempo que exploraba con indecisión. Y deseaba estrecharse contra él, y así lo hizo también, presionando su pecho contra su cuerpo, sintiendo el dolor punzante de placer de sus pezones.

Marc emitió un gruñido grave desde lo profundo de su garganta y tomó el relevo de la iniciativa. Esta vez el placer era agudo, incisivo, y Karen gimió con frenesí. Sí. Su sabor era maravilloso, como aquellas galletas, como el vino, como él mismo. Su lengua se deslizó en lo más profundo, segura, absorbente, y la de ella danzó alrededor, suavemente provocadora. Nunca se había dado cuenta de que los besos pudieran ser tan sutiles, tan significativos, tan variados.

El inspector agarró sus faldas y se las subió hasta la cintura, a continuación deslizó las manos bajo la cinturilla de las braguitas para aferrarlas a sus nalgas. Estaban frías, sus manos calientes: el contraste la hizo arquearse y jadear. Sus pechos se estremecieron; sus caderas se ondularon ligeramente, en un intento por alcanzar y luego encontrar el vértice sólido de su pene, se mecieron contra él, buscando instintivamente el consuelo. Tenía algo más que calor; se sentía febril, su piel demasiado tensa, sus ropas demasiado opresoras.

Marc se agachó un poco, tiró de sus braguitas y estas se deslizaron por sus muslos hasta los tobillos.

—Sal de ellas —le susurró y con despreocupación así lo hizo. Su corazón palpitaba con estruendo, todo su cuerpo sumido en un deseo febril.

—Abre los ojos.

Karen lo hizo también y lo miró fijamente en la oscuridad húmeda de la habitación, viendo su rostro iluminado por la pálida luz que se filtraba por los ventanales. Su expresión estaba contraída, sus ojos entrecerrados y penetrantes, su boca fervorosamente sensual.

No se encontraban en la cocina, percibió con una especie de remota sorpresa; la había llevado danzando a través del otro grupo de puertas. Estaban en su dormitorio.

La cama golpeó la parte posterior de sus rodillas, y él la acomodó con delicadeza sobre ella, sus manos firmes y seguras. Apenas tuvo tiempo de manifestar la frialdad de las sábanas bajo la desnudez de sus nalgas, Marc se encontraba ya sobre ella, fuerte y sólido, apartando con las rodillas sus muslos mientras se desabrochaba los vaqueros.

Karen respiró profundo, lo observaba con los ojos medio entornados, a través de la estrecha franja de sus pestañas. Se sentía todavía aletargada, como si nada de aquello fuera real; a pesar de ello nunca había deseado con la misma intensidad que en aquel momento, nunca había experimentado esa apetencia por ningún otro hombre como ahora. El poder de aquella necesidad la sorprendió; no estaba del todo segura de cómo había llegado a ese instante, a estar tumbada en la cama de un hombre que apenas conocía, sus braguitas tiradas en el suelo y la falda enroscada a su cintura.

El primer contacto de su pene sobre ella fue sobrecogedor, una pura inyección de realidad. Sus ojos se abrieron por completo de la impresión, y hundió los dedos en los hombros de Marc. Él sostuvo su mirada, su gran cuerpo la presionó contra el colchón, y entró en ella con un impulso firme y seguro, hundiéndose en lo más profundo con un solo movimiento. El cuerpo de Karen se arqueó con una sacudida femenina ante la fuerza de su penetración, ante aquella abrasadora invasión. Su sexo era suave y duro, grueso, increíblemente profundo, y ella se retorció alrededor de él.

La calmó, sujetándola con determinación al tiempo que se retiraba un poco y arremetía de nuevo, la mirada concentrada en su rostro. Karen no podía detener sus gritos jadeantes ante aquella sensación, el placer era casi atormentador. El corazón le latía con violencia contra las costillas. Se aferró a él con manos desesperadas, sintiendo como si estuviera a punto de ser desgarrada por una fuerza interna que no podía contener. Le susurró con dulzura palabras tranquilizadoras de hombre que apenas podía entender, pero aquella voz rica y profunda era más efectiva que cualquier palabra.

—Por favor —se oyó a sí misma suplicar misericordia, consuelo, por nada y por todo.

Él comprendió su apremio incluso mejor que ella. Retrocedió y se deslizó con un impulso en lo más hondo, con firmeza, acto seguido repitió y ella comenzó a llegar al punto culminante.

La guió por la oleada de sensaciones, batiéndose en su interior, sujetando sus muslos extendidos para que no tuviera control, ni protección. No mostraba la menor compasión por ella mientras se contorsionaba y arqueaba, pero tampoco ella la deseaba. Sólo le deseaba a él, deseaba la ardiente intimidad de su cuerpo aprisionado en el de ella.

Cuando sus espasmos amainaron, Karen se quedó extendida, debilitada bajo él. Estaba agotada, vacía, apenas consciente. El poderoso cuerpo de Marc se sacudió cuando se corrió y todo su ser se estremeció a causa del impacto de las arremetidas de él.

Se quedó desplomado sobre ella, su pecho palpitaba al ritmo de su respiración, su corazón retumbaba contra el de Karen. Marc sintió la humedad del sudor que rezumaba de sus ropas, pero una leve brisa fría se deslizó por la ventana y trajo consigo el frescor de la lluvia. Karen volvió el rostro contra su cuello, aspiró el olor cálido de su piel y sintió cómo se sumía en un sueño profundo.

Se desveló ligeramente cuando él se retiró, emitiendo una protesta instintiva al verse desprovista de su peso, del placer que proporcionaba su calor animal frente a la noche refrescada por la lluvia.

—¡Sss...! —susurró calmándola.

A través de las ventanas y de las puertas abiertas entraba luz suficiente para que ella pudiera observar entre sueños cómo se quitaba y tiraba un condón, y se despejó lo justo para preguntarle:

—¿Cuándo te lo pusiste? —Juraría que no había apartado las manos de ella después de entrar al dormitorio.

—Cuando puse la música. —Se volvió hacia ella, todavía de rodillas entre sus desplegados muslos. Tenía los párpados medio entornados, concentrado mientras le quitaba la ropa. Karen permitió que le bajara la cremallera del vestido, tenía que hacerlo con las manos por debajo de ella; su mente estaba aún centrada en el condón. Lo había planeado todo, entonces. Incluso antes de que empezaran a bailar, había resuelto hacerle el amor.

El significado de tal acto parecía importante, pero por qué la eludía. Le sacó el vestido por la cabeza y lo arrojó a un lado, luego con destreza le desabrochó el sujetador y se lo quitó también. La atención de Karen se centró en su desnudez, la cual, a pesar de la intimidad del acto que acababan de compartir, la hacía sentirse mucho más vulnerable. Se sorprendía a sí misma, allí tumbada, desnuda y extendida ante un hombre que aún estaba vestido, aunque tuviera los vaqueros bajados alrededor de los muslos. Debería de estar cansado, pero su pene erecto sobresalía por debajo de su camisa, contrayéndose por la excitación.

Ella movió las manos; quizás él presintió su intención de cubrirse, ya que la atrapó por las muñecas y las clavó en la almohada junto a su cabeza, y se recreó mirándola. Sus pezones se convirtieron en dos pequeños puntos tensos bajo aquella mirada, y él sonrió. Se inclinó sobre ella, lamió su pezón izquierdo, describiendo un círculo alrededor con la lengua antes de atraparlo con suavidad entre los dientes y aplicarle una delicada presión.

Un hormigueo ardiente la sacudió. Jadeó, agitando en vano los brazos en un intento por liberarlos; no para apartarlo sino para estrecharlo contra sí. Bebió de ella, presionando el pezón con frenesí contra el paladar al tiempo que la lengua lo acariciaba, Karen se retorció indefensa. No sabía que sus pechos eran tan sensibles, pero el modo que tenía de absorberla la excitaba con tanta intensidad que sintió que se dirigía irremediablemente hacia otro orgasmo.

Inclinado en aquella posición, el extremo de su pene le estaba dando golpecitos en sus pliegues túrgidos, incitándola a abrirse. Su respiración, obstaculizada, entrecortada. Sus caderas, arqueadas.

Maldijo a media voz, su respiración también alterada, y se irguió sobre ella. Se desprendió de la camisa con una pequeña lucha, la arrojó a un lado y con rapidez se enfundó otro condón. Al tiempo que se inclinaba de nuevo sobre Karen, atrapó sus muñecas con una mano y le estiró los brazos sobre la cabeza haciendo que su pecho se arqueara en ademán de frágil ofrenda. Obtuvo plena ventaja de su posición, y bebió de ambos pezones, con delicadeza y rudeza a la vez.

Su mano libre se deslizó sobre su vientre, bajó entre sus piernas extendidas. Su sexo túrgido y sensible tras haber hecho el amor, era apenas capaz de acoger en su seno los dos grandes dedos que se abrían paso dentro de ella. Se estremecía jadeante mientras su cabeza se elevaba y caía hacia atrás agitada, atrapada entre sus brazos estirados.

Marc se sacudió con un escalofrío de excitación.

—Estás tensa —le murmuró al tiempo que le besaba el cuello—. ¿Te estoy haciendo daño?

—N-no. —Apenas podía hablar. Los dedos de él se hundieron en lo más profundo de su ser, presionando hacia arriba, al tiempo que su pulgar le rozaba el clítoris describiendo círculos tentadores—. ¡Oh, Dios mío! —exclamó con un grito mientras se arqueaba. La invadió un calor intenso que hizo que se tensara como un arco. Pudo percibir la cercanía de otro orgasmo, incluso más intenso que el anterior. Sus piernas trémulas se extendían ansiosas de nuevo mientras él se acercaba más, sacaba los dedos y los sustituía por la larga caricia de su miembro.

Los espasmos bullían rápidos ascendiendo por su cuerpo. Marc los sintió y se hundió aún más en ella. Fue presa de unos gemidos acompasados y su cuerpo se convulsionó. Marc controló su vivo deseo y lentamente, con delicadeza, fortaleció el deseo de ella hasta que alcanzó el clímax otra vez, y sólo entonces se permitió a sí mismo eyacular.

Karen se durmió y se despertó con el contacto de sus manos al colocarlas de nuevo sobre ella. La noche había caído por completo y él se había quitado los vaqueros. La lluvia seguía repiqueteando en el exterior y las ventanas aún abiertas permitían entrar el aire húmedo. No existía nada más en el universo salvo los confines del lecho y el hombre que la estrechaba contra su calor y firmeza. No pensaba, simplemente se encontraba, por primera vez en su vida, absorta en el puro placer físico. Podría haberle hecho cualquier cosa y ella no hubiera protestado.

La deslizó hacia abajo y presionó su boca contra la de ella, aquella caricia fue tan tierna e íntima que estuvo a punto de llorar, a no ser porque el deseo se despertó de nuevo, palpitando con insistencia en su sexo. Él se montó sobre ella y le dijo:

—Esta vez voy a hacerte daño. —Y lo hizo, guiado sin piedad por su propio placer, y haciendo que ella se corriera también. Creyó que iba a desvanecerse esta vez a causa de la intensidad de las convulsiones. Se aferró a sus costados sudorosos y se rindió por completo a él. Esta manera salvaje de hacer el amor en la oscura noche lluviosa de Nueva Orleans era más intensamente carnal que cualquier otra cosa que pudiera haber imaginado hacer, y no quería que se acabara.

Esta vez, él también se durmió, la sujetaba tan pegada a él que el sudor que se formó entre sus cuerpos los selló.

La noche parecía no tener fin. Karen se despertó ante la misma lluvia y en la oscuridad, sintiendo el mismo aire caliente y húmedo, el contraste del frescor de las brisas cargadas de lluvia. No podía distinguir ningún reloj a la vista, de todas formas no lo hubiera mirado. Descendió por su cuerpo besándolo. Cuando llegó a su sexo, él se había despertado, erecto, gimiendo. Karen besó su miembro, lo lamió a lo largo, y sintió cómo crecía aún más, a continuación lo tomó por completo en su boca. El tormento era un arma de doble filo, y quería que disfrutara con ello tanto como ella lo había hecho.

No sabía cuántas veces hicieron el amor aquella noche. Su mente estaba envuelta en una nube, su cuerpo completamente entregado a él. Cuando se encontró tan agotada que no podía sencillamente responderle, él la acunó en sus brazos y le rozó los ojos con un tierno beso.

—Duérmete, querida —le susurró con aquella mágica voz profunda, y era como si sólo necesitara oír las palabras antes de perder la conciencia.

# 10

Hayes era un hombre cuidadoso. Contrataba a gente competente, pero cuando alguien le decía que un trabajo estaba hecho, no daba necesariamente por sentado que el trabajo hubiera sido llevado a cabo a su gusto.

Se creía en la obligación de comprobar todo dos veces. Sus precauciones merecían la pena, le permitían captar y encargarse de los pequeños incordios antes de que se convirtieran en problemas mayores. La gente que trabajaba para él lo consideraban un grano en el culo, pero la gente para la cual trabajaba le estaban eternamente agradecida por la atención que prestaba a los detalles.

Cuando Clancy lo llamó y le informó de que se había encargado del asunto, Hayes lo creyó; Clancy era condenadamente bueno en lo que hacía. Pero aun así se puso en contacto con otra fuente para que le enviara una copia del informe policial sobre el incendio de la casa, así como la versión que daba el periódico, por fax, utilizando una línea privada e imposible de detectar. Era un experto en ordenadores, pero se sentía más a gusto con las viejas tecnologías; pensaba que la seguridad era mayor. Con los ordenadores, ¿quién sabía cuál de los cabrones en Hoboken o en cualquier otro sitio estaba echando un vistazo a todo lo que enviaba o recibía?

Su contacto llamó al día siguiente.

—No encuentro nada sobre el incendio de la casa de una tal Karen Whitlaw —le comunicó—. Ha habido un incendio, pero la casa pertenecía a una pareja llamada Hoerske.

Hayes soltó una maldición. No era propio de Clancy quemar la casa equivocada.

—Hazme un favor —le dijo—. Mira en la guía de teléfonos cuál es la dirección de Karen Whitlaw.

—De acuerdo. Un minuto. —El sonido de hojas pasadas con rapidez le llegó a través de la línea de teléfono—. Whitfield... Whitfield... Whitlaw. No figura ninguna Karen Whitlaw en la lista, pero hay alguien con las iniciales K. S. Whitlaw.

—Espera un momento. —Hayes comprobó el expediente que tenía de la esposa y de la hija de Dexter Whitlaw. El segundo nombre de la hija era Simone—. Debe de ser ella.

—De acuerdo. La dirección es... ¡diablos, la dirección coincide con la de la casa de los Hoerske!

Hayes sintió un dolor creciente detrás de los ojos y se pellizcó el caballete de la nariz para aliviarlo.

—Envíame por fax todo lo que tengas.

—Por supuesto.

Veinte segundos más tarde, el fax comenzó a emitir el característico zumbido mientras expulsaba los documentos solicitados. Hayes no se molestó en mirar el informe de la policía; cogió la copia de la noticia del periódico: «Ayer por la mañana, un incendio destruyó la residencia de Nathan y Lindsey Hoerske. Según el jefe de bomberos las llamas se declararon en la cocina. Los Hoerske, que compraron la casa hace tan sólo cuatro meses, no se encontraban en el lugar a la hora en que se produjo el siniestro».

Hayes arrojó la hoja al suelo. No había que ser un genio para imaginarse lo que había ocurrido; la joven Whitlaw había vendido la casa. Probablemente Clancy había buscado la dirección en la guía de teléfonos, pero estas eran actualizadas una vez al año.

Llamó a Clancy. Como siempre, dio con la voz del contestador: «Deje su número —indicaba la voz de Clancy, sin identificarse—. Si le conozco, le llamaré».

—¡La has jodido! —le espetó Hayes sin identificarse tampoco.

—¡Por el mismísimo demonio, que lo he hecho! —dijo Clancy al descolgar el teléfono. Parecía cabreado; no estaba acostumbrado a la insatisfacción de los clientes.

—¡No vivía allí, gilipollas! Vendió la casa hace cuatro meses.

—¡Menuda hija de puta! Odio quemar una casa para nada.

—¡Encuéntrala! Y esta vez, haz bien el trabajo.

γ

El senador Stephen Lake esperaba ser el próximo presidente; un montón más de gente esperaba lo mismo. Se hermano mayor, William y él habían sido preparados para ocupar cargos públicos desde el mismo momento de su nacimiento, pero cuando murió William, Stephen se había convertido en el heredero forzoso. Los Lake eran una familia de abogados, jueces y políticos, y Stephen representaba a la cuarta generación que seguía los mismos pasos.

El senador Lake siempre había sido perfectamente consciente de que William era el elegido de su padre, el niño de sus ojos, y tras su muerte, Stephen había intentado incluso con mayor ahínco ser el político perfecto, para compensar a su padre en cierto sentido por el dolor producido por la pérdida de su hijo preferido. Se había fraguado una trayectoria profesional segura y constante, ganándose con los años la reputación de un hombre que siempre elegía el camino más alto; una posición admirable, pensó Franklin Vinay, pero la presidencia del Comité de Inteligencia del Senado, sin mencionar las agencias involucradas, funcionaría mejor con pragmatismo que con idealismo.

Al director adjunto de operaciones no le gustaba ser convocado en el despacho del senador como un colegial enviado ante el director. De todas formas fue, y su rostro no reveló ni un ápice de esta aversión cuando se sentó en la oficina magníficamente amueblada. Se preguntaba, sin embargo, qué habría hecho regresar al senador a la capital en el mes de agosto; lo último que había oído Vinay era que el senador Lake estaba felizmente instalado en la finca de Minesota que tanto amaba. Vinay no podía imaginar que algo de menor importancia que una emergencia nacional apartara a los políticos de sus vacaciones y los atrajera bajo el peor de los calores del verano. Dado que él se hubiera enterado antes que cualquier miembro del Congreso en el caso de una emergencia nacional, quizás incluso antes que el presidente, Vinay sabía que no se trataba de aquello.

Aquel dato hacía la presencia del senador Lake aún más extraña, y Franklin Vinay no era el tipo de hombre que pasara por alto ese tipo de detalles.

—¿Café, Frank? —preguntó el senador, señalando una cafetera.

—No, gracias. No soy bastante fuerte para beber café con este calor.

El senador rió afectuoso y se sirvió una taza, quizá para demostrar que era lo bastante fuerte. Vinay sonrió mientras observaba cómo vertía una sola gota de nata en su café y se preguntaba cuántas tazas se bebería el senador antes de sentir su virilidad suficientemente reconstituida.

No preguntó el porqué de aquella convocatoria. Vinay llevaba en el juego mucho tiempo; conocía el poder del silencio, cómo moverse en el sutil juego de la toma de posiciones: forzar a la otra parte a hablar primero. No dio muestras de ningún tipo de ansiedad, ni de secretismo, precipitándose al discurso. No importaba que estuvieran aparentemente en el mismo bando; Vinay no permitía que nadie le obligara a lanzarse a un discurso imprudente. Cuando supiera lo que quería el senador, entonces sabría cómo reaccionar.

Desgraciadamente, el senador Lake era más bien aficionado al charloteo, que a ir al grano.

—Es el verano más caluroso que recuerdo —comentó recostándose en su sillón de piel de aspecto suave—. Horrorosamente caluroso. Tengo costumbre de tomarme las vacaciones en agosto...

Como todos los políticos, pensó Vinay.

—... puede que para ir a pescar truchas un rato. ¿Vas a pescar, Frank?

—No desde hace años —había estado demasiado ocupado intentando reprimir algunos «ismos» nocivos, como el comunismo o el terrorismo.

—Realmente debería intentar escaparse más a menudo. Pescar pone de nuevo a un hombre en contacto con la naturaleza. Llegas a ver lugares del país que se mantienen intactos, y recuerdas que la mayoría de estadounidenses no vive en grandes ciudades. Nuestros medios de comunicación están tan preocupados por lo que ocurre en las grandes ciudades que tendemos a olvidarnos de los intereses del resto del país.

Vinay abrió la boca para asentir, pero el senador agitó una mano.

—Aquí estoy divagando, y sé que está muy ocupado. Iré al grano. Uno de mis ayudantes me informó de que uno de sus agentes contratados ha sido asesinado en Mississippi. Asegúreme que no estaba en alguna misión, y no me venga con la declaración oficial de que se le prohíbe a la CIA operar dentro de nuestras fronteras. Estar prohibido y no hacerlo son dos cosas diferentes.

Vinay se quedó impávido, pero por dentro estaba furioso. El único modo de que un ayudante del senador hubiera podido descubrir lo de Rick Medina era por medio de una fuente interna del departamento de Vinay.

—Senador, no hay operaciones dentro de nuestras fronteras, y punto. Si un agente contratado ha sido asesinado... y no he oído nada al respecto... entonces se trata de algo que no tiene conexión con nosotros.

—¿No lo ha oído? —Ahora era el senador el que se mostraba impávido—. Pero...

—Utilizamos a muchos agentes independientes. También trabajan para otros países, como bien sabe, cuando no están trabajando para nosotros. Quizás esta persona se hallaba en una misión, pero no para nosotros, y si ese fuera el caso, yo no tendría ninguna información sobre él o ella. ¿Qué es, por cierto?

—¿Qué...?

—¿Un hombre o una mujer?

—¡Ah...! Un hombre. ¿De verdad no ha oído nada?

—Como he dicho, si no concierne a la Agencia, no tengo por qué estar informado.

—Me han informado de que el hijo de este hombre es uno de los suyos.

El senador había sido informado demasiado bien, pensó con desagrado Vinay. Y si creía en realidad que Vinay identificaría a uno de sus agentes más importantes, entonces el senador esperaba también demasiado.

—Es posible, pero a menos que la muerte afectara las operaciones... —Se encogió de hombros, para demostrarle lo insignificante que era para él el que un agente independiente hubiera sido asesinado.

El senador Lake consultó un expediente.

—El agente era Rick Medina. ¿Le suena ese nombre?

—¡Rick Medina! —Vinay puso una expresión creíble de conmoción—. ¿Está seguro de ello?

—Mi fuente es muy fiable —le contestó con frialdad el senador. No estaba acostumbrado a que se pusiera en duda su palabra.

—Conozco a Rick desde hace años; no muy bien, nadie lo conocía bien, pero era uno de nuestros agentes independientes más fiable. ¡Maldita sea!

—¿Conoce también a su hijo?

—Rick no tenía familia —mintió Vinay—. Era un completo solitario.

—Entiendo. —Por alguna razón, el senador Lake parecía sorprendido—. Bueno.

Vinay se levantó, la paciencia agotada. Se alegró de poder decir la verdad: Medina no estaba destinado a una misión para ellos; sin embargo, el senador sabía demasiado, conocía detalles de una información que no debería haber llegado hasta él por casualidad. De hecho, el director adjunto estaba planeando ya cómo sacar a la luz al topo de su departamento... para luego meterle fuego en el culo.

—¿Es todo lo que deseaba, senador? —le preguntó con cortesía—. Le aseguro que Medina no llevaba nada entre manos para nosotros. Si desea más detalles, será un placer para mí investigar su muerte y mantenerle informado de cualquier cosa que encuentre.

—¡Oh, no, no será necesario! Sólo estaba preocupado por... bueno, conoce la situación del país en estos días, con esos mercenarios en busca de todo tipo de detalles, no importa lo inverosímiles que sean, que puedan encontrar para demostrar que nuestro gobierno anda descontrolado. Es mejor evitar estas cosas saliendo al paso.

Era una preocupación bastante legítima, pero algo en la manera de plantearla llamó la atención de Vinay: era demasiado oportuna, como si la respuesta hubiera sido ensayada.

—Sí, señor —asintió. Había algo que no concordaba; no podía poner la mano en el fuego, pero confiaba en su instinto. ¿Por qué iba a sentirse obligado el senador Lake a dar una excusa plausible por preguntar por Rick Medina?

Quizá Rick no era el centro de sus preguntas. Quizás, en realidad había estado intentando conseguir información sobre John. Las sospechas vapulearon sus entrañas. No podía imaginarse por qué el senador querría o necesitaría saber algo sobre John Medina, pero se le ocurrieron varias razones nada buenas, y todas ellas necesitaban ser investigadas. No había alcanzado su actual posición siendo un crédulo.

Después de que se marchara Vinay, el senador Lake se quedó sentado ante su amplio y carísimo escritorio, pasando distraídamente los dedos por el acabado perfecto mientras miraba pensativo la puerta por la cual Vinay había pasado. Había ocurrido algo desconcertante en aquella reunión. Existían dos posibilidades y no le gustaban ninguna de ellas. O bien Hayes le había pasado una información errónea, o el director adjunto de operaciones le acababa de mentir.

Lentamente, el senador Lake alargó la mano hasta el teléfono, acto seguido con gran resolución marcó veloz el número de una línea privada de su casa. Le contestaron a la segunda señal, y una alentadora y cavernosa voz familiar mitigó su repentina ansiedad.

—Raymond, ¿podría coger el próximo vuelo a Washington? Puede que le necesite.

# 11

Karen entró en su apartamento arrastrando la maleta. Inflexible, resuelta a no permitirse mirar al contestador porque sabía que la lucecita roja estaría parpadeando como una luz de advertencia, se dirigió al dormitorio y deshizo la maleta. Se tomó su tiempo en hacerlo, colgó lo que no se había puesto de nuevo en el armario y separó el resto en dos montones, uno para la lavadora y otro para el tinte.

Regó las plantas, puso la colada en la lavadora y a continuación llamó a la supervisora de planta del trabajo.

—Judy, hola, soy Karen. Estoy en casa, y puedo volver al trabajo esta noche si me necesitas.

—¿Si te necesito? —repitió Judy Camliffe con un tono de verdadero alivio—. Marletta lleva dos días de baja con una infección en la garganta, y Ashley llamó hoy diciendo que estaba también enferma.

—¿Qué le pasa a Ashley?

—Tiene gripe. ¡Así que, diablos, sí, te necesito! La cuestión es si debes regresar tan pronto. Podré arreglármelas esta noche, en cierto modo, si necesitas otro día.

—Gracias —respondió Karen, con sinceridad. Judy estaba bajo una gran presión para que su planta marchara bien con menos enfermeras que nunca, ya que el hospital no era inmune a los recortes de plantilla. Hacía cinco años, había doce enfermeras tituladas inscritas en la planta de quirófanos, cuatro por turno. Ahora había ocho a las cuales Judy tenía que distribuir haciendo malabarismos en tres turnos, con dos días libres para cada enfermera por semana. Algunas noches sólo había una enfermera titulada de guardia. Corría el rumor de que tendrían que hacer turnos de doce horas antes de finales de año—. Pero estoy bien; ayer fue el funeral, y he llegado en el avión esta mañana.

—¿De verdad? Busqué en las noticias necrológicas, pero no lo vi.

—Está enterrado en Louisiana. No tenía una parcela aquí para él, y uno de los inspectores sugirió que lo enterrara allí por el momento. Mi madre hubiera querido que los enterrara juntos, y no hay sitio junto a ella, por tanto tendré que encontrar otro lugar y trasladarlos a los dos... —su voz se apagó. Se sorprendió ligeramente a sí misma. Judy le caía bien, la consideraba una amiga, pero no tenía por costumbre divagar sobre sus problemas personales ni siquiera con Piper, que era su mejor amiga. Pero mencionar a Marc incluso de una manera indirecta la desconcertó tanto que apenas podía pensar con coherencia; el latido de su corazón se disparó vertiginosamente, se le encogió el estómago, sus pechos se erizaron, la boca se le hizo agua. Los síntomas de pánico y de deseo se confundían, del mismo modo que aquella mañana cuando se despertó en la cama junto a él.

—¡Caramba, eso es muy duro! —exclamó Judy—. Escucha, no me gusta preguntarte esto, pero ¿conseguiste una copia del certificado de defunción o quizá la esquela del periódico de Nueva Orleans? Tienes que presentar uno de ellos para que te paguen los días que has estado fuera.

—Tengo una copia de su certificado de defunción. —Marc lo había conseguido por ella. Karen no sabía el tiempo que llevaba normalmente obtenerlo, pero Marc había adulado a alguien en la oficina del médico forense para que llevara a cabo el papeleo. Su corazón se desenfrenó otra vez. No le hacía falta tener una conversación amable; le bastaba con pedir, con aquella voz de medianoche, y si se trataba de una empleada, él tendría en la mano los documentos.

—Bien. Eso reducirá al mínimo cualquier jaleo con la nómina. ¿Estás segura de que te apetece trabajar?

—Estoy segura.

—Entonces definitivamente cuento contigo esta noche. Ven a tu hora habitual.

Arreglado aquello, Karen echó un vistazo alrededor en busca de algo más que hacer. Cuando entró en el cuarto de estar, la luz del contestador le lanzó destellos insistentes. No le hizo caso, se dirigió a la cocina y se preparó un sándwich, a continuación hizo algo que rara vez tenía tiempo de hacer: sentarse frente al televisor y poner los pies en alto. Había una exhibición de decoración interior en el programa Discovery. Dado que su apartamento tenía necesidad de una decoración urgente, y empezar por desempaquetar las cajas ayudaría bastante, continuó viendo el programa mientras se comía el sándwich.

Había huido. Literalmente. Como la mayor cobarde sobre la tierra, había salido a hurtadillas de la casa mientras Marc estaba en la ducha. Aún le dolían los pies de correr con los tacones altos las nueve manzanas que había hasta el hotel. Había arrojado los trajes en la maleta, había llamado a recepción y saldado la cuenta, rogando por que él no estuviera esperándola en el vestíbulo. No podía mirarle a la cara; nunca había sentido tanta vergüenza. Por supuesto, existía una posibilidad considerable de que él no se molestara en ir tras ella, de que se sintiera aliviado por habérsela quitado de encima, aunque Karen no quería arriesgarse.

Se bajó del ascensor en el entresuelo, acto seguido bajó su bolsa por el último tramo de escaleras para evitar tropezarse con Marc al salir del ascensor. Salió por la puerta lateral del hotel, fue hacia el gran recinto de estacionamiento y tomó un taxi.

Tenía suerte; Marc no sabía con qué línea aérea volaba. Además, tenía que trabajar. Aun así, cuando uno de los altavoces del aeropuerto pidió que Karen Whitlaw descolgara por favor uno de los teléfonos internos gratuitos, no lo hizo, por si él se encontraba en realidad en el aeropuerto y no en el trabajo.

No exhaló un suspiro de respiro hasta que el avión se apartó de la puerta de embarque. No era porque Marc fuera a enseñar su placa para entrar a bordo y enfrentarse cara a cara; después de todo, no era una delicuente, tan sólo una mujer con la cual había dormido la noche anterior.

No era el haber dormido lo que la avergonzaba, sino lo que habían hecho cuando no dormían.

No se consideraba una mojigata, ni frígida, ni inocente; dos de aquellos adjetivos eran inconcebibles en su profesión, en cuanto a ella se refería; pero nada parecido a lo de la noche anterior le había ocurrido antes. Pensaba en sí misma como una persona cuidadosa y responsable, dos cualidades que excluían el ir durmiendo por ahí. Piper decía de Karen que era difícil y paranoica, lo cual no era tan halagador, pero llevaba a la misma conclusión. Nunca, nunca había sido tan imprudente, tan descuidada, como la noche anterior. Todo lo que Marc quiso hacerle, ella se lo permitió, y quiso hacerle mucho. ¿Permitido? Había participado activamente, y había tenido más orgasmos de los que podía recordar. Se había comportado como una perra en celo.

Tenía la mirada perdida, fija en la demostración de una técnica que consistía en sumergir una bola de material sintético en pintura para luego dar unos toques sobre la pared. ¡Dios, qué estúpida podía llegar a ser! Quizá si hubiera tenido más experiencia en sus manos, por así decirlo, le habría visto correr.

Hizo una mueca ante el juego de palabras, sus mejillas le ardían. Lo cierto era que había sido, de un modo humillante, fácil para él. Había sido seducida, y por un maestro. No había cometido ni un error.

La animada mujer de la televisión estaba convirtiendo sin ayuda una pared lisa en una obra maestra de diseño. Karen frunció el ceño y apagó el televisor. Estaba bastante segura de que no iba a pintar las paredes con un manojo enrollado de material sintético. ¿Cómo iba a poder concentrarse en la decoración, cuando tenía algunos problemas serios que resolver?

No había un solo punto que pudiera usar para salvaguardar su orgullo. Había accedido de buena gana, y no podía sosegar su conciencia fingiendo lo contrario. Por otro lado, no había duda de la destreza de Marc. El grado de consentimiento por parte de Karen era prueba de ello.

Apoyó la cabeza en el respaldo del sillón y clavó los ojos en el techo blanco y liso. Los techos de la casa de Marc eran altos, con elegantes molduras de coronamiento y deliciosos ventiladores de techo por todos sitios.

Pellizcó el cojín. ¡Maldita fuera, no quería pensar en él!

¿Cómo podría dejar de hacerlo, cuando sus entrañas aún palpitaban? Si alguna de sus compañeras del hospital hubieran alardeado de haber hecho el amor tantas veces en una noche... con un hombre... Karen no la hubiera creído. Bien, ahora sabía que realmente existían hombres que podían tenerla en alza con esa frecuencia. Sentía la entrepierna irritada e inflamada, prueba de los excesos de la noche en caso de que dudara de su propia memoria.

Echando una mirada atrás, vio cómo la había conducido, de un modo imposible de eludir y sin pausa, hasta su cama. Una visión retrospectiva no valía un comino, sin embargo. No había percibido siquiera un hormigueo de advertencia en el momento. Usando argucias tanto prestas como sutiles, él había propiciado un clima de intimidad entre ellos para luego aprovecharse. Aquel hombre conocía sus recursos.

El día anterior había consistido en una larga seducción. Su relación con él había sido por completo una seducción. Karen había estudiado la sexualidad humana, conocía las manifestaciones, y aun así se le habían pasado por alto; sólo retrospectivamente adquirían la claridad del cristal.

Primero había mostrado la preocupación, la actitud solícita por su bienestar, las caricias camufladas bajo la cortesía. Recordaba la mano de él sobre su brazo, cómo se deslizaba espalda abajo, para descansar en su cintura. Se había ganado su confianza, la había tranquilizado hasta hacerle aceptar sus continuos contactos sin sospechar la sexualidad escondida tras ellos, y luego la había excitado al extremo de que no llegó a pensar en poner fin a aquel acto.

Y el día anterior... sí, ayer. Recordaba el modo en que le había puesto la mano en la nuca mientras lloraba, un gesto tan sexualmente posesivo que no comprendía cómo había burlado su radar, pero en aquel momento sólo había sido consciente de ser consolada. Para entonces, estaba tan acostumbrada a tener sus manos sobre ella que le sentaba... bien.

Incluso se las había arreglado, con lógica certera, para convencerla de que se quitara parte de su ropa, y se había sentido lo bastante relajada junto él para hacerlo. No podía haber planeado que ella se enganchara las medias, pero había sido rápido en aprovecharse de ello. Tan sólo sus braguitas, sus zapatos... todo parecía tan casual, tan relajado... y, mientras, había preparado el terreno para que ella perdiera toda su ropa.

La había suavizado más con vino, aunque Karen no podía utilizar siquiera eso para excusarse. No estaba achispada. Él se había encargado de que no ocurriera, ofreciéndole con cuidado que comiera, evitando proporcionarle ninguna excusa en la cual se respaldara más tarde o le sirviera para acusarlo. Estaba sobria pero abrigada por el calor del vino, de sus atenciones, de su contacto. Recordaba el roce de su pie desnudo contra el de ella mientras bailaban, cómo se habían curvado sus dedos y endurecido sus pechos.

¿Qué podía ser más romántico que un saxo apasionado y un baile lento en un balcón de Nueva Orleans en una noche lluviosa de verano? Ella se encontraba ya completamente en sus brazos, bajo su hechizo, tan sutilmente excitada que casi había llegado a su punto culminante y ni siquiera se había dado cuenta. Recordaba el fugaz contacto con su miembro erecto mientras bailaban, y sabía ahora que no había sido accidental. La había provocado con ello, permitiéndola que de un modo subrepticio buscara otro breve roce, haciendo que creyera que todo era aún casual al tiempo que intensificaba con sutilieza su excitación.

Había orquestado cada caricia, la había suavizado, llevándola al extremo en el cual no sólo lo aceptaría sexualmente sino que estaba impaciente por hacerlo. No había dado ningún paso en falso; no le había agarrado el pecho ni lanzado las manos entre las piernas, movimientos que la hubieran sobresaltado y hecho que lo apartara. No sabía por qué al colocar las manos en sus nalgas no se había alertado. Quizás había llegado al punto en el que no podía dar marcha atrás. Marc había evitado todo el habitual jugueteo previo, exceptuando aquellos maravillosos besos; cuando estuvo preparado, se limitó a levantar sus faldas y a poseerla, exceptuando también que el día entero fue dominado por el juego previo y ella se encontraba más que preparada para él, incluso para llegar al orgasmo con una rapidez bochornosa.

El mero recuerdo hizo que el rubor le subiera al rostro, que el aire se precipitara dentro y fuera de sus pulmones. ¡Maldita sea! Una noche con él la había convertido evidentemente en una gatita en celo. Lo deseaba. Todavía. Ahora.

Aquel hombre sabía más de sexo y de mujeres de lo que debería permitirse. Estaba tan seguro de él y de ella, que se había puesto un condón incluso antes de pedirle que bailara. Debería sentirse agradecida por ello, al menos, porque estaba tan ensimismada que la idea de protección no se le pasó en ningún momento por la cabeza. ¡Y era enfermera, por el amor de Dios! No había pensado en la posibilidad de quedarse embarazada ni de contraer alguna enfermedad, sólo en completar el acto por el cual su cuerpo clamaba.

Marc había destruido ciertamente otra de sus creencias, porque siempre había pensado que la gente que clamaba ser arrastrada por la pasión exageraba para ocultar su propia estupidez y despreocupación. Ahora ella se había convertido en el miembro más reciente del club de la estupidez y de la despreocupación.

¿Qué le iba a hacer? De haber sido por su alabada prudencia y autocontrol, Marc sencillamente no le hubiera puesto las manos encima, todavía. Bueno, ahora ya estaba hecho y sabía que no era prudente ni tenía autocontrol con respecto a él.

Existía tanta dosis de locura en su comportamiento que apenas podía creer lo que había hecho. Se había ido directamente de la tumba de su padre a la cama de un extraño. No creía que hubiera podido pasar por aquella experiencia tan dolorosa de los últimos días sin la ayuda de Marc, pero aun así seguía siendo, en esencia, un extraño. No sabía nada de él, excepto que era policía, que podía seducir a una estatua y que le había absorbido el cerebro.

La deliberada crudeza del pensamiento no le hacía sentirse mejor, le daban ganas de llorar.

Si pensara que él había sentido una atracción loca por ella desde el principio, estaría de igual modo avergonzada por haberse acostado con él, de igual modo se mortificaría por su despreocupación, pero no habría escapado como un conejo asustado. Sin embargo, no se había sentido atraído por ella; de hecho, había mostrado un inminente desprecio hacia su persona. Allí tumbada, en el frescor de las primeras horas de la mañana, clavada al colchón por su poderoso brazo, todo lo que podía recordar era su primer encuentro, y supo que no se había equivocado. Entonces, si él la despreciaba tanto, ¿por qué había iniciado de inmediato sus tácticas seductivas? La horrible hipotésis que le sobrevino a la mente fue lo que le hizo escapar.

Quizá fuera culpable tan sólo de estar cachondo. Quizá le había hecho el amor de paso, pero sin malicia, aprovechando la oportunidad cuando se presentó por sí misma. Quizá. No lo creía. Por una razón, no había dejado nada al azar, ni siquiera los condones. Se había propuesto poseerla y había cumplido su objetivo con ridícula facilidad. Sus acciones daban muestras de una premeditación que la asustó, y la hirió inmensamente.

Teniendo en cuenta el desprecio del primer momento, tal vez toda su campaña seductora tenía por objetivo bajarle los humos. Exprimirla, usarla y después abandonarla.

Uno de los médicos residentes del hospital incluso le había dicho algo parecido, después de haber rechazado por tercera vez su invitación. «Uno de estos días, algún hábil semental va a despojarte de tus braguitas —le dijo con desprecio—, y cuando haya acabado contigo y se haya marchado, descubrirás que no eres mucho mejor que el resto de nosotros».

No imaginaba que unos sementales «corrieran» ni mucho menos con la misma habilidad que Marc Chastain.

Hizo una mueca al tiempo que deseó dejar de pensar en esos horribles juegos de palabras.

Ahora se le ocurrió una posibilidad aún peor. ¿Y si su comportamiento había sido motivado por pena?

Gruñó y se tapó los ojos a la vez. Estupendo. Sencillamente, estupendo. Era una de las criaturas más lastimosas, una jodida suerte.

Karen giró la cabeza y miró hacia la luz parpadeante del contestador. No tenía que escuchar los mensajes; podía acercarse y borrarlos. No tendría que volver a oír aquel deje aterciopelado, o peor aún, no sentirlo. Quizá Marc se hubiera limitado a decir «al infierno con todo» y se hubiera marchado, y no había mensaje de él que borrar.

—¡Maldita sea! —dijo en voz alta—. ¡Maldita sea, maldita sea, maldita sea! —Repetirlo no la ayudó. Tenía que enfrentarse a la realidad que había estado intentando evitar con todas sus fuerzas, pero su propia incapacidad para dejar de pensar en él hacía imposible la huida. Había hecho algo bastante más estúpido que dormir con él; en algún momento, durante los últimos tres días, se había enamorado del inspector.

Se había dicho a sí misma que era debido tan sólo a que estaba siendo de gran ayuda en un momento en que lo necesitaba de verdad, pero su corazón le daba un vuelco cada vez que lo veía. Se había dicho a sí misma que era tan sólo su voz lo que la atraía. Se había dicho un montón de cosas, pero la verdad era que sus entrañas le habían sacudido con instinto primitivo la primera vez que lo vio. Llamémosle química, o bien biología... diablos, llamémosle vudú; por cualquier razón había gravitado hacia él como un alfiler hacia un imán, y todo lo que había hecho después meramente había intensificado sus sentimientos.

¿Cómo podría no amarlo? Le había dado de comer, dado cobijo con su cuerpo, y calor; actos simples, incluso primitivos, que un cavernícola quizás haría por la mujer elegida cuando quisiera meterse bajo la piel de oso de ella. Era curioso que fueran tan eficaces ahora como lo fueron hace miles de años.

No podía asegurar con certeza el instante en el cual sus sentimientos iniciales cristalizaron en algo más serio, pero tampoco podía dejar de lado lo que sentía. Era real, intenso, terrorífico... y doloroso.

Si todo lo que buscaba era sexo para pasar la noche lluviosa, entonces no debería haber sido tan condenadamente cortés y galante, pensó llena de furia, los ojos llenos de lágrimas. ¿Y si la despreciaba tanto que había intentado con premeditación hacer que se interesara, de modo que su dolor fuera más intenso...?

No sabía qué hacer. No tenía experiencia para tratar este tipo de situaciones. Nunca había amado a un hombre, nunca se había permitido siquiera estar cerca de amar a uno. Era irónico que acabara de decidir empezar a dar más de una oportunidad a los hombres en el terreno amoroso, y entonces apareciera Marc bajo su radar y la arrasara literalmente.

Debería haberse quedado y dar la cara. Hubiera sido lo más inteligente y digno. Sencillamente dejar todo claro, como adultos, sin juegos, una simple charla honesta.

Bueno, era demasiado tarde para actuar como un adulto. Lo menos que podía hacer era disculparse por su comportamiento y dejar que él se preocupara de sí mismo.

La luz intermitente del contestador la estaba volviendo loca. Maldiciendo y con lágrimas que le abrasaban los ojos de nuevo, se dirigió con paso airoso al aparato y pulsó el botón de inicio.

Había una llamada cortada, luego un mensaje grabado con el cual le intentaban vender productos de limpieza, tres llamadas más cortadas, un mensaje de Piper que le decía que sentía lo de su padre y le preguntaba por qué no había llamado. El mensaje siguiente era de un vendedor de perfiles de aluminio, a continuación hubo otro corte, y de repente una voz profunda y furiosa: «¡Maldita sea, Karen... —Se detuvo y, al volver a hablar, se oía cómo si sus dientes estuvieran apretados—. ¿Qué diablos pretendías huyendo de esa manera? ¡Llámame en el mismo jodido instante que llegues a casa, o por Dios que...!».

No consiguió oír el resto de la amenaza, porque Marc colgó el teléfono. Sus rodillas se debilitaron y se agarró al borde de la mesa para apoyarse. La voz aterciopelada había desaparecido; todo lo que podía percibir era furia desenfrenada. La fuerza de esta la dejó estupefacta. No había esperado aquella cólera. Disgusto, quizá, pero había esperado que la llamada fuera algo del estilo a: «¿Estás bien? No era necesario escapar». Esperaba que llamara para comprobar cómo estaba, nada más, y la mismísima afabilidad de su respuesta la hubiera hecho sentirse incluso más cobarde por escapar.

No le había escuchado perjurar antes; de nuevo esos buenos modales. No había sido lo bastante ingenua para pensar que no usaba palabrotas; le había escuchado, aunque hablaba en francés. Era un policía, después de todo, y bajo aquella cortesía estaba la rudeza que en circunstancias normales hubiera provocado que ella se mantuviera lo más alejada posible de él. Su padre era un hombre duro, también. No obstante, había necesitado a Marc, y en toda su vida no se había sentido tan segura como con él. No era por la pistola que llevaba enfundada, era por el hombre en sí, grande y seguro, con aquellos ojos severos y chispeantes. Era duro, de acuerdo, y no dudaba de que podía ser vil cuando la situación lo requiriera.

Con ella, sin embargo, había sido amable. Cortés. Había utilizado palabras relacionadas con el sexo cuando se encontraban en la cama, por supuesto; cerró los ojos como si recordara algunas de las cosas que había dicho, y hecho. Una lenta y cálida espiral de excitación la recorrió por dentro, haciendo que apretara las piernas. Se estremeció y gimió en voz alta.

Del mismo modo que la primera vez que llamó, rebobinó la cinta y puso el mensaje de nuevo. Hizo una mueca de dolor cuando la fuerza de su furia le golpeó los oídos. Había huido de él como si fuera un violador, le había insultado después de las molestias que se había tomado en su nombre, a pesar de la opinión personal que tuviera de ella. Como policía, también habría intentado atraparla, para asegurarse de que no había nada oscuro. Ni siquiera ella había tenido la cortesía de responder a su llamada por los altavoces. No cabía duda de que estaba colérico; ella estaba furiosa consigo misma. Sí, había tenido unos días espantosos, un año duro, pero no podía excusarse bajo esos pretextos. No podía excusarse en absoluto. Descolgó el teléfono marcó el número antes de que pudiera cometer alguna niñería, por ejemplo, rajarse.

—Le habla Chastain. Deje su mensaje.

La voz del contestador. Maldita voz del contestador. Karen apretó los dientes. Merecía una disculpa directa, merecía la oportunidad de insultarla un poco más, pero podría llevarle varios días pillarlo en la oficina.

—Soy Karen. Estoy en casa. Siento haber huido de ti esta mañana. Ha sido una niñería por mi parte, y yo... no tengo ninguna excusa. Pensé... no importa. He actuado como una idiota, y lo siento.

No parecía haber nada más que decir. Se mordió el labio y colgó. Experimentó cierta sensación de frío en la boca del estómago. Quizá la llamara para decirle que era una estúpida y una idiota, pero lo más probable era que no volviera a oír de él.

De un modo impulsivo, sacó la microcinta del contestador y la metió en un cajón. Aunque la estuviera insultando, por lo menos era su voz. Podría escucharla de vez en cuando para recordarse a a sí misma que era una estúpida.

Colocó otra cinta en el aparato, a continuación permaneció de pie, insegura. Podía sentarse a esperar que el teléfono sonara, o podía terminar de hacer la colada, hacer algunas tareas e intentar dormir un poco. Tenía que trabajar esa noche y no había dormido mucho la noche anterior. Marc había estado encima de ella, y dentro de ella, la mayor parte de la víspera.

Cerró los ojos, respiró profundamente mientras se dejaba envolver por el recuerdo. A pesar de todo, había sido una noche para recordar. Lamentaba muchas cosas de las que habían ocurrido, pero durante unas cuantas horas había estado sumergida en un verdadero éxtasis físico. Marc le había dado más placer del que hubiera creído posible. Era imposible lamentar aquello.

Y amaba. Ella, que pensaba que había descartado el amor excepto hacia su madre, descubría que no había descartado nada. A pesar de todo, quería a su padre. Encontraba la paz al admitirlo finalmente, al abandonar la lucha por mantenerse insensible. Lo amaba, le dolía la vida que había desperdiciado, el amor que había rechazado. Se parecía a él más de lo que hubiera pensado jamás, en sus reacciones, en su esfuerzo por aislarse, y al igual que su madre en ese sentido, a pesar de todos sus esfuerzos, amaba por encima de todo.

Sospechaba que esto significaba que amaría a Marc el resto de su vida.

γ

Marc seguía de un humor atroz a última hora de aquella misma tarde cuando entró en la oficina. Tenía calor, estaba sudoroso, cansado y tan cabreado que quería romper algo con sus propias manos.

Karen había huido de él.

Esperaba que estuviera nerviosa por la mañana, puede que un poco avergonzada y que se mostrara un poco tímida. Consciente de que contaba con poco tiempo y pocas oportunidades, había llevado la intimidad de ambos hasta unos niveles más profundos, más rápido de lo que jamás lo había hecho con una mujer antes. No había ni un centímetro de su cuerpo que no hubiera acariciado, que no hubiera besado en un esfuerzo por reclamar su derecho sobre ella y que esta fuera incapaz de descartar con facilidad. La había dejado dormida en la cama para ducharse, con la intención de despertarla con besos, de estrecharla en su regazo y acariciarla, de provocarla, de hacer brotar una sonrisa en eso ojos negros demasiado tristes; y luego hacerle el amor otra vez. Pero no estaba durmiendo; por el contrario, cuando salió del baño había desaparecido.

Debió de correr todo el camino hasta el hotel; esa era la única manera de poder evitarlo. Cuando él llegó allí, Karen había saldado ya la cuenta por teléfono, y Marc no podía cubrir todas las salidas. Había vuelto a escabullirse, un mozo del área de transportes públicos recordaba haberle conseguido un taxi para el aeropuerto.

La llamó por los altavoces en el aeropuerto, pero no contestó. En aquel momento estaba tan enfadado que Karen tuvo suerte de que no pudiera atraparla. En su lugar, llamó al teléfono de su casa y le dejó un mensaje mordaz; probablemente lo menos inteligente cuando lo que intentaba era mitigar su miedo, pero su huida le había crispado.

El relativo frescor de su oficina bañó su piel húmeda y le arrancó un suspiro de alivio. Se quitó la chaqueta y se remangó la camisa hasta los hombros, a continuación se despegó la camisa de la espalda y la sensación le puso la carne de gallina. Se pasó una mano impaciente por el pelo y la nuca. Dios, odiaba los asesinatos de niños. Prefería trabajar en cien casos diferentes que investigar la muerte de un niño.

La indefensión y fragilidad de los cuerpecitos podían con él, le trastornaban con dureza.

Tenía a un pequeño de cinco años en el depósito de cadáveres, muerto al caer por unas escaleras. Un accidente, decía su madre. Pero las piernas del niño estaban cubiertas de pequeñas quemaduras a medio curar que ella había intentado hacer pasar por picaduras de mosquito; además, su piel estaba manchada por unos cardenales amarillentos. El color amarillo de las magulladuras indicaban que eran antiguas, en fase de curación. Había tenido un accidente de bicicleta, decía la madre.

La mujer estaba aterrada. Se había quedado sentada, inmóvil ante la mesa de la cocina, como si tuviera miedo de moverse. Una vez que giró la cabeza al decirle algo el marido, Marc creyó ver una marca oscura en su cuello, justo bajo el borde del cuello de la ropa. Conocía los indicios: camisa abotonada hasta arriba, mangas largas incluso bajo ese calor abrasador, pantalones largos en lugar de cortos.

Marc ya no perdía el tiempo preguntándose por qué una mujer permanecía junto a un hombre que abusaba de su fuerza, o cómo una madre podía guardar silencio acobardada incluso cuando su hijo había sido asesinado. Llevaba de policía el tiempo suficiente para que nada le sorprendiera. Sabía que tenía que ser muy cuidadoso en este caso, porque el marido era abogado y sabría poner los puntos sobre las íes, sin que se le escapara detalle. Además, era abogado defensor de lo penal, lo cual incrementaba la determinación de Marc para echarle las manos al cuello.

El médico forense descubriría con toda probabilidad otras pruebas de abusos, como fracturas anteriores. Declararía que las marcas en las piernas del niño habían sido ocasionadas por quemaduras de cigarrillo, no por picaduras de mosquito, y su informe proporcionaría fundamentos razonables para el arresto. Marc sólo esperaba conseguir una orden de arresto antes de que le entrara pánico al hijo de puta, consciente de que su mujer testificaría en su contra, y la matara también.

Marc se sentó para escuchar el contestador y hojeó el montón de papeles que se habían acumulado sobre el escritorio en su ausencia. Se trataba en mayor parte de papeleo rutinario, memorandos e informes que había solicitado.

Tenía muchos contactos en la ciudad, muchos chivatos que delatarían encantados a sus amigotes antes que descubrir el lado malo de Marc. La mayoría de las cosas que oía eran una apuesta inicial sin importancia, pero algunas veces todo lo que se obtenía era un detalle que encajaba en la visión general que él ya tenía, y el caso estaba resuelto.

No esperaba que Karen le llamara, a causa del mensaje que había dejado y no a pesar de este. Probablemente era lo mejor, en ese momento. Cuando se encontrara calmado por completo, la llamaría e intentaría poner de nuevo en marcha el cortejo.

El mensaje de ella le pilló por sorpresa. Se detuvo y se recostó en su sillón, escuchando con gesto frío. Parecía abatida. «Pensaba... no importa. He actuado como una estúpida, y lo siento».

Pensaba... ¿qué? Pensaba demasiado, ese era el problema. Casi podía oír la preocupación tras las palabras. Aquella mujer no sabía relajarse y divertirse, tenía que cargar con la responsabilidad de todo...

—¡Mierda! —gruñó mientras hinchaba los carrillos. Debería haber intuido que se despertaría martirizándose por lo que ella consideraría un comportamiento irresponsable. Había sido tan cuidadoso para no asustarla antes de poder llevarla a la cama, que ella no tenía ni idea de que estaba planteándose algo más que una historia de una sola noche. Dejarla sola en la cama mientras se duchaba había sido un error táctico importante que no olvidaría.

La química sexual entre ellos fue tan candente que le cortó la respiración, y fue incluso mucho más fascinante porque Marc se dio cuenta de inmediato que no era muy experimentada. No era ignorante, ni virgen, pero no... estaba acostumbrada a hacer el amor. Sospechaba que controlaba su sexualidad con la misma intensidad que sus emociones. Pero la noche previa, había relajado su control y se había vuelto la más dulce y ardiente de las mujeres que había tenido en su cama. Marc no hubiera sabido que podía ponerse duro con esa frecuencia, pero diablos, no había tenido otra elección. Ella necesitaba con urgencia ser amada, y él se había puesto a la altura de las circunstancias.

Él «era» experimentado, y la forma de hacer el amor de ambos había sido más intensa de cuantas conocía hasta ahora. La noche debió de parecerle nada menos que pura perversión.

Alargó la mano hasta el teléfono para llamarla, acto seguido se detuvo. Se había tranquilizado, pero todavía estaba enfadado, y no había recuperado el control del todo después de tratar con el asesinato del pequeño. Necesitaba hablar con ella tan pronto como fuera posible, para que no tuviera tiempo de reforzar su resistencia contra él, pero aquella necesidad estaba al mismo nivel que la prudencia. Quería gritarle, y eso no era una buena idea en ese instante. Conseguiría que se retirara aún más lejos y puede que se negara a hablar con él de nuevo.

Se obligó a seguir leyendo las notificaciones de otros cuerpos de policía, echó un vistazo con rapidez entre las copias de ordenador. Se detuvo cuando vio que la policía del estado de Mississippi había informado de la aparición de un cadáver justo al otro lado de la línea fronteriza con Louisiana. A la víctima, un hombre blanco, de cincuenta y siete años, llamado Rick Medina, le habían disparado dos veces con una 22; el dinero y las tarjetas de crédito habían desaparecido.

Se disparaba a la gente con una 22 todos los días; era el arma más común. Fue sólo el instinto lo que le hizo separar el informe del montón. Quizá no fuera importante, pero la víctima tenía más o menos la misma edad que el padre de Karen, y Mississippi no estaba tan lejos.

Tenía las manos ocupadas por completo con el caso del pequeño justo en ese instante; no tenía tiempo de investigar una conexión tan vaga y con toda probabilidad inexistente. Pero aun así no podía dejarla de lado.

Encontró a Shannon de pie junto a la máquina de refrescos, coqueteando con una de las empleadas.

—¡Eh, Antonio!

Shannon se irguió, sus negros ojos alertados.

—Te veré luego —le dijo a la mujer, tocándole el brazo al apartarse—. ¿Qué ocurre? —preguntó, alineándose junto a Marc y ladeando la cabeza para leer la hoja.

Marc se la entregó.

—Tengo que seguir con el caso Gable...

—¡Ah, sí, el pequeño! El hijo puta de su padre lo mató, ¿verdad?

—Sí, pero tengo que hacer todo según las reglas, o se escapará. ¿Tienes tiempo para comprobar algo por mí?

—Claro. —Shannon leyó el informe—. ¿Encontraste algo de este tal Rick Medina?

—No, es sólo un presentimiento. Mira a ver si puedes encontrar alguna conexión entre Dexter Whitlaw y Rick Medina. Tienen más o menos la misma edad; puede que estuvieran juntos en el ejército. Si se conocían, es maldita coincidencia que los dos fueran asesinados con una 22 más o menos al mismo tiempo.

—Es una posibilidad remota —dijo Shannon.

—Ya lo sé —asintió Marc—. Tan sólo comprueba si Medina estuvo en el ejército, quizá sirviera en algún sitio en la misma época que Whitlaw. ¿Quién sabe lo que saldrá a flote?

# 12

El paciente de la 11-A había sobrevivido a un accidente de automóvil y a una operación grave para reparar las lesiones, en la cual había perdido un riñón y el bazo. El cirujano consideró que se encontraba lo bastante bien para ser trasladado a la planta: el paciente estaba despierto y estable, ingería alimentos ligeros pero sólidos, el riñón que le quedaba producía orina a los niveles normales. Su temperatura estaba subiendo, sin embargo, y se había negado a cenar.

El cirujano de guardia se las había arreglado para esconderse donde nadie pudiera encontrarlo, y no respondía a su «busca». Karen hizo una llamada al cirujano del señor Gibbons y mantuvo al paciente bajo una estrecha observación. Si había contraído una infección postoperatoria, cuanto antes la detectaran, mejor. La preocupación por el señor Gibbons la mantuvo alejada de sus problemas. Le sentaba bien estar de vuelta en la planta, en el familiar mundo de las baldosas, de los olores a medicina y de los zumbidos de monitores. La placa con su nombre estaba cosida en su bata de manga corta, cuyos bolsillos estaban hasta los topes con utensilios varios que podrían o no venir bien. El estetoscopio le colgaba alrededor del cuello, y sus zapatos de suela de goma chirriaban sobre los azulejos cuando andaba. Familiar. Bien.

A pesar de su expectación, había conseguido echar varias horas de sueño antes de venir al trabajo. No sabía si estar contenta por haber dormido o triste porque Marc no la había llamado para perturbarla. Era evidente que había decidido dejar el asunto en paz, lo cual, cuando pensaba en ello, consideraba que era lo más juicioso. Habían dormido juntos, ella se había comportado como una loca, pero ya había pasado todo. Él estaba en Louisiana y ella de vuelta en Ohio, el lugar al cual pertenecía. Quizás algún día tuviera la vena evocadora y le contara a Piper todo sobre la apasionada noche que había pasado con un inspector de Nueva Orleans. Piper se sentiría enormemente aliviada; en su opinión, la vida amorosa de Karen era contradictoria, porque donde había vida, tenía que haber actividad.

El cirujano del señor Gibbons apareció finalmente justo antes de que Karen se fuera al descanso. Como era de esperar, estaba de malhumor. Según la opinión generalizada de las enfermeras, todos los cirujanos eran unos gilipollas, pero el doctor Pierini se llevaba la palma.

—La temperatura del señor Gibbons es de treinta y ocho con dos décimas —le comunicó—. A media noche era de treinta y siete con seis.

—¡Mierda! —dijo bostezando—. De acuerdo. Quiero un cultivo para ver qué es lo que está ocurriendo aquí. Di a los del laboratorio que quiero los resultados para cuando haga la ronda de la mañana. —Soltó una serie de instrucciones y acto seguido añadió—: ¿Dónde diablos está Dailey?

—El doctor Dailey no contesta a su busca.

—¡Bueno, encuéntralo, maldito sea, en vez de llamarme a mí!

Dejó caer el teléfono, pero Karen se encogió de hombros al tiempo que lo descolgaba. Había conseguido lo que quería, y siempre que despertaba a alguien a las tres de la mañana, se sentía inclinada a darle un respiro. Sería más que feliz si encontrara al doctor Dailey, si eso fuera posible. No obstante, ninguna enfermera de la planta quirúrgica había llevado a cabo ese milagro.

Sería incluso más feliz si alguien le metiera al doctor Dailey un cable por el culo para poder darle una descarga eléctrica cuando lo necesitara y le encendiera la vida. Se le podría encontrar siguiendo los gritos.

La sala de descanso de las enfermeras estaba normalmente cubierta de periódicos y revistas, el frigorífico albergaba nuevas formas de vida que nadie quería investigar desde demasiado cerca. Cuatro sillas plegables dispuestas alrededor de una mesa redonda, y un sofá lleno de bultos, tapizado con un nocivo vinilo de color naranja, completaban el mobiliario. De la pared colgaba un televisor de diecinueve pulgadas, pero la imagen se había perdido hacía varios meses, y las enfermeras se divertían imaginando lo que estaba ocurriendo escuchando el diálogo y los efectos especiales.

Karen tomó una soda sin azúcar de la nevera y se dejó caer pesadamente en el «gran Val», abreviatura de Valencia, nombre por el cual era conocido, no del todo afectuosamente, el sofá naranja. Exhaló un suspiro de alivio, arqueó los pies, estiró los fatigados tendones de Aquiles y deseó tener una palangana en la cual remojarlos. Le hubiera gustado descalzarse, pero se guardó de hacerlo; los pies se le hincharían de inmediato, y luego tendría dificultades para volver a ponerse los zapatos, y le quedarían demasiado apretados para soportar el resto de la jornada.

Había periódicos de varios días esparcidos por el suelo. Se inclinó y recogió varias secciones para ver si había ocurrido algo interesante durante su ausencia. Lo dudaba, pero quizá la página de humor del Dilbert no había sido arrancada. Las historietas normalmente acababan convirtiéndose en tablones de anuncios en el hospital, con los nombres de los empleados escritos a lapiz en ellas y esto no era del agrado de la administración.

Hojeó los periódicos, echando un vistazo a los titulares y a los pies de fotos. Una de las fotografías captó su atención porque algo en la estructura quemada de la casa le era familiar. «Ayer por la mañana, un incendio destruyó la residencia de Nathan y Lindsey Hoerske...». ¡Dios santo, aquella era su casa! Conmocionada, se quedó mirando fijamente las ruinas ennegrecidas de la imagen. Más bien había sido su casa. Había vivido allí durante quince años. Pobres Hoerske, recién casados y tan felices de tener su propia casa. Habían perdido todo lo que poseían, por el estado en que había quedado. El periódico decía que el incendio empezó en la cocina.

Sobrecogida como si hubiera perdido a un viejo amigo, Karen dejó a un lado el periódico. Los incendios de casas nunca se limitaban a la pérdida material, también involucraban recuerdos y sueños. Los hilos de las vidas se entretejían en el interior de los muros protectores que proporcionaban un santuario apartado del resto del mundo. Había sentido simpatía por Nathan y Lindsey; aunque se había decidido a vender la casa de todas formas, le agradaba que fueran ellos los que la adquirieran. Parecían muy enamorados y unidos, como si hubieran encontrado su hueco en la vida y nada pudiera sacarlos de allí. Karen los había imaginado padres de una parejita, las habitaciones abarrotadas de juquetes y resonando a felicidad, imaginaba el estruendo del griterío de los niños jugando. Ahora tendrían que empezar de nuevo, encontrar otro lugar al cual considerar como un hogar.

Piper entró despreocupada a la planta a las seis y media. Al ver a Karen colocó las manos sobre sus amplias caderas.

—¿Por qué no me llamaste? —le preguntó arrugando el ceño.

—No tuve tiempo. —Karen apresurada dejó el gráfico en el que estaba haciendo anotaciones y abrazó a Piper y se disculpó—. La compañía aérea sólo pudo conseguirme un vuelo que salía una hora más tarde. Me limité a echar algo de ropa en la maleta, llamé a Judy y salí corriendo.

—Bueno, me imagino que puedo disculparte —dijo refunfuñando Piper al tiempo que le devolvía el abrazo—. Lo siento, querida. Tuvo que ser muy duro, a pesar de que sé que no estabas muy unida a tu padre. ¿Qué ocurrió?

—Fue asesinado. De un disparo.

Piper se quedó boquiabierta, y las dos enfermeras que estaban presentes se volvieron, la intriga reflejada en sus rostros. Karen tragó saliva en un intento por hacer pasar el nudo de la garganta.

—Fue un tiroteo callejero. No había testigos.

Piper dejó escapar una bocanada de aire.

—¡Uf, eso es horrible! Quizá deberías haberte tomado dos días más de baja.

—No, trabajar me ayuda. —Siempre había sido así. Si podía mantenerse ocupada, era capaz de sobrellevar todo.

—¿Por qué no te vienes a pasar unos días conmigo...?

Karen puso los ojos en blanco y rió.

—Tú trabajas durante el día y yo de noche. ¿De qué serviría?

—Sí, imagino que tienes razón. —Reconsideró la situación. Era una mujer huesuda con una pelambrera de oscuros rizos cortos y el rostro más simpático de la creación. Con sólo mirarla un paciente podía sentirse mejor, no porque fuera una gran belleza, sino porque su buen humor resplandecía literalmente a través de su piel. Su vida amorosa, en contraste con la de Karen, era más activa que el volcán de Mauna Loa—. Hasta que cambies al turno de la mañana, estás sola.

—¡Caramba, gracias! —Karen rió entre dientes ante la alegre insensibilidad y tatareó una canción conocida.

—Estaré allí por ti... —cantaron al unísono las dos enfermeras que se encontraban detrás de ella.

Piper esgrimió una grapadora hacia ellas.

—Podéis quedaros pegadas a esas sillas un turno más, ¿sabéis?

Judy Camliffe apareció en la sala, con paso enérgico.

—¡Hola, chicas! ¿Estás bien, Karen?

Tan sólo unos días antes, semejante preocupación, incluso por parte de Piper, hubiera hecho que Karen se sintiera incómoda. Ahora, sin embargo, parecía no tener sentido intentar protegerse tras un muro; sus defensas habían sido ya violadas. A pesar de toda su cautela y de todos sus esfuerzos.

Marc se había deslizado a través de ellas como un cuchillo caliente a través de la mantequilla. Y a pesar de todos aquellos años que había pasado construyendo un muro de ira contra su padre, había descubierto que no hubiera estado tan enfadada si no lo hubiera querido.

Sonrió a sus amigas.

—No sé si estoy bien, exactamente, pero trabajar es mejor que estar parada. —Hizo una pausa—. Gracias por preguntar.

Judy agitó su negra cabeza, acto seguido se volvió hacia el montón de gráficos.

—De acuerdo, ¿qué se está cociendo?

Karen le informó de la fiebre preocupante del señor Gibbons, que ahora andaba por los treinta y ocho grados. El laboratorio no había llamado con los resultados de los análisis de sangre, y el doctor Pierini tenía que empezar su ronda dentro de media hora.

—Voy a azuzarles un poco —dijo Judy al tiempo que descolgaba el teléfono—. ¡Ah, he descubierto lo que le ocurría a Ashley!

—Una diarrea, dijiste.

—Sí, pero lo que la causó. —Desvió su atención al teléfono—. Sí, hola, soy Judy, de la planta quirúrgica. ¿Tenéis ya algo del cultivo de Gibbons? Claro. —Mientras esperaba, desvió la atención de nuevo hacia ellas—. Ella creía que era por algún alimento en mal estado la primera vez que le ocurrió, y armó la de Dios es Cristo en la cafetería, pero nadie más ha estado enfermo, así que no le hicieron caso. Esta vez, estrechó el cerco. Gominolas.

—¿Gominolas? —Piper se horrorizó. Ella adora las gominolas.

—Está a regimen, así que compró gominolas sin azúcar, de aperitivo, cuando fue al cine. Cuatro horas más tarde, comenzó la diarrea. —Judy se ajustó el teléfono de una manera más cómoda entre el cuello y los hombros—. Salió de compras ayer, compró más gominolas, le ocurrió lo mismo. Esta vez, era lo único que había comido. Me dijo que estaba hinchada de gases y que los retortijones eran horribles.

—Por otro lado —dijo Piper, muy práctica—, probablemente habrá perdido peso.

Todas rieron.

—¡Ajá! —exclamó Judy—. Pero me dijo que no merecía la pena. —Volvió la atención al teléfono—. Mira, ¿hay algo que podáis hacer para agilizarlo? La temperatura del paciente está subiendo. Puede que sea un bacilo. De acuerdo. Gracias. Volveré a llamar —colgó y se dirigió a Karen—. Han prometido tener los resultados dentro de otros quince minutos.

—Normalmente les lleva el doble del tiempo que prometen. Puede que tengan los resultados antes de que el doctor Pierini comience su ronda, si llega tarde. —Karen echó un vistazo pasillo arriba al aparecer un médico que iba arrugando el ceño mientras estudiaba un gráfico. Era el escurridizo doctor Dailey, que aparecía ante el mundo como si hubiera estado trabajando muy duro toda la noche—. ¿De qué marca eran esas gominolas?

—Karen, querida, no lo hagas —le advirtió Judy.

—¡Ah, no son para mí! Estaba pensando en ofrecerle un poco al doctor Dailey; con fines terapéuticos, por supuesto.

—Claro —corearon todas, sonriendo, porque el diagnóstico unánime entre las enfermeras revelaba que el doctor Dailey estaba infectado de mierda.

γ

Karen miró al contestador en cuanto entró al apartamento. La lucecita roja no parpadeaba. Bien, no tenía por qué, se reprendió a sí misma. Marc sabía que trabajaba por las noches.

Si no había llamado antes, con toda certeza no iba a llamar en mitad de la noche.

Suspirando, cerró con llave la puerta y se dirigió a la ducha. No tenía motivos para llamar, de todas formas, a menos que quisiera insultarla un poco más. Se había acabado. En realidad nunca había empezado. No había habido ningún comentario sobre volver a verse, sólo aquella seducción incesante. Había conseguido su objetivo, y ahora ella tenía que olvidarlo, dejar de darle vueltas en la cabeza. Se acabó, se dijo enérgicamente.

No parecía haberse acabado. Marc había cambiado su visión de sí misma. Allí, en la ducha, tomó conciencia de su cuerpo como jamás había hecho. Se sentía... sensual. Femenina. Sus pezones se erizaron bajo la fuerza del agua, y pensó en la boca de Marc en ellos. Recordó cómo sus firmes manos endurecidas se habían curvado alrededor de su cintura, sobre sus nalgas, para levantarla sin esfuerzo y girarla, poseyéndola para su propio placer, y el de ella. Sus entrañas se tensaron bajo la flama de la excitación, y casi pudo sentirlo allí, arremetiendo contra ella.

¡Uf! Dejó escapar un suspiro. Toda mujer debería tener un amante como él, una vez en su vida.

Pero ella no quería que fuera para una sola vez. Lo quería otra vez, tenerlo cada noche para el resto de su vida.

La cuestión era, ¿qué debería hacer al respecto? Era un infierno no saber qué lugar ocupaba. Tenía dudas sobre los motivos de él, sobre sus sentimientos, sobre todo lo que concernía a aquella noche excepto sus propios sentimientos, y en su experiencia los sentimientos no eran un cimiento sólido en el cual basar las decisiones importantes.

Su experiencia... ¡Ja! Su experiencia en las relaciones hombre-mujer era nula. Nunca había amado a un hombre antes de conocer a Marc.

El agua se había ido enfriando poco a poco, pero de pronto empezó a caer sólo agua fría del teléfono de la ducha. Reprimiendo un escalofrío, Karen se apartó de un salto. No sabía cuánto tiempo había permanecido ensimismada pensando en Marc, pero fue el suficiente para que se agotara el depósito de agua caliente. Con precipitación cerró el grifo y luego se envolvió en una toalla. Tiritó al acabar de secarse y se puso la bata a toda prisa.

La inesperada ducha fría había disipado el sueño, lo cual le venía bien; sobrellevaba mejor el turno de la noche si esperaba varias horas al llegar a casa para irse a la cama. Podía ver las noticias de la mañana, ponerse al día con el correo, pagar facturas y hacer el resto de cosas habituales. Y, sólo por diversión, podría pintarse las uñas de los pies de un rojo atrevido en lugar del rosa discreto que solía utilizar.

γ

Carl Clancy no tenía prisa. Esta vez había indagado en más sitios que en la guía de teléfonos. ¿Diablos, cómo iba a saber que la tal Whitlaw había vendido la casa y que la guía no sería actualizada hasta diciembre con la dirección correcta de ella? Pero había descubierto dónde vivía ahora, incluso sabía que era enfermera en uno de los hospitales locales.

La cuestión era, ¿estaba en casa o no? Los hospitales funcionaban las veinticuatro horas, pero no pudo descubrir en qué turno trabajaba, no sin atraer mucho la atención sobre él. La gente solía acordarse de alguien que hacía preguntas específicas sobre una persona en particular.

Miró al reloj. Las ocho y media. Si trabajaba en el primer turno, ahora se encontraba en el hospital. Si lo hacía en el segundo, se estaría levantando; en el tercero, acostándose.

Llamó al hospital y preguntó por ella. No tenía información suficiente sobre Karen, no sabía en qué planta estaba destinada, pero no importaba. La bruja que contestó al teléfono respondió con voz fría que no se permitía a las enfermeras recibir llamadas personales cuando estaban en su puesto, excepto en caso de una urgencia. Todo eso era una mierda. Todas las plantas tenían su propio número, y las enfermeras hacían y recibían llamadas todo el tiempo. Pero en vez de armarle un follón, se disculpó y colgó. Callejón sin salida.

El siguiente paso fue llamarla. Después del fiasco de quemar la casa errónea, consultó la compañía de teléfono y encontró que el número en la guía era el correcto; su nuevo alojamiento se hallaba dentro de la misma zona de la central teléfonica, por ello conservaba el número. Podía darse el caso de que tuviera el teléfono descolgado para que no la molestaran si estaba intentando dormir, pero era un riesgo que tenía que correr.

La señal de llamada sonó en sus oídos.

Karen levantó la cabeza cuando oyó sonar el teléfono. El corazón le dio un brinco, y se disponía a descolgarlo, pero entonces recordó que Marc sabía que trabajaba por la noche. No llamaría a esas horas, ¿verdad? O quizá sí lo estaba haciendo, pensando que era buena hora para pillarla en casa, que aún era lo bastante temprano y no se habría acostado todavía.

Vaciló unos instantes, el tiempo suficiente para que el contestador saltara. Casi de inmediato, la persona que llamaba colgó, y la máquina se detuvo. La decepción la hizo sentirse mal, pero lo apartó de su mente. No iba a pasarse la vida esperando a que llamara. Si al día siguiente no la había llamado, ella lo haría. Al huir de ese modo, se había puesto a sí misma en el dilema de no saber si habían tenido una aventura de una sola noche o si por el contrario podría existir algo más entre ellos. Era un fallo de ella, por tanto no debería negarse a dar el primer paso.

Las relaciones modernas eran peores, decidió, suponiendo que aquello fuera incluso una relación. Las cosas eran mucho más sencillas cuando los hombres declaraban sus intenciones, y entonces las mujeres salían o no con ellos, mostrando su aceptación o rechazo al cortejo. Le gustaba la disciplina de aquello, la seguridad emocional. La liberación de la mujer había sido grandiosa en lo referente a las posibilidades de acceso a los puestos de trabajo y al comienzo de la equiparación de salarios, ¡pero maldita fuera, daba la impresión de que los antiguos rituales sociales eran mucho mejores que el confuso alboroto que tenían ahora!

Karen se miró los dedos de los pies. El esmalte rojo mejoraba el aspecto de los pies de una mujer, consideró. Una mujer con las uñas rojas no dudaría en llamar a un hombre si tenían un problema importante sin resolver. Esta noche, decidió. No quería llamarlo en ese momento para no preocuparse o ponerse nerviosa, y luego no poder dormir. Si él no llamaba a lo largo del día, ella lo haría por la noche. Y si Marc le decía que se fuera a paseo... bueno, al menos sabría a qué atenerse y sería capaz de continuar con su vida.

γ

Carl Clancy suspiró. De acuerdo, no había contestado al teléfono. Se encontraba fuera o durmiendo. Si tuviera un día más, podría descubrir todo lo que necesitaba saber, pero Hayes le estaba presionando para que registrara el apartamento «ya».

Esperaba que estuviera en el trabajo. Si se hallaba en casa, tendría que matarla.

# 13

—¿Es usted Antonio Shannon?

Shannon levantó la vista del escritorio hacia el hombretón de aspecto feúcho que se hallaba de pie ante él.

—Sí, soy Shannon. ¿En qué puedo ayudarle?

—Me llamo McPherson. —Introdujo una mano en la chaqueta y sacó una cartera plegable de piel con la identificación, la abrió de golpe con el típico movimiento ensayado de muñeca de los federales. Shannon se tomó su tiempo en examinar el documento. Parecía oficial, pero ¿por qué iba a querer un agente del FBI hablar precisamente con él?

—Antes que nada —le adviritió McPherson con tranquilidad—, no estoy aquí en calidad de agente. Esto es puramente personal. Un amigo mío fue asesinado en Mississippi, y usted puso un anuncio en el que pedía información sobre él. Rick Medina. ¿Tiene alguna pista de quién podría haberlo matado?

Shannon se frotó la mandíbula. Cualquiera que fuera la respuesta que podría haber esperado a su petición de información sobre la víctima asesinada en Mississippi, con toda seguridad no tenía nada que ver con la visita en persona de un federal. Eso significaba que su pequeña petición había disparado la alarma en algún sitio. McPherson podría estar o no actuando en calidad de agente, independientemente de lo que dijera. La víctima de Mississippi podría o no ser amiga de esta persona. No importaba. Rick Medina, quienquiera que fuera, tenía unas relaciones muy interesantes.

—No tenemos nada sobre esa muerte —respondió con lentitud—. En realidad, estamos buscando algo que pueda ayudarnos con uno de nuestros casos de asesinato. —Se levantó—. Creo que necesita hablar con el inspector Chastain.

Marc estaba hablaba por teléfono con el médico forense. La autopsia del niño estaba prevista para dentro de una hora. Se le encogió el estómago de cólera al pensar en ello, al recordar el cuerpecito frágil del pequeño y sus huesos semejantes a una cerilla. Esta era una de esas veces en las cuales desearía no tener que ceñirse a la ley; no habría nada que le gustara más que matar al padre del niño con sus propias manos, lentamente, rompiéndole hueso por hueso y quemándole una y otra vez, del mismo modo que había torturado a aquel niño.

Acababa de colgar cuando Shannon entró con un hombre de mediana edad, alto y largirucho que a pesar de todo parecía estar en muy buena forma para su edad.

—Te presento al señor McPherson, del FBI —dijo Shannon.

Marc le estrechó la mano y percibió la fuerza del puño del hombre mayor.

—Lo dudo —replicó con suavidad.

Shannon se asombró. McPherson esbozó una leve sonrisa.

—Tengo un carnet que así lo acredita.

Marc se encogió de hombros.

—Me imagino que lo tiene. Pero si llamo a la oficina local del FBI y hago que lo comprueben, ¿qué me dirán? —Si este hombre era un agente del FBI, era el primero que veía Marc que no tenía ese aspecto pulcro, esa imagen a la cual se aferraban los agentes de más edad incluso con más ahínco que los jóvenes. Las diferencias eran sutiles: el corte de pelo que no era lo bastante corto, una corbata que era un poco demasiado personal y con estilo. Y sus zapatos eran unos mocasines Gucci de color negro, lo cual estaba un poco fuera del alcance de la mayoría de los agentes del FBI. Por otro lado, llevaba una herramienta al hombro, aunque el corte de la chaqueta era tan bueno que casi ocultaba el bulto del arma.

La sonrisa de aquel rostro feúcho se transformó en una mueca irónica.

—Le diría que adelante, que hiciera esa llamada, pero, demonios, estoy seguro de que la haría. ¿Qué me ha delatado? ¿Mis zapatos?

—Entre otras cosas. Los zapatos han sido el remate.

—Merecía la pena intentarlo. La mayoría de la gente, incluso los polis, no se fijan en los zapatos.

Shannon miraba desconcertado a los zapatos en cuestión.

—¿Qué ocurre con ellos?

—Son unos Gucci —explicó Marc.

Shannon seguía perplejo.

—Son caros —continuó Marc—. Los agentes federales normalmente no pueden permitírselos. —Volvió a mirar a su visitante—. Así que, explíqueme quién es y por qué finge ser agente federal. —No añadió que eso iba contra la ley; este hombre lo sabía bien.

—Me llamo de verdad McPherson.

—Entonces no le importará que lo compruebe.

El hombre mayor suspiró.

—Hijo, ¿ha sido siempre tan cabezón? ¿Les importa si me siento? Veo que esto me va a llevar más tiempo del que planeaba.

—Por favor, tome asiento —le invitó Marc con tono irónico.

—Gracias, espero que no le importe. —Cruzó las largas piernas sobre una de las sillas.

—Tú también, Antonio —dijo Marc—. Pero cierra la puerta primero.

Shannon cerró la puerta y tomó la otra silla, pero la colocó de manera que tenía a la vista a McPherson. Era astuto; puede que no supiera de Guccis, pero se había percatado del arma.

—De acuerdo, no estoy con el FBI —reconoció McPherson con tranquilidad. Marc advirtió que no parecía preocupado... Divertido quizá, pero no preocupado—. Pero trabajo para el gobierno federal, y el resto de lo que le he dicho al inspector Shannon es verdad. Él solicitó información sobre la muerte de Rick Medina en Mississippi, y eso me llevó a pensar que podría saber algo sobre el caso que los policías de allí no me dijeron. Rick era amigo mío. No estoy aquí por alguna misión oficial. Es personal. Si tienen alguna información en relación a su asesinato, agradecería que me pusieran al tanto.

Marc tomó un bolígrafo y empezó a darle vueltas mientras reconsideraba lo que le había dicho. Si no estaba preocupado por estar suplantando la personalidad de un agente federal, lo cual era un crimen y acababa de admitirlo ante un policía, entonces era probable que en realidad trabajara para el gobierno federal con otra calidad, una que él estaba seguro le concedía inmunidad procesal penal. Para la Agencia de Seguridad Nacional, puede, o para la CIA.

—¿Qué agencia? ¿Satélites o conservas?

—¿Estás hablando inglés? —se preguntó Shannon en voz alta.

McPherson contestó.

—Lo que quiere decir es, que piensa que debo trabajar o bien en la Agencia de Seguridad Nacional o bien para la CIA. La primera trata mayormente con satélites y ese tipo de cosas. La CIA es conocida, a veces y cariñosamente, como la fábrica de conservas. Sabe mucho para ser un policía local.

Marc esperó. No tenía nada que decirle a McPherson sobre la muerte de su amigo, y creía que McPherson estaba diciendo la verdad en lo referente a que Rick Medina era su amigo. Pero había algo que le azuzaba, la intranquilidad o puede que fuera la conciencia, como si estuviera a punto de colocar una pieza del puzzle en su sitio si fuera capaz de girarla hacia el lado correcto.

—¿Era Medina uno de los suyos? —preguntó Marc.

—En cierto sentido. Hacía algunos trabajos para nosotros. Sin embargo, no estaba trabajando para nosotros cuando lo mataron.

—Eso es lo que diría de todas formas. —Se trata de la CIA, imaginó Marc. De otro modo, no se hubiera molestado en subrayar que la víctima no estaba en ningún caso en ese momento, ya que había sido asesinado en los Estados Unidos.

—Claro que lo diría. Pero es verdad. Estamos a oscuras en esto, y Rick no era sólo un amigo, era un buen amigo. —Los ojos de McPherson se oscurecieron—. Es bastante difícil creer que algún mocoso en busca de dinero rápido para drogas pudiera llevarle la delantera de ese modo, y luego ni siquiera robar el coche. Sencillamente, no encaja.

No, no encajaba. Medina había sido evidentemente bueno en su trabajo. Marc pensó en lo que había averiguado por medio del informe militar de Dexter Whitlaw: Whitlaw había sido francotirador del Cuerpo de Marines en Vietnam, y era evidente también que había sido muy bueno en su trabajo.

—¿Conocía —empezó a hablar despacio, observando el rostro de McPherson— también a Dexter Whitlaw?

McPherson se irguió, los ojos fríos y sin expresión.

—Le conozco. ¿Está diciendo que sospecha que mató a Medina?

—No. Fue asesinado en la calle St. Anne el mismo día que Medina. A Whitlaw le dispararon con una veintidós. ¿Se conocían Medina y Whitlaw?

—Sí. Estuvimos todos en Vietnam en la misma época. —McPherson se recostó en la incómoda silla, empezó a tirarse del labio mientras observaba con la mirada perdida un punto en el suelo—. Así que Dex está muerto, también. Rick y Dex, los dos. El mismo día, el mismo calibre.

—Esto es llevar las coincidencias demasiado lejos —dijo Marc—. Se conocían entre ellos, murieron el mismo día tan sólo a unos pocos kilómetros de distancia, ambos asesinados con una veintidós. ¿Tenían, digamos, quizás el mismo tipo de misiones en Vietnam? ¿Quién querría a ambos muertos?

—Una pregunta muy interesante. —McPherson volvió a centrarse en el labio—. Me gustaría conocer la respuesta. Pero, sí, en cierto sentido estaban en la misma línea de trabajo. Ambos eran condenadamente buenos en ello, también.

—El señor Whitlaw vivía en las calles, pero no era un vagabundo; tenía salud, estaba bien alimentado, nada de drogas ni de alcohol, así que tenía alguna fuente de ingresos que no he sido capaz de descubrir. ¿Vino Medina aquí para encontrarse con él, y si es así, por qué?

—Nadie sabe lo que estaba haciendo aquí Medina. Asuntos personales, dijo.

—Entonces, no sabemos nada todavía. Podemos comparar el plomo, ver si fueron asesinados con la misma arma, pero a menos que sepa algo que no nos haya dicho, seguimos estando en un callejón sin salida.

—Desearía saber algo —dijo McPherson con pesadumbre—. Algo. Porque esto huele realmente mal, pero maldita sea si sé por qué.

γ

El ruido era ligero, poco más que un murmullo. Karen se detuvo, ladeó la cabeza mientras estaba pendiente de que se repitiera el pequeño y extraño sonido. Se encontraba en el dormitorio, arrancando las hojas amarillas del ficus que había colocado frente a la ventana en una maceta.

Ahí estaba. Un murmullo, como de tela. Y desde otro punto. Había alguien en el apartamento.

Sintió un hormigueo en la cabeza y una sacudida de puro terror hizo que casi se le congelara el corazón en el pecho. No se movió, no podía hacerlo.

La puerta de la habitación estaba abierta. Se quedó a un lado, fuera del ángulo directo de visión, pero si alguien entraba en la habitación, lo vería de inmediato, y se encontraba acorralada contra la pared. La única salida de la habitación era aquella puerta. Su apartamento estaba en la segunda planta, por tanto ni siquiera podía bajar por la ventana. Era una verdadera caída hasta el suelo, demasiado lejos para saltar.

Él fue hacia la puerta de la habitación. No podía verlo, tan sólo la tenue sombra que se reflejaba en el suelo. Si no hubiera estado mirando, nunca lo habría notado. El pecho de Karen se comprimió, de forma que le impedía hacer otra cosa que no fuera inhalar superficialmente rápidos hilos de aire. No podía moverse, ni siquiera podía gritar. No llegó a entrar. Después de quedarse allí durante unos instantes, mirando al interior, se dirigió a la cocina, esta vez haciendo más ruido, como si pensara que no era necesario ser silencioso.

Le pitaban los oídos y la habitación se ladeó de un modo extraño. Karen se obligó a respirar profundo, en un intento silencioso por arrastrar el oxígeno hacia el interior para que mitigara la tirantez de sus pulmones. ¿Por qué había continuado? ¿Por qué estaba haciendo tanto ruido ahora?

Miró fijamente su cama perfectamente hecha, y con lentitud cayó en la cuenta: pensaba que el apartamento estaba vacío. Las cortinas estaban descorridas, ya que todavía no se había ido a la cama, de tal forma que la luz del sol inundaba la habitación, y no tuvo que encender ninguna lámpara. No había, advirtió, ninguna luz encendida en la casa por esa misma razón. La televisión estaba apagada; la había mirado sólo unos instantes, pero los programas de la mañana no eran muy interesantes, y la apagó de nuevo después de unos minutos. No había nada de ruido mientras arrancaba las hojas muertas del ficus; a todos los efectos, el apartamento parecía estar vacío para el intruso.

Le oyó abrir y cerrar sistemáticamente los cajones de la cocina, curioseó en el frigorífico... ¿Dios santo, tenía hambre? Debería salir del apartamento, eso era lo que decían los expertos. No se enfrenten al ladrón, limítense a salir si pueden, y llamen a la policía una vez que estén a salvo. La zona para comer de la cocina proporcionaba una visión clara del cuarto de estar. Si él estaba allí, podría verla dirigirse hacia la puerta. ¿Qué ocurriría si tuviese un arma? Podría dispararla dejándola en el sitio.

De repente, se tranquilizó... o al menos se sintió más calmada. Estuviera armado o no, tenía más posibilidades de seguir ilesa si salía del apartamento. Se movió con cuidado hacia la puerta de la habitación, el sonido de sus pies desnudos silenciados por la moqueta. Justo cuando se encontraba a la altura de la puerta, oyó los pasos de él acercándose a la zona del comedor. Se quedó inmóvil a un escaso paso del campo de visión. Una vez más, su respiración se quedó suspendida en el pecho, atrapada por las garras heladas del terror. Si entraba en el cuarto de estar...

El sonido producido al arrastrar un mueble le indicó que se hallaba aún en el comedor de la cocina. Frunció el ceño. Sonaba como si estuviera dando la vuelta a todas las sillas.

Con toda seguridad aquel no era el comportamiento normal de un ladrón. Lo habitual era buscar cosas de valor, coger el televisor y el pequeño estéreo, y marcharse. Pero ni siquiera había entrado en el dormitorio, donde la mayoría de las mujeres guardaban sus objetos más preciados, a buscar las joyas.

Se deslizó un pasó más, enmarcada por el umbral de la puerta pero echada hacia atrás lo suficiente para poder ver sólo una pequeña porción de la zona para comer. Vio las patas de una silla sobresaliendo. Estaba dándoles la vuelta a todas.

Estaba buscando algo... algo en particular.

Salir y luego llamar, decía el consejo. Miró al teléfono junto a la cama. El apartamento estaba demasiado silencioso; el único sonido venía del motor de la nevera y del ruido que estaba haciendo él. Si llamaba al 991, tendría que hablar en un susurro, y el ladrón podría oír incluso eso. Si no decía nada, ¿mandarían de todas formas a alguien? ¿Podría el 991 localizar apartamentos particulares?

No importaba si podían o no, pensó, siempre y cuando vinieran con las sirenas sonando.

Maldita fuera, estaba rebuscando en su apartamento. De pronto, le abandonó el terror, y otras sentimientos fluyeron por su cuerpo. Se sentía enfurecida, violada. Estaba buscando entre sus cosas, perturbando la sensación indecisa de hogar que estaba empezando a adquirir. Este era el único hogar que tenía ahora; la casa que siempre había considerado como hogar, que todavía consideraba como tal, no era nada excepto una estructura quemada por completo. No iba a abandonar su hogar a este bastardo.

Karen retrocedió, se apartó de la puerta. Con suavidad, sin hacer ni un ruido, avanzó despacio y con cuidado del modo que su padre le había enseñado a andar por el bosque, llegó hasta el teléfono. Sin volver la espalda a la puerta, levantó el auricular con cautela y lo metió debajo de la almohada para amortiguar el sonido del tono. A continuación marcó el 991, haciendo una mueca ante el tenue clic de los botones.

Un arma. Necesitaba un arma. Pero ella no poseía una pistola, y los cuchillos estaban todos en la cocina. Cuando terminara con el resto del apartamento y entrara en la habitación, vería el teléfono bajo la almohada y sabría que había alguien escondido. Karen perdería el factor sorpresa, que era la única ventaja que tenía, por tanto debía encontrar algo antes de ese momento.

No había nada en el dormitorio que pudiera usar, a menos que quisiera golpearle con el bolso, que se encontraba apoyado junto a la silla de la esquina; otra revelación certera de su presencia, si lo veía por casualidad.

Con rapidez, hizo un inventario mental del cuarto de baño. Las maquinillas desechables de afeitar que usaba no le harían correr gritando de terror, a menos que tuviera fobia a ser afeitado. El máximo daño que estas maquinillas podían hacer era un corte poco profundo. Tenía perfume, laca... laca. Eso era. Tendría que acercarse, el único arma que permitía estar lejos era una pistola. No hubiera tenido ese lujo ni siquiera con un cuchillo.

La puerta del baño estaba abierta sólo a medias. Karen avanzó sigilosa de lado hacia ella, con cuidado de no rozar nada. Su corazón le latía con tanta fuerza que podía sentir el pulso palpitando en la punta de los dedos de la mano; sin embargo, estaba más tranquila, más resuelta.

Las bisagras de la puerta crujían con el menor movimiento, recordó. No podía tocarla.

La moqueta parecía agarrarse a sus pies. La distancia se reducía a unos meros pasos, pero daba la sensación de que fueran metros. Se hallaba en pleno campo de visión a la altura de la puerta de la habitación si el hombre avanzaba lo bastante hacia el cuarto de estar para registrarlo. ¿Cuánto tiempo más estaría ocupado en la cocina? ¿Cuántos sitios había en una cocina donde buscar? Había mirado ya en los armarios y cajones, en la nevera, bajo las sillas y la mesa. El único lugar que quedaba ahora para entretenerlo antes de que regresara al cuarto de estar era un armario pequeño a la derecha de la puerta antes de entrar a la cocina. Si era metódico, ese sería el próximo lugar en el que buscaría.

«Por favor, que sea metódico», rogó Karen.

La puerta del cuarto de baño no estaba tan abierta como esperaba Karen. Echó un vistazo a la estrecha abertura. Parecía demasiado estrecha, lo bastante grande para permitir que se deslizara un niño, pero ella no lo era. Aun así, había perdido peso. Quizá lo consiguiera; quizá.

Debía idear un plan, en caso de que lo necesitara.

Entre tanto, en la cocina, el intruso empezó a colocar las sillas de nuevo en posición vertical, deslizándolas en su sitio. Era un ladrón ordenado, como si quisiera que Karen no supiera que había estado dentro de su casa. Su pulcritud le concedió unos cuantos segundos de ventaja.

Inhaló varias bocanadas rápidas y silenciosas de aire, al tiempo que se hacía una imagen visual de lo que iba a hacer. La laca se encontraba en el lado izquierdo del tocador. La toalla colgaba de una barra a la derecha. Coger la toalla con la mano derecha, tomar el frasco de laca con la izquierda, usar la toalla para amortiguar el sonido del tapón al quitarlo. Ojalá no fuera tan ordenada y hubiera tirado el tapón tan pronto como compró el bote. Nunca tiraba los tapones, sin embargo, no hasta que el recipiente estuviera vacío.

Expulsó el aire para hundir el pecho y metió el estómago. Presionó la espalda contra el marco de la puerta, con tanta fuerza que el borde le raspó la piel, pasó por el hueco andando de lado.

Su pecho rozó lo más mínimo la puerta; las bisagras emitieron un único y pequeño chirrido.

No se detuvo. Quedarse inmóvil ahora podía ser desastroso, si él había oído ese traicionero crujido. Se deslizó en el interior del pequeño cuarto de baño a oscuras, agarró la toalla con la mano derecha y el bote de laca con la izquierda. No chocó contra nada, se limitó a moverse con suavidad y sin hacer ruido. Tras envolver el tapón con la toalla, lo quitó girándolo. Eso, también, hizo un leve ruido, menos audible que el crujido de las bisagras.

Se giró, de cara a la puerta, permaneció justo donde no fuera visible ni a través de la abertura ni de la rendija. Con rapidez, comprobó tras ella, para asegurarse de que el espejo no se veía, pero desde el ángulo de la puerta abierta todo lo que se percibía era el baño y el habitáculo de la ducha.

Sujetó el bote en la mano izquierda con el pulverizador hacia fuera y esperó. No le gustaba la idea de ser atrapada en aquel minúsculo espacio, pero después del chirrido de las bisagras, no se atrevía a salir a la habitación de nuevo. Ya sabía que él podía moverse sin hacer ruido, porque no le había oído entrar en el apartamento. Podría estar al otro lado de la puerta, jugando al gato y al ratón, esperando en silencio a que saliera.

Sintió otro hormigueo en la cabeza. Casi podía percibirlo allí, una presencia paciente y malévola.

Pero ella también podía ser paciente. El que se mueve primero es el que pierde, le había dicho su padre. ¿Cómo podía recordar todo eso? Era tan sólo una niña, y él era un extraño que le producía miedo, aunque supiera que era su padre. Pero le había hablado, le enseñó cómo ser una buena francotiradora, y ella le había escuchado. No tenía una pistola en la mano, sólo un frasco de laca, pero aquellos conocimientos constituían el legado de su padre, y quizás ahora le salvaran la vida.

No oyó ningún sonido que viniera del cuarto de estar. Si no había escuchado las bisagras, estaría rebuscando como lo había hecho antes, moviéndose de un lado para otro con normalidad, haciendo ruido. El apartamento estaba en silencio; la había oído.

Karen calculó la distancia de la puerta. Sí la abría de golpe, la golpearía, le haría perder el equilibrio y echaría a perder su plan. Sin hacer ruido, retrocedió de espaldas contra el tocador, con la esperanza de que hubiera suficiente espacio. Levantó el frasco y esperó.

Tenía una ligera ventaja, ya que sabía que él estaba allí. El ladrón sospechaba su presencia, pero no lo sabía; a menos que se hubiera percatado de su bolso. O del teléfono bajo la almohada. ¡Oh, Dios santo!

Imagina lo que vas a hacer, le había dicho Dexter. Prepárate a hacerlo sin advertirlo. No dudes, o serás carne muerta.

Karen no quería ser carne muerta. Quería vivir mucho tiempo...

La puerta se abrió con estruendo y violencia. Instantáneamente, extendió el brazo y roció la cabeza de la amenazadora silueta perfilada en el umbral.

—¡Ay! —Se tambaleó hacia atrás, al tiempo que se echaba las manos a los ojos. Una de ellas llevaba una pistola.

Karen le golpeó con precipitación, empujándolo con todas sus fuerzas y derribándolo de espaldas a través de la cama. La agarró, sujetándola por la bata y la arrastró consigo. Karen gritó con la esperanza de que el sonido atravesara la almohada y de que el operador del 991 estuviera todavía en la línea. El intruso rodó sobre ella, reteniéndola bajo él; Karen vio su rostro crispado, sus ojos rojos y llorosos, y le lanzó otra ráfaga de spray. No le acertó en los ojos y la laca se introdujo por su nariz. Se atragantó y dio una arcada. Volvió a rociarlo, le golpeó con violencia, se retorció y le dio un puñetazo con el puño derecho. El pie de Karen golpeó la lámpara y la derribó con estruendo, la base de cerámica se hizo añicos.

—¡Maldita... bruja! —gruñó. Cegado, arremetió con el puño y la alcanzó en la mejilla. El impacto hizo que la cabeza le rebotara en el colchón, y se le nubló la visión. No era consciente del dolor, sólo de la aturdidora fuerza del golpe. Karen le sacudió en la nariz con el bote, le desgarró la piel y una lluvia de sangre se esparció sobre ella y la cama. Consiguió levantar las piernas y le propinó un golpe tan fuerte como pudo, una de ellas le sacudió en el estómago y la otra un poco más bajo, casi en sus partes. Se tambaleó hacia atrás, al tiempo que expulsaba una gran bocanada de aire. Karen se apartó de la cama rodando, y se dirigió ayudándose de manos y rodillas en dirección a la puerta. Entonces él apretó el gatillo, enfurecido, maldiciéndola, pero no podía verla, y la bala impactó en la pared, el yeso salió volando.

La moqueta le abrasaba las rodillas mientras se lanzaba a través de la puerta. Con la respiración entrecortada y la visión aún nublada, consiguió ponerse en pie tambaleándose y se precipitó hacia la puerta principal. Se sintió otra explosión a través de la pared.

Abrió de un tirón la puerta cuando el intruso salía dando tumbos del dormitorio. Levantó el brazo mientras se secaba los ojos llorosos con la manga de la camisa. Karen salió lanzándose de cabeza, se dejó caer en el pasillo rodando. La bala astilló la puerta. Ella se apresuró a levantarse, se dirigió con dificultad hacia las escaleras y se topó con dos policías que subían con las armas desenfundadas y los rostros blancos.

Mareada, se dejó caer en el suelo. Pasillo abajo, vio una cara borrosa en el umbral de uno de los tres apartamentos de aquella planta.

—¡Agáchese! —le gritó con voz entrecortada.

Al oír su voz, el ladrón salió titubeante por la puerta, los brazos extendidos, el arma entre las dos manos. Los policías reaccionaron al instante, y dispararon tan seguido el uno del otro que los disparos sonaron al unísono como uno. El impacto de las balas impulsaron al ladrón hacia atrás contra la pared, y por un segundo una expresión de apacible sorpresa cruzó su rostro. Bajó la vista hacia la mancha roja que se extendía por su pecho, parpadeó sus ojos acuosos como intentando enfocarlos.

—¡Tire el arma! ¡Tírela! —gritaron ambos policías.

El ladrón rió. El sonido parecía un gorjeo de garganta, pero era una risa.

—¡Que os jodan! —dijo al tiempo que levantaba la pistola, apuntando en la dirección de Karen. Apretó el gatillo justo cuando los dos policías abrieron de nuevo fuego.

# 14

McPherson marcó un número en su teléfono móvil de seguridad.

—Este asunto se está volviendo cada vez más intrigante —dijo cuando respondieron a la llamada—. Dexter Whitlaw fue asesinado el mismo día en Nueva Orleans, que no está tan lejos de donde se encontró el cuerpo de Rick Medina, con un arma del mismo calibre. El inspector que se encarga del caso es un avispado hijo de puta; me caló en el mismo segundo que entré en su oficina. Solicitó información sobre Rick Medina por una corazonada. Yo diría que tiene un condenado instinto.

—¿Quién es Dexter Whitlaw? —preguntó la voz al otro lado—. No lo conozco.

—Fue francotirador del Cuerpo de Marines en Vietnam, por cierto muy bueno. Un vil hijo de puta. Paciente. Podía quedarse esperando el último a la segunda llegada de Cristo a la tierra. En cualquier caso, lo conocimos en Saigón, y él y Rick eran... bueno, no sé si iría demasiado lejos al decir amigos, pero se respetaban mutuamente, ¿entiendes?

—Así que él y mi padre se encontraron en Nueva Orleans.

—Eso parece. No sabemos por qué, sin embargo. Pero eso puso nervioso a alguien, alguien que no los quería juntos.

—Lo cual significa que era alguien que los conocía a ambos. —La voz al otro lado era fría, inexpresiva.

—Incluso diría que es alguien que los conocía de Nam Dihn. Por lo que sé, Dex se perdió de vista después de regresar de Vietnam. No pudo soportarlo; vivía como los indígenas. El inspector dijo que había estado viviendo en las calles, pero que era evidente que tenía una fuente de ingresos porque estaba sano y bien alimentado.

—Probablemente su familia le enviaba dinero. Investigaré a sus parientes más cercanos. ¿Ha encontrado Vinay a su infiltrado?

—No, y está muy cabreado.

—Me mantendré fuera de las frecuencias cuando hable con él. A propósito de este inspector. Te caló. ¿Hace falta ocuparse de él?

—Sólo si estás pensando en reclutarlo; lo cual no sería una mala idea, por cierto. Me miró a los zapatos y me identificó con la Agencia de Seguridad Nacional o con la Compañía. Es así de agudo, así de rápido. No necesita sumar dos y dos para deducir que son cuatro.

Se oyó un suspiro a través de la línea.

—¡Esos malditos Gucci!

—No podría imaginar comprar unos de punta para la ocasión.

—¿Así que piensas que deberíamos utilizarlo como baza?

—A menos que quieras contratarlo abiertamente.

—Puede que sea más valioso donde está.

—Estoy de acuerdo. —Las ciudades costeras del Golfo constituían los principales puertos de contrabando de armas. Saber cuándo y dónde iban las armas podía dar a sus analistas una idea valiosa de dónde iba a surgir la siguiente escaramuza. Algunas veces era necesario encender la mecha, otras no. A veces las embarcaciones eran interceptadas, otras no.

—El funeral es mañana a las dos. ¿Estarás allí?

—A no ser que necesites que haga algo más —con John, nunca se sabía. Era como una araña, tirando de seis hilos invisibles al mismo tiempo.

—Será interesante ver quién hay alrededor.

Quería decir quién estaría vigilando en el funeral para identificar a John. El mero hecho de obtener una foto de él valdría un montón de dinero para mucha gente y para unos cuantos gobiernos. Siempre existía la posibilidad de que Rick hubiera sido asesinado con el único objetivo de atraer a John a la luz. Aunque eso no significaba que una fotografía de él al día siguiente llegara a valer una mierda. McPherson conocía a John práticamente de toda la vida, y con toda probabilidad al día siguiente no lo reconocería ni siquiera estando justo a su lado.

—¿Tendrá Vinay a alguien vigilando en la zona?

—Me gustaría que hubiera unos cuantos ojos extra. Alguien muy cerca.

Y eso significaba que John no descartaba un trabajo desde dentro. Hasta el momento, no había descartado nada; aunque la información sobre Dex Whitlaw planteara la posibilidad de que Rick había sido la mera víctima de un asesinato por robo, eso parecía impensable. Como había dicho el inspector Chastain, aquello era llevar las casualidades demasiado lejos.

Pero John era frío, un pensador sutil, lo cual le hacía tan peligroso y tan valioso. Sopesaba las probabilidades, los porcentajes, las posibilidades, veía las sombras y los detalles que otros pasaban por alto. Jess McPherson no confiaba por completo en mucha gente, pero John Medina era uno de ellos. Frank Vinay era otro. Y Rick Medina formaba parte de esa lista también. Haberlo perdido dolía.

—Estaré allí —dijo con voz ronca y desconectó.

γ

Marc consultó el reloj: las nueve cuarenta y cinco. El penoso cuerpecito sobre la mesa de autopsias revelaba una historia de horror, una corta vida llena de dolor y terror. Había investigado por los hospitales de la zona y apareció con una lista de visitas a urgencias que le abatieron. El pequeño James Blake Gable había tenido ya diez «accidentes» ese año, accidentes lo bastante graves para requerir asistencia médica. Los Gable habían evitado atraer la atención llevándolo a diferentes hospitales cada vez. Alguno de los doctores debería haber detectado las señales de abusos sistemáticos, pero ninguno lo había hecho.

¿Qué había de los familiares? ¿No habían notado tampoco ninguno de los familiares del señor o la señora Gable algo raro? ¿No se habían percatado de que su nieto estaba siendo lentamente asesinado, o de que la señora Gable se había vuelto una persona solitaria? Con toda seguridad, sí. Lo que Marc no podía comprender era cómo habían dejado que continuara, sin hacer caso, probablemente con la esperanza de que las cosas mejorarían. Bien, las cosas nunca mejoran a menos que alguien intervenga. Ahora era demasiado tarde para el chiquillo, y Marc tenía el horrible presentimiento de que el tiempo se estaba agotando también para su madre.

Volvió a consultar el reloj. A pesar de todo por lo que estaba pasando en ese mismo momento, necesitaba hablar con Karen. La urgencia por hacerlo le encogió el estómago, tensó sus nervios. No se reducía a que quisiera arreglar las cosas entre ellos; se sentía molesto, inquieto.

No había hablado con ella en veinticuatro horas, y de repente creyó que veinticuatro horas era demasiado tiempo. Quería saber que se encontraba bien, decirle cómo se sentía, hacer que volviera a Nueva Orleans de cualquier forma. Quizás era porque la CIA, en la persona de McPherson, había llegado husmeando por allí después de que le hubiera dicho a Shannon que hiciera un sondeo sobre Medina. Todos lo detalles en conexión con la muerte de Dexter Whitlaw que le habían afectado de una forma tan poco habitual —la limpieza del golpe, la ausencia de ruido que indicaba el uso de silenciadores, la cara pistola que llevaba encima Whitlaw— adquirían mucha más importancia al asociarlos con la información que había recibido de la otra víctima asesinada, que daba la casualidad de que había trabajado para la CIA. Una simple muerte callejera se había complicado.

No, no era eso. Luchaba por prestar atención a la autopsia, pero la tensión en sus entrañas no desaparecía. En cuanto hubiera acabado con esto, la llamaría. Debería haberlo hecho ya. No importaba la necesidad de calmarse; lo que necesitaba era hablar con ella. Eran dos los errores que había cometido, pensó con desagrado. El primero había sido dejarla sola el día anterior por la mañana, el segundo no haber esperado a ponerse en contacto con ella en vez de con el contestador.

Su radio emitió un crujido al ponerse en funcionamiento. El doctor Pargannas levantó la vista y frunció el ceño por la interrupción. Marc escuchó el código relacionado con un presunto asesinato en el Garden District. La dirección le era familiar.

—¡Mierda! ¡El hijo de puta ha matado a su mujer! —espetó las palabras al tiempo que salía corriendo de la sala de autopsias.

La derrota se tornó en un sabor más amargo de boca. Había temido esto. Se había visto atrapado entre la necesidad de tener todo a la perfección para que el bastardo no se pudiera librar basándose en alguna formalidad, y la necesidad de apresurarse, de hacer algo de inmediato. En dos horas habría conseguido una orden de arresto y el señor Gable estaría encerrado en un sitio seguro. Para la señora Gable, dos horas significaban ahora una eternidad.

Cuando llegó a la casa, la amplia calle de árboles alineados estaba congestionada por los coches patrulla. El calor y la humedad lo envolvían como una manta a medida que avanzaba por la acera hacia la fría elegancia de techos altos de la casa. Estaba enfermo de cólera y de impotencia, pero apartó sus sentimientos a un lado para poder desempeñar su trabajo; por todo el bien que eso pudiera hacer a la señora Gable ahora.

—¿Dónde? —preguntó a una de las agentes de la patrulla.

—Arriba. —La mujer parecía desconcertada.

Subió por las amplias escaleras curvas y la corriente de agitación lo condujo hasta el dormitorio. La habitación era inmensa, probablemente de nueve por nueve de ancho, y estaba decorada según la idea de realeza europea propia de Hollywood. La gran cama estaba adornada con tul blanco desde el techo. Los espejos recargados y unas pinturas al óleo cubrían las paredes, los muebles se encontraban dispuestos en dos zonas bien diferenciadas. Unos jarrones altos de alabastro servían de soporte a los centros de lirios que iban a juego con la combinación de colores de la habitación, que era blanca y dorada con toques de melocotón y azul. Había sido añadido recientemente un nuevo color: el rojo.

Montones de rojo. Un rojo disperso, rojo en charcos, rojo que se estaba tornando óxido al secarse.

La señora Gable se hallaba en uno de los sofás. La parte posterior de la cabeza había saltado. No se había caído, simplemente se había desplomado hacia atrás contra los cojines como si ahora pudiera descansar. Tenía los ojos abiertos, sin vida. La muerte no era el sosiego; era sencillamente nada. Todo desaparecía. No más amaneceres, no más esperanzas, no más miedos. Nada.

Llevaba puesto un camisón blanco de seda y un salto de cama, muy escotado, transparente. Sexy. Marc se puso en cuclillas ante ella, su mirada estudió la magulladura moteada del cuello que había vislumbrado el día anterior, así como el resto de marcas. Había una pequeña señal púrpura sobre la curva superior del pecho, el tipo de marca que los amantes se hacen entre sí. Sospechaba que la autopsia revelaría que Mrs. Cable había mantenido relaciones sexuales no mucho antes de su muerte. El bastardo con seguridad había pensado que haciéndole el amor, tratándola con suavidad para variar, la mantendría callada con respecto a cómo su pequeño había muerto.

Quizás aquello fue lo que la impulsó, el hecho de que hubiera matado a su hijo y luego viniera a ella en busca de sexo. Quizá lo había planeado de todas formas.

Marc volvió la cabeza y miró al cuerpo de Gable, o lo que quedaba de él, tendido en el umbral de la puerta del cuarto de baño. Debió esperar hasta que estuviera a punto de meterse en la ducha, a continuación entró en el recargado cuarto de baño y vació la pistola en su cuerpo. Por el aspecto de la escena, acto seguido recargó el arma y siguió disparando hasta que volvió a vaciarla. Los restos de partes del cuerpo estaban esparcidos alrededor de él. La mujer había puesto una particular atención en qué partes disparaba. Luego había recargado por tercera vez, avanzó hacia el sofá, se sentó, se colocó la pistola en la boca, y apretó el gatillo.

La letra de la ley no equivalía siempre a justicia. La señora había buscado justicia para su hijo y lo había conseguido con sus propios métodos. Quizá se había suicidado después porque no podría soportar el enjuiciamiento, o porque no podría vivir sin su hijo... o como expiación por actuar demasiado tarde para salvarlo.

Marc se puso en pie, su expresión lúgubre y rígida. Todo lo que le quedaba por hacer era el papeleo.

γ

Karen estaba acurrucada en una cama de uno de los cubículos del departamento de urgencias. No sabía por qué se hallaba allí, pero se encontraba demasiado petrificada para protestar, ni siquiera para darle importancia. No podía ir al apartamento; la policía lo había acordonado hasta que terminaran las investigaciones. No quería ir al apartamento. No sería capaz de volver a dormir allí, ni siquiera después de que limpiaran la sangre y la materia gris de aquel hombre de la puerta... de la moqueta...

Los médicos habían insistido en que recibiera asistencia, a pesar de que les había dicho que era enfermera y que era capaz de evaluar sus propias lesiones, ninguna de las cuales requería hospitalización ni siquiera atención urgente. Su rostro estaba amoratado, tenía quemaduras de la moqueta en las rodillas y un corte pequeño, demasiado insignificante para necesitar puntos, en el pie, y las costillas le molestaban, con toda seguridad de la lucha. Ninguno de los disparos la había alcanzado, aunque el último había estado tan cerca que se le habían metido motas del serrín de la puerta en el ojo, pero un lavado había solucionado el problema.

Considerándolo todo, estaba en perfecta forma, teniendo en cuenta que aquel hombre había intentado por todos los medios matarla.

No dudó de sus intenciones. Una vez que supo que ella estaba en el apartamento, no huyó, que era lo que el ladrón corriente y moliente hubiera hecho. Por el contrario, había ido tras ella pistola en mano.

¿Pero por qué? Eso era lo que se preguntaba la policía, y ella misma. Las intrusiones violentas en hogares ocurrían a menudo. Era una mujer que vivía sola, objetivo principal. No llevaba mucho tiempo viviendo en el apartamento; quizás el hombre creyera que estaba ocupado por otra persona. Pero no había registrado la casa en busca de cosas valiosas. Había rebuscado con cuidado y colocado perfectamente todo en su sitio. Y luego había intentado matarla.

Las desgracias venían de tres en tres, decía el viejo dicho. Dexter había muerto. Su antigua casa, quemada. Y ahora esto. Si el antiguo dicho era exacto, su vida debería ir ahora como la seda.

Se abrazó a la manta que le cubría los hombros para vencer el frío e intentó controlar la sensación que tenía de predestinación inminente. ¿Qué más iba a suceder?

—¿Señorita Whitlaw?

Era uno de los inspectores, se hallaba de pie al otro lado de la cortina echada del cubículo. Su apartamento se había convertido en un hervidero de inspectores, de policías uniformados, médicos y de gente de Asuntos Internos, ya que cualquier disparo efectuado por un agente de policía era automáticamente investigado. En el exterior del edificio se había congregado una multitud de periodistas y curiosos. Cada una de las televiones locales había estado representada.

—Sí, pase —contestó Karen.

Apartó la cortina y entró. Era de mediana edad, su rostro le brillaba por el sudor. ¿Cómo podría estar sudando? Hacía mucho frío, el aire acondicionado debía estar al máximo. El inspector se sentó en la única silla que había en el exiguo lugar, mientras Karen apretaba la manta más contra sí, temblando.

La observaba con aquella mirada fría y calculadora de poli, como si no creyera nada de lo que le decía nadie. Marc tenía esa mirada también, pensó, y deseaba tanto que estuviera allí que le dolían las entrañas. Nunca se había sentido tan segura como con Marc, y justo hora necesitaba esa seguridad.

—Inspector Suter —dijo a modo de presentación—. ¿Se encuentra en situación de contestar algunas preguntas?

Le habían tomado una declaración breve en su apartamento, pero ya que no había ninguna duda sobre la muerte del hombre, la importancia que Karen tenía para ellos era como testigo, no como sospechosa. Los médicos quisieron que la trasladaran para ser examinada, por ello permitieron que se fuera y se encargaron de asuntos más apremiantes.

—Sí, me encuentro bien —respondió automáticamente.

Él le lanzó una mirada escudriñadora, pero no replicó. Abrió con un movimiento ligero de muñeca el cuaderno de notas.

—De acuerdo, en su declaración anterior dijo que estaba en su dormitorio cuando oyó al sospechoso entrar en el apartamento...

—No, se encontraba ya dentro. No le oí entrar. Le escuché detenerse ante la puerta de mi habitación y mirar dentro. —Sabía lo que había dicho, y no dijo que lo hubiera oído entrar.

El inspector miró de nuevo al cuaderno, y no hizo ningún comentario. Quizá la estaba probando, para ver si los detalles encajaban aún.

—¿Pero no lo vio?

—No. No entró en el dormitorio. Yo me encontraba de pie a la derecha, junto a la ventana. La puerta del cuarto se abre hacia la derecha, así que me encontraba fuera del campo de visión a menos que entrara del todo.

—¿Qué hizo él entonces?

—Después de eso, ya no fue tan silencioso. Como no me vio, debió pensar que no había nadie en la casa. Fue a la cocina y empezó... a buscar.

—¿Buscar? —El inspector captó la palabra.

—Eso es lo que parecía. Miró en los armarios, porque pude oír el abrir y cerrar de cajones y puertas. Incluso miró en la nevera.

—¿Para qué?

Karen levantó las manos en un gesto de impotencia.

—No lo sé.

—De acuerdo, ¿qué hizo entonces?

—¡Volvió las sillas de la cocina del revés y las miró por debajo! —La voz reflejaba su desconcierto.

El inspector seguía escribiendo en su cuardeno.

—¿Qué hizo usted?

—Yo... pensé que no podía salir del apartamento; desde donde estaba él, tenía una visión perfecta de la puerta. Me dirigí de puntillas hasta el telefono junto a la cama y coloqué el auricular bajo la almohada para amortiguar el sonido, luego marqué el nueve, nueve, uno.

—Hizo muy bien —aprobó—. Los agentes que respondieron se encontraban a menos de una manzana del lugar. No sabían el apartamento, pero la dirección de la calle fue suficiente para llegar hasta allí.

—Se figuraron cuál era el apartamento —dijo, con la mirada perdida fija en el suelo—. Era donde se oían disparos.

Suter se aclaró la garganta.

—Hmm... así es. ¿Qué ocurrió a continuación?

—Intenté deslizarme en el cuarto de baño, porque es donde guardo la laca.

Él esbozó una breve sonrisa y por un momento fue hombre en vez de policía.

—Inteligente. Ese potingue entra en los ojos y quema como diablos.

—Lo sé. Era todo lo que tenía. —Karen tragó saliva, intentando no recordar el terror de enfretarse a un ladrón armado con tan sólo un bote de laca—. La puerta del baño chirrió un poco. El intruso lo oyó. Yo... —Respiró hondo—. Pensé que debía haber sido así, porque el ruido de la cocina cesó. Me limité a permanecer en el baño con el frasco en la mano, observando la puerta para ver si se movía. La empujó con violencia, y le rocié el rostro con la laca. Llevaba la pistola en la mano —terminó diciendo y se quedó en silencio.

—¿Lo conocía?

Karen agitó la cabeza.

—¿Quizá lo había visto merodeando?

—No.

—¿Y qué pasó después?

—Le empujé, pero me atrapó del camisón, y los dos caímos en la cama. Lo rocié de nuevo y me golpeó. —Inconscientemente, se llevó la mano a la mejilla—. Yo le sacudí en la nariz, con el bote. Recuerdo haberle golpeado con ambas piernas... luego me alejé de la cama rodando y gateé hasta la puerta, y empezó a disparar —se calló, recordaba el torbellino confuso de detalles, el terror, la furia.

El inspector Suter no le hizo más preguntas, no la incitó, pero Karen advirtió que esperaba el resto de la historia, lo que sucedió después de la llegada de los agentes de policía. Karen se frotó la frente, en un intento por recordar todos los detalles.

—Conseguí salir del apartamento... los agentes subían en ese momento las escaleras. Casí me tropiezo con ellos. El hombre salió de mi casa y me apuntó con la pistola, y ellos le dispararon. No se derrumbó. Él... rió y volvió a dispararme y le dispararon otra vez.

—¿Dijo alguien algo?

—Los dos policias le gritaron que tirara el arma. Eso fue cuando él se rió y dijo... Humm... —Miró al inspector y se aclaró la garganta. Era curioso, normalmente no era tan mojigata, pero sencillamente no podía decir la palabra delante de este hombre que era lo bastante mayor como para ser su padre—. Parafraseándolo, dijo: «¡Qué os jodan!». Luego me disparó por última vez.

Suter bajó la vista a sus notas y asintió, como si Karen hubiera corroborado algo que ya sabía. Cerró el cuaderno y lo deslizó en el interior de la chaqueta.

—Eso es todo por ahora. ¿Dónde puedo ponerme en contacto con usted en caso de que necesite volver a verla?

Lo miró con los ojos de par en par.

—No lo sé —contestó sin vacilar—. No me dejarán volver a mi apartamento.

—¿Tiene familia aquí?

—No —su garganta se cerró—. Ningún familiar.

—¿Amigos?

—Sí, pero no... —Piper le había ofrecido su casa, su compañía—. Quizá Piper Lloyd. Es enfermera aquí en el hospital —le dio el teléfono de Piper—. Aunque no me quede allí, Piper sabrá dónde estoy. Si no, puede encontrarme aquí en el hospital. Trabajo por las noches.

Suter le lanzó una mirada sagaz.

—Apuesto a que no trabajará esta noche.

—Claro que sí —replicó de inmediato, rechazando la idea de que no se hallaba bien. ¿Por qué todo el mundo actuaba como si tuviera algo más que un insignificante morado y un pequeño corte?

El inspector se frotó la cabeza por detrás.

—Señorita Whitlaw, no es asunto mío, pero creo que debería darse un respiro. Ha manejado la situación lo mejor posible, bajo tales circunstancias. No ha perdido la cabeza, se ha mantenido serena, ha alertado al nueve, nueve, uno, y se ha defendido con los medios que tenía a su alcance. Pero no ha dormido nada, ha estado envuelta en una lucha... y créame, va a empezar a padecer todo tipo de dolores y magulladuras. Mírese. Está temblando y encogida bajo esa manta, pero no hace ningún frío aquí. Es enfermera. ¿Qué le dicen esos síntomas?

Estado de shock. Su mente le proporcionó de inmediato el diagnóstico. Su presión sanguínea había descendido después del arrebato de adrenalina que le permitió luchar contra el ladrón. Karen se enfadó consigo misma. Debería haber reconocido los síntomas y haberse tendido. Era la segunda vez que no hacía caso de lo que su cuerpo le decía, ella, que era una de las mejores en la planta quirúrgica examinando a los pacientes y en evaluar de inmediato su estado general.

—De acuerdo, es posible que no trabaje esta noche —admitió—. De todas formas necesito un uniforme. ¿Cómo puedo conseguir mis cosas del apartamento?

—Haga una lista de lo que necesita, y haré que una mujer policía lo empaquete para usted.

—¿Cuánto tiempo pasará hasta que pueda regresar?

—Un par de días. Intentaré que se aceleren los trámites.

—No puedo volver a vivir allí.

Suter suspiró y alargó la mano como si fuera a acariciarle la rodilla, entonces se detuvo sin hacer el gesto de consuelo. Ella diagnosticó su vacilación como miedo a los pleitos.

—No —dijo él—. Imagino que no podrá.

El sonido de pasos acelerados llamó la atención de Karen, y unos segundos más tarde Piper irrumpió en el cubículo. Tenía el rostro enrojecido y jadeaba.

—¡Karen! Dios mío, ¿estás bien? Una de las enfermeras llamó para contarnos que estabas aquí. ¿Te han asaltado?

—No exactamente.

El inspector Suter se levantó. Dio la impresión de que le costara trabajo.

—Estaré en contacto, señorita Whitlaw. Haré que le traigan sus cosas.

—Gracias. —Apenas tuvo tiempo de decirlo antes de que Piper pasara de la preocupación de amiga a la de enfermera y la echara hacia atrás en la cama.

γ

No había tenido noticias de Clancy, quien era siempre rápido en informar. Hayes esperó, enfadándose y preocupándose por minutos. Finalmente, llamó a su contacto de Columbus.

—¿Ha ocurrido algo interesante hoy?

—¡Ah, sí! Los chicos buenos mataron a un ladrón en el apartamento de una señorita. Se encontraba en casa, lo sorprendió, entabló una buena lucha y escapó. Las noticias dicen que era un profesional; la pieza que le encontraron tenía el número de serie limado.

—¡No, mierda! ¿Llevaba algo más encima?

—Nada encima, pero localizaron un coche alquilado en el estacionamiento, y encontraron una cartera con su permiso de conducir y tarjetas de crédito en la guantera.

Hayes colgó, se sentó y empezó a tamborilear con los dedos sobre la mesa. Clancy estaba muerto. ¿Cómo demonios podía haber ocurrido? Era uno de los mejores.

Además, no habían encontrado nada en él, por tanto eso significaba que no había localizado el libro. Hayes dedicó unos instantes para lamentar el hecho de que el libro no estuviera en su posesión; estaría ahora en manos de la policía; no obstante, él se enteraría de dónde estaba, y arrebatárselo a la poli era juego de niños.

Karen Whitlaw estaba empezando a preocuparle. Era la segunda vez que las cosas salían mal. La primera fue un error lógico, pero ahora se preguntaba por qué se había mudado. ¿Para hacer más difícil su localización? ¿Qué le había contado su padre?

La primera intención de Hayes era encontrar el libro, no matar a la joven. Pero, lógicamente, ella era la única persona que sabía dónde estaba escondida la maldita cosa. Si no podía conseguir el libro, entonces era obvio que se tenía que deshacer de ella.

# 15

—Ya entiendes los problemas que eso supone, Raymond —afirmó el senador Lake. El hombretón de cabellos grisáceos asintió reconociéndolo. Se encontraban sentados en el salón de la casa del senador en Washington, dilatando el momento del café matutino. Raymond había tomado el último vuelo desde Minneapolis el día anterior y había llegado a Washington bien pasada la media noche, por ello el senador le había dejado un mensaje para que descansara y se vieran a la mañana siguiente para hablar. El senador había preparado, para él, un comienzo más tardío; había dormido hasta las ocho, y ahora eran las diez y media, el sol de la mañana brillaba y calentaba.

—Tengo mis dudas sobre cómo Hayes está llevando el asunto de Medina —dijo lentamente—. Y ahora parece como si me mintiera para obligarme a hacer las cosas a su manera. No puedo imaginarme ninguna razón por la cual Frank Vinay negaría estar enterado de la muerte de Medina, si ya lo sabía, ni ningún motivo para que dijera que Medina no tenía familia si en realidad la tenía. No estaba preguntándole por información clasificada, y yo soy presidente del Comité de Inteligencia del Senado.

—Hayes debe de tener sus propios planes —observó Raymond, sus gruesas cejas fruncidas mientras pensaba. Se parecía a un boxeador que hubiera sobrevivido a un asalto demasiadas veces, pero detrás de esa apariencia maltrecha había sin ningún lugar a dudas un cerebro ágil.

—Eso es lo que pensé, también. Me pregunto si puede ser que esté reuniendo material con el cual chantajearme.

Whitlaw pudo haberle dado la idea. —El único punto bueno de este argumento, pensó el senador, era que probaba que los secuaces de Hayes no habían descubierto el cuaderno de notas y que él mismo lo guardaba. Si Hayes lo tenía en su poder, no necesitaría otros medios para chantajearle.

—Ya sabe qué pienso de los cabos sueltos —dijo Raymond sacudiendo la cabeza—. Son peligrosos. No utilice gente en la que no pueda confiar. ¿Dijo que Hayes usaba gente que usted no conocía para que se ocuparan de Medina?

—Sí. Me juró que no sabían nada de mí, que pensaban que él era la cabeza, pero si ha mentido en una cosa, nada de lo que diga es de fiar.

—Consiga los nombres a través de él —añadió Raymond—. Yo me encargaré de todo.

Raymond siempre se había ocupado de las cosas. El senador Lake podía recordar, desde que era niño, escuchar al fornido hombre decir con tranquilidad a su padre: «Yo me encargaré de todo», y su padre siempre sonreía y asentía, y así se hacía. Era reconfortante escucharle ahora decir aquellas palabras, saber que sus asuntos estaban siendo llevados por alguien al cual podía confiar su vida.

—¿Tiene la dirección de Hayes?

—Sí, claro. —El senador se creyó en la obligación de averiguarla. Sin embargo, no la había escrito en su agenda ni había hecho que su secretaria la añadiera al archivo de su ordenador. No; cualquier cosa relacionada con Hayes estaba almacenada en su cabeza. En su posición, conocía demasiado bien las posibilidades de la tecnología actual para creer que cualquier información almacenada en su ordenador fuera confidencial, y aunque tomaba las precauciones de seguridad que cualquier persona cuerda tomaría, no daba por sentado que su sistema fuera inviolable. Si no estaba escrito, entonces no era accesible; esa era la manera más segura de mantener la información. Le dijo con rapidez el número de la calle a Raymond, cuyos labios se movieron ligeramente al tiempo que lo memorizaba.

—Me encargaré de ello de inmediato —le aseguró Raymond, y el senador supo que todo iría bien.

γ

—¿Seguro que estás bien? —preguntó Piper por décima vez mientras Karen y ella atravesaban el estacionamiento del hospital hacia el coche de Piper. Había una zona cubierta para estacionar, pero estaba reservada a los médicos y al personal administrativo, para evitar que se mojaran o tuvieran que andar demasiado. Las enfermeras y los demás trabajadores, que estaban evidentemente en buena forma y no eran alérgicos al agua, tenían que usar la zona de estacionamiento que se hallaba a media manzana del hospital.

Karen guiñó los ojos ante el sol de la tarde y deseó haber tenido las gafas de sol.

—Estoy bien —contestó por décima vez o más. Piper había insistido en llevársela a su casa. Varias de sus amigas y colegas habían pasado por urgencias para comprobar cómo se encontraba. Le habían aplicado hielo en los distintos moratones de su cuerpo, el corte del pie había sido untado con antiséptico y vendado, y la habían obligado a permanecer tumbada durante varias horas innecesarias mientras la acosaban con comida y zumos de fruta. No se sentía ya conmocionada, sólo cansada y agobiada.

Piper llevaba su maleta, se negó a dejar que Karen la levantara a causa de sus lastimadas costillas. El inspector Suter había apremiado para hacer que le recogieran sus cosas, ganándose por ello la gratitud eterna de Karen. Sus opciones hasta entonces habían sido o bien ponerse su propio camisón salpicado de sangre o el del hospital. Este último había ganado la partida, pero con escasa diferencia. Ahora iba vestida cómodamente y segura con el uniforme típico americano, vaqueros, camiseta de manga corta y zapatillas de lona.

—Hace demasiado calor para cocinar —dijo Piper—. Vayamos a comprar comida preparada de camino a casa. ¿Qué nos apetece? ¿Comida mexicana o mexicana?

—No sé. Creo que preferiría mexicana.

—Hecho. Me parece muy buena idea. ¿Te apetece en el Taco Pete's o...?

Un coche salió de uno de los aparcamientos y se dirigió pasillo abajo hacia ellas. Karen dejó de escuchar la retahíla de Piper y observó el coche. Un hombre, probablemente uno de los empleados de mantenimiento, iba conduciendo. No había nada inusual con respecto al coche; era un Pontiac beige, con unos cuantos años. Pero iba demasiado deprisa, y echó un poco hacia el borde a Piper para dejarle bastante espacio para pasar.

Si no hubiera sido atacada en su propia casa ese día, con toda probabilidad no hubiera prestado al coche más que una ligera atención, pero estaba en alerta, algo en lo más profundo de ella aún la aterraba y la enfurecía por el hecho de que el santuario de su hogar hubiera sido violado. No se sentía a salvo. Y por ello observó el vehículo, vio cómo ganaba velocidad a medida que se acercaba por el pasillo del estacionamiento.

El conductor llevaba gafas de sol. Lo vio con claridad por el parabrisas mientras avanzaba temerario hacia ellas, y tuvo la impresión de que la miraba.

Piper interrumpió la lista de restaurantes mexicanos que estaba citando y dijo:

—Va demasiado deprisa.

El vello fino de los brazos de Karen se erizó. Se detuvo al tiempo que miraba fijamente al conductor. Cada vez más y más cerca. Aceleró a fondo y el coche se avalanzó vertiginosamente hacia ellas. Karen se volvió y empujó a Piper con el hombro hacia un hueco entre dos coches, sus costados chocaron contra los laterales de ambos vehículos. Hubo un golpe estruendoso, y el metal chirrió al rajarse y abollarse. Las dos se pegaron con fuerza contra el pavimento y se quedaron tendidas sobre la grava. Piper bajo ella y la maleta liada entre ambas. El coche de al lado se balanceó con violencia al recibir el impacto, la parte trasera patinó dando una vuelta hacia las dos enfermeras. El morro chocó contra el vehículo del otro lado y retrocedió con el rebote, se detuvo con la rueda posterior a sólo un centímetro de la cabeza de Piper.

El chirrido de los neumáticos inundó el estacionamiento. Alguien gritó, y escucharon el sonido de pies corriendo. Acto seguido las llantas empezaron a chirriar de nuevo y oyeron el rugido del motor que giraba al máximo de sus revoluciones por minuto, en breves instantes se fue debilitando con la distancia.

Con cautela, Karen se sentó. Ya estaba dolida, y este último insulto a su piel y a sus músculos sólo agravó las anteriores heridas. Ahora sus manos sangraban también, al haberse deslizado por el pavimento, y su rodilla derecha palpitaba.

Piper se sentó también al tiempo que se llevaba la mano a la cabeza. Se apoyó contra una rueda y miró a Karen.

—¿Estás bien? —dijeron al unísono.

Se miraron con los ojos muy abiertos durante otro segundo.

—Sí —contestó Karen finalmente—. ¿Y tú qué tal?

—¡Oh, las típicas contusiones y abrasiones! ¡Ese coche por poco nos pilla!

—¿Estáis bien? —Otra enfermera tuvo que saltar prácticamente por encima del parachoques para llegar hasta ellas—. ¡Ni siquiera ha parado! —se arrodilló junto a sus compañeras al tiempo que sacaba cosas de los bolsillos de su bata. Su placa de identificación revelaba que su nombre era Angela, y el diminuto koala que colgaba de su estetoscopio con garras de velcro revelaba que trabajaba en pediatría.

La mayoría de las enfermeras del primer turno se habían marchado ya; Piper iba tarde porque se había pasado por urgencias para recoger a Karen. Sin embargo, había todavía unas cuantas personas por allí, y todas se acercaron.

—Vaya a por unas sillas de ruedas —le pidió Angela a un enfermero, con voz tajante y serena.

—Estamos bien —dijeron al unísono Karen y Piper.

—No seáis estúpidas. Ambas necesitáis un reconocimiento. Sabéis que a veces la gente no puede decir si están lesionadas hasta varias horas más tarde, a causa de la conmoción —Angela hubiera sido un buen general; puede que le viniera de tratar todo el día con niños.

—Aquí tienes —dijo otra enfermera mientras rajaba un paquete desechable que contenía gasas antisépticas y se lo entregaba a Angela.

—¿Tienes más? —le preguntó Angela al tiempo que tomaba las manos de Karen y le limpiaba las palmas en carne viva y sangrantes.

—No, sólo estas. Veamos. —La segunda enfermera rebuscó en su bolsillo otra vez—. Aquí tenemos una cataplasma, pero es todo. —Trepó por el parachoques, ya que el vehículo estaba colocado de tal forma que la parte delantera tocaba casi el parachoques del coche de al lado. Karen y Piper se hallaban sentadas en el pequeño espacio en forma de «V» entre los dos coches. La enfermera se agachó junto a Piper que estaba en la parte ancha de la «V» y le presionó la cataplasma contra la brecha de la frente que rezumaba sangre lentamente.

—Es necesario que alguien llame a la policía —declaró con rotundidad—. Ese desgraciado no sólo ha estado a punto de atropellaros sino que ha abandonado el lugar de los hechos. Los propietarios de estos vehículos necesitarán el parte del accidente para las compañías de seguros.

—Tengo un móvil —dijo otra persona—. Llamaré.

En unos minutos el estacionamiento era un hervidero de personal de urgencias, acudieron tanto los médicos que daba la casualidad que estaban en el departamento en aquel momento y un doctor de urgencias así como dos enfermeras. Trajeron las dos sillas de ruedas, a pesar de las objeciones hechas con gruñidos por Karen y Piper. Piper intentó levantarse y se dejó caer de nuevo en el pavimento con una exclamación de alarma.

—Creo que he debido hacerme un esguince —dijo avergonzada—. Imagino que después de todo necesitaré esa silla, a menos que alguien quiera prestarme un par de muletas.

En ese instante un coche patrulla se detuvo en el estacionamiento, y todos tuvieron que dar su versión a la policía. El enfermero dijo:

—¡Hombre, ni siquiera llevaba placas de matrícula! Pude verlo bien cuando estaba abandonando el lugar, porque en ese instante era evidente que no iba a detenerse.

Nadie lo reconoció, pero era un hospital grande; era imposible que todos se conocieran. Y dado que no había vigilancia en el estacionamiento, cualquiera que quisiera podía estacionar allí independientemente de si trabajaba o no en el hospital. Se suponía que todos los coches llevaban pegatinas de identificación para indicar que el propietario era un empleado, pero nadie lo comprobaba jamás, así que las pegatinas no servían para nada.

Angela intervino.

—Yo estaba allí. Me dio la impresión de que intentaba atropellarlas. —No especuló sobre qué tipo de sustancias químicas podrían correr por la sangre del conductor, pero unos cuantos lo hicieron.

Karen lo sabía mejor que nadie. Cuando pudo, dijo con serenidad a uno de los agentes:

—Le agradecería que le comunicara lo sucedido al inspector Suter.

Le lanzó una mirada de «Claro, lo que usted ordene», y Karen añadió:

—Es la segunda vez hoy que intentan matarme. Estoy segura de que habrá oído lo que sucedió esta mañana, cuando dos agentes dispararon y mataron a un ladrón. Fue en mi apartamento.

Se puso todo serio de repente.

—¿Cree que fue intencionado?

—Sé que lo fue. Iba a por nosotras. —Karen se las arregló para mantener la voz firme, pero por dentro estaba temblando de cólera. El conductor no se había preocupado de que Piper resultara herida de gravedad, o quizá muerta. Cualquiera que estuviera con Karen era aparentemente tan prescindible como ella.

No podía decir cuándo había llegado a la conclusión de que alguien estaba intentando matarla... quizá cuando volaba entre los dos coches y oyó el impacto tras ella. Pero no era estúpida, y no era paranoica. Por muy improbable que pareciera, alguien estaba intentando matarla.

El inspector Suter, pensativo, se dio unos golpecitos en la rodilla con el cuaderno de notas. Karen se encontraba sentada en silencio tras haberle contado todo. Le explicó en pocas palabras lo de la muerte de su padre y lo del incendio de su antigua casa. Junto con los dos incidentes de aquel día, era suficiente para hacer pensar a cualquiera.

La radiografía del tobillo de Piper reveló una fractura muy leve. No fue necesario escayolar, pero le vendaron bien el tobillo, debía estar de baja una semana bajo prescripción médica. A Karen le desinfectaron los rasguños y se los vendaron, pero podía marcharse. La cuestión era, ¿dónde?

Señorita Whitlaw —empezó lentamente el inspector Suter, eligiendo las palabras para no ofenderla—, ha tenido un día muy duro. A cualquiera que haya pasado por lo que usted puede perdonársele pensar que hay una conspiración contra ella. Siento lo de su padre, también, pero por lo que me ha dicho, vivía en las calles y ese tipo de crímenes son muy corrientes. En cuanto a lo del incendio de la casa... —Parecía impotente—. ¿Cómo puede relacionar eso con lo demás?

—Miré la guia de teléfonos —continuó ella—. Las nuevas no salen hasta diciembre. Mi dirección aparece todavía como la de la casa incendiada.

—Todavía...

Karen se incorporó.

—Alguien sabía que me encontraba aún en el hospital esta tarde, que me iría a casa con Piper. ¿Por qué sino iba a haber estado esperando en el estacionamiento? Trabajo en el tercer turno; normalmente no hubiera estado a esta hora del día allí. Usted sabía que me iba con Piper, porque estaba delante cuando ella me lo preguntó. ¿Quién más lo sabía?

El rostro del inspector se contrajo inexpresivo y habló despacio.

—Entiendo lo que quiere decir. Me imagino que me complace el que no me esté acusando de algo.

Karen no confiaba en él, tampoco, pero no se lo dijo. Pensaba que era un poli honesto y recto, por eso había preguntado por él, pero a estas alturas no daba ya nada por sentado.

—Su paradero no era un secreto —dijo con lentitud—. Varias personas preguntaron por su estado, y yo les dije que estaba bien y que se iría a casa con una de las otras enfermeras cuando terminara su turno. Por ese motivo, puede que alguien llamara al hospital y lo comprobara.

—Únicamente le hubieran dado un informe de mi salud, no mis planes para la noche.

El inspector parecía claramente contrariado.

—Señorita Whitlaw, mirando las cosas desde esa perspectiva, estoy de acuerdo en que aquí está ocurriendo algo extraño. ¿Pero por qué iba nadie a querer matarla? ¿Le debe mucho dinero a alguien? ¿Presenció algo que no debería? ¿Conoce algún terrible secreto?

Karen agitó la cabeza ante todas aquellas preguntas.

—No, nada de eso. No sé por qué alguien querría matarme, pero todo indica que alguien lo está intentando. Y a ese hombre que intentó atropellarme con su coche no le importaba tampoco pillar a Piper. Mis amigos están en peligro, inspector. No puedo quedarme con nadie sin preocuparme de que pueda morir en un incendio o de un disparo si se pone delante de mí en el momento inadecuado. ¿Qué se supone que debo hacer?

—No lo sé —hizo girar una y otra vez el cuaderno—. No puedo ayudarla. Ni siquiera puedo justificar una investigación, porque no hay nade en qué basarse. La única muerte es la de ese tipo que irrumpió en su casa. Si nos tropezamos con un Pontiac beige sin placas de matrícula, con el parachoques abollado por el lado derecho y arañazos de pintura, podemos detener al conductor por abandonar el lugar del accidente, pero eso es todo. No por intento de asesinato. No sé qué decirle, salvo que debería pedir una excedencia e irse a algún lugar seguro. Tampoco le diga a nadie dónde va.

—¿Una excedencia? —dijo con un suspiro de asombro. En el hospital no se daban tales cosas como una excedencia a menos que fuera por razones médicas. La administración le concedería su petición de baja, pero que hubiera o no una vacante para cuando regresara era otra cuestión de sesenta y cuatro mil dólares. Tendría que ser también una excedencia sin sueldo, lo cual se comería sus ahorros. Debido a la póliza del seguro de vida de su madre y a los trámites por la venta de la casa, tenía más dinero en el banco de lo que jamás se hubiera imaginado, pero bajo ningún concepto podría sencillamente abandonar el trabajo.

—Piénselo —le rogó el inspector Suter.

γ

Esta vez, Karen avanzó sola por el estacionamiento, para retirar el coche de Piper y luego recogerla en urgencias. Había anochecido prácticamente; el sol del crepúsculo aún pendía en el horizonte, pero las luces de la calle estaban encendidas. Le hubiera pedido a algún enfermero o enfermera que le acompañara, pero después del accidente y fuga del conductor, no quería arriesgar la vida de nadie más.

Toda la situación parecía un episodio de Expediente X, con el peligro acechando a su alrededor, sin saber bajo qué forma aparecería ni por qué era el blanco.

Una excedencia. Eso era lo que quería el inspector Suter que hiciera. Esconderse. ¿Pero si no sabía de qué se estaba escondiendo, cómo sabría cuándo era seguro salir del escondite?

Todo estaba relacionado entre sí en cierto modo. Todo. Desde la muerte de su padre hasta los dos ataques de ese día, todo estaba motivado por lo mismo.

Estaba muy cansada, demasiado fatigada para pensar con claridad. Con toda seguridad, cuando descansara, sería capaz de ver el argumento que ahora se le escapaba. Además había dormido muy poco en estos dos últimos días, y hoy su sistema nervioso había sufrido una fuerte conmoción desde el principio hasta el final.

Podía pensar, sin embargo, con claridad suficiente para saber que no podía ir a casa de Piper. Su conciencia la atormentaba, porque Piper llevaba muletas y necesitaba a alguien. Pero la presencia de Karen atraía el peligro, y estaba demasiado exhausta esta noche para permanecer despierta y en alerta.

Por otro lado, Piper tampoco podría ir a su casa, porque «él» sabía que Karen tenía planes de irse con ella. Al haber fallado una vez, lo más lógico sería que intentara atraparla allí. Podría estar ya en su residencia, dentro, esperándolas.

La piel se le erizó al pensar en entrar en una casa a oscuras y ser recibidas por un extraño armado.

¡Un motel, eso estaba muy bien! Sólo por aquella noche, para las dos. Piper no era estúpida; vería que lo único razonable sería no arriesgarse a ir a casa. Al día siguiente... bueno, por la mañana pensaría en otra cosa. Piper tenía una hermana con la que podría quedarse.

Y Karen sabía dónde iba a ir. Si tenía que esconderse, tenía intención de hacerlo en el único lugar donde realmente quería estar. Se marcharía a Nueva Orleans. Con Marc. Todo lo que tenía que hacer era mantenerse con vida hasta entonces.

γ

Marc colgó el teléfono, con el ceño fruncido. Karen todavía no había llegado a casa. Ya la había llamado dos veces, aunque estaba terriblemente cabreado ,porque después del baño sangriento del District Garden hablar con ella parecía de repente más importante que calmarse. Aunque estuviera enfadado, Karen necesitaba saber que él se interesaba lo bastante para ponerse en contacto. Al intentar no asustarla, pensó, había cometido el error de no dejarle saber que significaba algo más para él que un simple momento de pasión entre las sábanas. Por lo general no solía ser tan torpe en las aventuras amorosas, pero diablos...

Se pasó la mano por el rostro. La palabra clave antes era «aventura». Ahora el énfasis estaba en la otra palabra.

Amorosa. Nunca antes había estado enamorado. Había querido enormemente a algunas de sus amantes, pero nunca había sentido esa fascinación, esa obsesión, por una mujer. La amaba, y le preocupaba enormemente. ¿Qué ocurriría si cometiera un error? Parecía estar andando sobre una frágil cuerda floja, con cuidado de no mostrarse tan duro que se asustara, ni de reprimirse tanto que pensara que no le importaba.

Al diablo con ello, pensó. De ahora en adelante, iba a guiarse por sus instintos, que se traducían en avanzar lo más rápido posible y asegurarse bien de que ella y todo el mundo conociera sus intenciones. La primitiva urgencia por dejar claros sus derechos iba más allá de lo físico; hacerle el amor era maravilloso, pero él quería todos las vínculos legales, quería su anillo en el dedo de ella para que todos lo vieran.

¿Pero dónde diablos estaba?

Si conocía a Karen, había ido a trabajar la noche anterior, no importaba que hubiera dormido poco anteanoche, no importaba el ajetreo de los aeropuertos, la lucha por el equipaje. No la había llamado antes porque se imaginaba que estaría durmiendo, pero ahora era lo bastante tarde para que estuviera despierta. La noche había caído, y el Quarter estaba animado de turistas que buscaban buena comida, música apasionada, antros típicos de striptease, todo lo cual estaba ya a su disposión.

Se le pasó por la cabeza que ella no sabía el número de teléfono de su casa, y que no podría conseguirlo llamando a información porque no estaba en la guía. Marcó de nuevo el número de Karen y dejó un tercer mensaje, dándole el número y terminando con: «Llámame, querida. No importa a la hora que llegues, llámame».

De todas formas tenía el número de su contestador. Con la más remota esperanza de que hubiera llamado, Marc marcó unos cuantos números más y escuchó los mensajes. Había sólo dos, uno de un mocoso del arroyo intentando sumar puntos pasándole una información que Marc ya tenía desde hacía dos días, pero el segundo era de Karen. El corazón le latió con fuerza contra las costillas al oír su voz.

—Soy Karen. Alguien intenta matarme. Cogeré el vuelo uno, seis, dos, uno, de American, que llega a las diez treinta de la mañana.

Se le pusieron de punta los pelos de todo el cuerpo. Marc esperó, perjurando, sudando, a que el mensaje continuara dándole más información de dónde podía localizarla ahora, pero la comunicación se cortó y nada salvo el silencio fue lo que escuchó.

—¡Maldita sea! Se levantó y empezó a dar vueltas con paso lento por el cuarto de estar mientras pensaba. Esto debía de estar relacionado con su padre, al igual que la muerte de Medina. Pero ¿cómo? ¿Por qué? El contraste hecho con el plomo sacado del cuerpo de Medina no correspondía con el que había matado a Dexter Whitlaw, pero que no hubieran sido asesinados con la misma arma no significaba que las muertes no estuvieran relacionadas. Ni que esto tampoco lo estuviera. El instinto de policía que había desarrollado tras años en la profesión le decía que Karen corría peligro por las mismísima razón que su padre había sido asesinado. El problema era que no sabía por qué, no tenía ni una pista de quién estaba detrás, y Karen estaba evidentemente escondida en algún lugar y no sabía cómo ponerse en contacto con ella.

—¡Hijos de puta! —murmuró, y descolgó el teléfono una vez más. Tenía instrucciones para Shannon.

El único asiento libre en el vuelo era junto a la ventanilla, en la última fila. Karen tenía la vista clavada en el gran cuenco azul del lago Pontchartrain y en la espiral marrón del río Mississippi, con Nueva Orleans ubicada entre ambos. Todo había empezado allí, con Dexter. Aunque Marc no estuviera interesado en su persona, aun así la ayudaría, porque era un buen policía, y Dexter había sido asesinado en su territorio.

Todavía no había hablado con él. Cuando le llamó desde un teléfono público la noche anterior, dio con el contestador otra vez. El mensaje que dejó era el siguiente: «Soy Karen. Alguien está intentando matarme». Luego le dio el número del vuelo y la hora de llegada, estaba demasiado cansada para pensar en qué más decirle, así que colgó.

Quizá ir en su busca no era una idea tan brillante, pero era la única persona que creía que le podía ayudar, y estaría con toda certeza más segura en Nueva Orleans de lo que había estado en Columbus. Tuvo que utilizar su nombre verdadero para adquirir el billete de avión, ya que ahora se exigía a los pasajeros enseñar el documento de identidad a la hora de facturar. Suponiendo que la persona que le perseguía fuera un experto, tuviera contactos y dinero, podría seguir su rastro hasta Nueva Orleans, pero una vez que estuviera allí, Karen tenía planeado inscribirse en un hotel bajo un nombre falso y pagar al contado, de modo que no hubiera ningún documento ni ningún rastro electrónico que se pudiera seguir. Nueva Orleans era una ciudad grande, turística, con miles de turistas que acudían los fines de semana y un montón de moteles para alojarlos. Podría ocultarse con facilidad.

Se le ocurrió ahora, después de haber dormido un poco y poder pensar de nuevo, que podría haber permanecido con la misma facilidad en un motel de Columbus en las misma condiciones. Columbus era más peligroso, sin embargo, porque la gente que la conocía, podría, si alguien preguntaba, decir: «Ah, sí, la ví hace un par de días. Estaba en el supermercado de tal y tal calle». Pasaba mucha gente por el hospital, y muchos de ellos la recordaban. Constantemente, le hablaban extraños, contándole su paso por el hospital, y ella siempre les sonreía y asentía, pero rara vez recordaba algo de ellos.

No quería estar en Columbus. Quería estar en Nueva Orleans, con su aire cargado y pegajoso de perversidad desenfadada y alegre. Así que allí se encontraba, aunque no tenía ni idea de si Marc estaría en el aeropuerto ni de qué clase de recibimiento le dispensaría en el caso de que así fuera. Si no la estaba esperando, tomaría un taxi hasta la ciudad. Él tenía trabajo, uno que requería toda su atención. Sólo porque en otra ocasión le hubiera dedicado su tiempo no quería decir que pudiera o lo hiciera otra vez.

El avión aterrizó con un ligero rebote, y siguieron rodando hasta la terminal. En cuanto el aparato dio una pequeña sacudida para detenerse por completo ante la pasarela de acceso, los pasajeros desobedecieron las instrucciones de permanecer sentados hasta que el comandante desactivara la señal *de* mantener los cinturones abrochados y se agolparon en el estrecho pasillo, al tiempo que tomaban las bolsas de los compartimentos sobre su cabezas, y tiraban de otras bajo los asientos. Karen permaneció sentada; la parte trasera del avión era siempre la última en vaciarse, y ella se encontraba en la última fila. A parte de para estirar las piernas, levantarse no hubiera sido de ninguna utilidad porque era evidente que durante un rato no iba a ir a ningún sitio.

Finalmente, la cola empezó a serpentear hacia delante y el avión se vació a trompicones. Karen salió del exiguo asiento deslizándose, hizo una mueca al sentir el dolor de costillas, de rodillas, de manos. Le dolía todo. Esa mañana, Piper y ella se habían vendado la una a la otra con solemnidad, luego se abrazaron para despedirse y rieron y lloraron al mismo tiempo. Piper criticó en un principio toda la extravagante idea de que alguien intentaba matarla, pero cuanto más pensaba en ello, más se preocupaba, y al final admitió que lo más seguro era desaparecer de la vista.

Piper había tenido razón en otra cosa, también. Con las manos vendadas, la gente se apresuraría a llevarle la maleta.

Aunque su guardarropa se limitaba a lo que le había empaquetado la mujer policía, cuando Karen por fin salió del avión al calor y a la humedad de la pasarela, advirtió que iba mejor vestida para Nueva Orleans que la vez anterior. Aparte de dos trajes de uniforme, su vestuario actualmente consistía en dos pares de vaqueros, una falda floreada ligera que le llegaba hasta media pantorrilla, tres camisetas de algodón, algunos calcetines, ropa interior, zapatillas de lona, y un par de sandalias. Ahora llevaba puesta la falda y las sandalias y se sentía mucho más fresca que en el otro viaje.

Marc la pescó tan pronto puso el pie en la terminal. Esa era la palabra exacta para describirlo. Un mano firme se cerró sobre su nuca, haciendo que se detuviera, y le dijo con violencia reprimida:

—¿Qué diablos está ocurriendo?

# 16

Aún continuaba enfadado, pensó Karen. No, enfadado no era la palabra adecuada; estaba furioso, sus ojos brillaban, su labios se reducían a una sombría línea fina, pálido alrededor de los ojos y de la nariz. Estaba tan contenta de verlo que cerró los ojos al tiempo que un suspiro de alivio salía como un susurro de su pulmones.

—¡Hola! —dijo ella, otra palabra inadecuada.

Acto seguido estaba en sus brazos. Él la había atraído con cuidado, como si tuviera miedo de herirla. Karen sintió el corazón de él latir bajo su mejilla, su delicada respiración contra su cabello, la dureza del bulto de su pistola en la funda de su cintura, y era tan maravillosa la sensación de estar allí que la desaparición de la soledad casi le dolió. Nunca había experimentado esa sensación de unión con nadie, esa sensación de bienestar al tocar con su cuerpo el de él, esa pura y deliciosa sensación de regreso al hogar.

—¡Qué mal estás! —exclamó Marc, la brusquedad de su comentario estaba tan alejada de su habitual cortesía, que Karen pensó que debía de estar desconcertado. En realidad tenía un aspecto bastante lamentable: coja, ambas manos vendadas, un morado en la mejilla, y en conjunto esa apariencia pálida y de cansancio que era resultado de pocas horas de sueño y demasiado estrés.

—Ayer fue un día muy ajetreado.

—¿Hay lesiones que no pueda ver? —las palabras eran tirantes.

—Las costillas. Doloridas, pero no están rotas.

Murmuró entre dientes otra maldición.

—Vayámonos de aquí. ¿Algo más de equipaje?

—Una bolsa.

—¿Necesitas una silla de ruedas?

Karen echó la cabeza hacia atrás y le lanzó una mirada de horror.

—¡No! Así atraería más la atención. Tengo la rodilla entumecida, pero puedo andar perfectamente bien. Vayamos a por mi maleta y salgamos de aquí.

La línea de su boca no se relajó, ni el brillo duro de su ojos se había suavizado; sin embargo, redujo sus grandes zancadas para adaptarse a su paso más reposado, la rodeó por la cintura con el brazo como si creyera que necesitaba apoyo. Cuanto más andaba, más se le relajaba la rodilla, y si caminaba despacio, no cojeaba.

—Si alguien tuviera medios, ¿cuánto tiempo le llevaría descubrir que he tomado un avión hasta aquí?

—Si alguien tuviera los medios, podría tener a alguien aquí esperándote o bien estaría él mismo. —Daba la impresión de que quisiera hacer algo violento.

Karen se detuvo, su corazón sobresaltado por el pánico.

—¡Aléjate de mí! —dijo con violencia—. ¡Si estás conmigo, entonces tú también corres peligro!

Él se volvió para mirarla de frente.

—Tú vienes conmigo —dijo con los dientes apretados—. Si tengo que tomarte en brazos y llevarte; entonces sí atraerás la atención —la tomó por el brazo y la guió hacia las escaleras mecánicas—. Tras oír tu mensaje, tomé precauciones. No estoy solo aquí.

Karen decidió no presionarle más. Por lo que podía observar, su carácter no se había apaciguado en absoluto en estos dos últimos días. Parecía peligroso, su mirada era dura e intranquila mientras observaba a la gente alrededor de ellos, y Karen sospechaba que acogería de buen agrado la oportunidad de descargar ese genio contra alguien.

La salida del avión había llevado tanto tiempo que el equipaje estaba siendo descargado en ese momento. La cinta transportadora trajo con un traqueteo su maleta; ella la señaló y Marc la agarró.

Estaba estacionado en el bordillo. Otro coche se detuvo pegado, detrás de él, y un delgado y atractivo joven de color se colocó junto a ellos en la acera; llevaba los ojos protegidos por unas gafas de sol.

—¿Ves algo? —le preguntó Marc mientras metía el equipaje en el maletero. Él también se había puesto las gafas de sol, que le daban un aspecto frío e inexpresivo.

—Nada fuera de lugar. Todo está tranquilo como un convento.

—Bien. Karen, te presento a Antonio Shannon. Antonio, Karen Whitlaw.

—Encantada de conocerle —dijo Karen—. ¿Es también policía?

—Sí, señorita —Shannon le sonrió. Al igual que Marc, llevaba puesta una chaqueta a pesar del calor.

Marc abrió la puerta delantera de acompañantes y la hizo entrar en el coche, su cálida mano colocada a la altura de los riñones. Aquella caricia era tan familiar, tan posesiva, que la hizo estremecerse.

—Vigilaré de cerca y me aseguraré de que no te siguen —dijo Shannon con tranquilidad a Marc.

—Gracias. He hecho una llamada a McPherson, pero estoy desviando todo a través de ti para que no haya ninguna conexión directa con mi casa o con el teléfono de allí.

Shannon asintió.

—Bien. Ahora márchate, ponla a salvo. Yo me encargaré de todo.

Marc le dio una palmada en el hombro en señal de aprecio y se acomodó tras el volante. Al ponerse en marcha y alejarse del bordillo, observó por el espejo retrovisor cómo Shannon hacía lo mismo, se quedó lo bastante atrás para poder ver si alguien intentaba seguir a Marc. Sahnnon tenía buen instinto, quizá como resultado de su preparación militar, quizá porque era astuto por naturaleza.

Karen se aclaró la garganta.

—¿El inspector Shannon es tu compañero?

—En Nueva Orleans, los inspectores no trabajan en equipo. Pero él trabajó conmigo en el caso de tu padre, y seguimos en ello. Confío en él.

—¿Quién es McPherson?

—Alguien que puede proporcionarnos alguna información. Ahora... —su voz era comedida, pero Karen podía percibir aún la violencia reprimida—. Cuéntame lo que sucedió ayer.

Así lo hizo Karen, con toda la tranquilidad y concreción posibles. También le contó lo del incendio que destruyó por completo su anterior casa. Marc asimiló todo en silencio durante un minuto.

—¿Sabes el nombre del bastardo que entró en tu apartamento?

—Carl Clancy —el inspector Suter se lo había dicho, para comprobar si lo conocía.

Él le señaló el morado de la cara.

—¿Te lo hizo él?

—Sí, pero lo de las manos y la rodilla son cortesía del otro bastardo, del que nos intentó pillar y se fugó. En realidad, mis manos sólo están arañadas. Piper me colocó estos vendajes impactantes para que la gente me ayudara con la maleta. Debido al dolor de costillas, me costaba trabajo manejarla.

Marc dijo algo en voz baja, algo vil e ingenioso. Karen mantuvo la mirada al frente. Si Marc perjuraba de ese modo, era un volcán a punto de estallar.

—Sé que suena inverosímil —soltó de repente ella—. Puede que me entrara el pánico. Pero dos veces en un mismo día parecen demasiadas coincidencias, y cuando lo añadí a la muerte de mi padre y al incendio de mi casa, yo... ¿cuál es el término jurídico? ¿Prueba irrefutable? Eso era lo que parecía. ¿O estoy siendo paranoica?

—No, no creo que seas paranoica. Ocurrió algo en relación con el caso de tu padre que me inquietó bastante. —Miró otra vez por el espejo retrovisor.

—¿Qué? —Se volvió y miró detrás de ellos—. ¿Nos siguen?

—Sólo Antonio.

—Dime qué ocurrió.

—Apareció otro cuerpo, en Mississippi. El otro hombre y tu padre se conocían, y con toda probabilidad fueron asesinados al mismo tiempo. El otro cadáver fue encontrado en un coche bajo el intenso calor, de forma que el forense no puede determinar la hora de su muerte con la misma precisión, pero hay poca diferencia.

—¿Cómo se llama el otro hombre?

—Rick Medina. Tu padre lo conoció en Vietnam. ¿Oíste hablar de él alguna vez?

Karen hizo un gesto negativo con la cabeza.

—Trabajaba para la CIA.

Sorprendida dijo:

—Papá no era de la CIA.

—Lo sé, pero se conocían de todas formas. Al principio, cuando descubrí lo de Medina, pensé que quizás él era el principal objetivo y que tu padre se interpuso en el camino. Pero ahora...

Ahora con aquellos ataques contra ella, daba la sensación que la historia daba la vuelta.

Karen se frotó la frente.

—¿Por qué vienen a por mí? No sé nada de lo que hacía.

—Es evidente que hay alguien que piensa todo lo contrario.

—¿Crees que tiene algo que ver con la CIA?

Marc agitó la cabeza.

—Parecen saber tanto como nosotros. Medina trabajaba ocasionalmente para ellos, pero en ese momento no estaba bajo sus órdenes. Nadie sabe por qué se encontraba aquí.

—Otro callejón sin salida.

—O una pista. Quienquiera que arrojara el cuerpo de Medina lo hizo al otro lado de la frontera del estado, probablemente pensando que no se vincularían las dos muertes. La muerte de Medina parecía un robo, excepto que dejaron el coche, el cual valía un montón de dinero si era lo que buscaban. Era como si quisieran que fuera identificado sin problemas.

—¿Por qué querrían que fuera identificado?

—Porque querían que alguien supiera que estaba muerto. ¿Quién y por qué?

—Seguimos diciendo «ellos».

—No creo que una persona sola pudiera habérselas arreglado para llevar a cabo los dos asesinatos con tanta pulcritud, sin testigos.

Así que, ¿con qué se estaban enfrentando? ¿Con un ejército de asesinos? ¿Gente que ella no podría reconocer, que podrían llegar a su puerta en cualquier momento, quizá con un uniforme de agente de policía, y matarla cuando abriera la puerta? ¿Se sentiría alguna vez libre para cruzar una calle sin preguntarse si uno de los coches que esperaban en el semáforo arrancaría antes de tiempo y la atropellaría?

Ahora estaba siendo paranoica, ¿pero dónde acababa esto?

Sacudió la cabeza, se dio cuenta de que habían estado en silencio durante un largo rato y estaban casi en Nueva Orleans.

—Si no te importa, llévame a un motel agradable y tranquilo, que haya un supermercado al que pueda ir andando. Pagaré en metálico todo, por tanto si me inscribo bajo un nombre falso, se supone que estaré lo bastante segura.

La mandíbula de Marc se tensó. El estómago de ella se contrajo en un arrebato de deseo y terror mezclados.

—No puedo quedarme contigo. Si me encuentran, correrás peligro también.

—Y si te encuentran, estarás cien veces más segura conmigo que estando tú sola en la habitación de algún motel.

Había sido un instinto ciego lo que la había llevado a Nueva Orleans, una necesidad aterradora de estar cerca de Marc, pero ahora que se hallaba aquí, sabía que no podría vivir consigo misma si le ocurriera algo a Marc por su culpa.

—No puedo arriesgarme. Una vez que me sigan el rastro hasta Nueva Orleans, ¿no sería tu casa el primer lugar al que acudirían?

—¿Por qué iban a hacerlo? Muy al contrario de lo que piensas, nadie excepto nosotros sabe que pasamos la última noche que estuviste aquí echando polvos todo el tiempo como una pareja de visones.

Lo dijo con toda tranquilidad, el tono rico y enigmático de su voz moldeando las palabras como caricias. Si lo que pretendía era sobresaltarla, lo había conseguido. Si su intención era obligarla a recordar la intimidad que habían compartido, también lo había conseguido. Sintió cómo se le calentaba el rostro a medida que el rubor se extendía desde el pecho hacia arriba.

Intentó no hacer caso ni del rubor ni de su comentario, manteniéndose en sus trece con obstinación.

—Eres el único que investigó la muerte de mi padre. Naturalmente, te vigilarían...

—Casi les daría la bienvenida —dijo con suavidad—. Voy armado y estoy cabreado.

Sí, estaba... realmente cabreado. Otra vez. O todavía. Karen se quedó observando con la mirada perdida por la ventana.

Salió por la I-10 y avanzó por Canal Street, luego camino abajo por Chartres, a continuación a la izquierda hacia St. Louis. Pulsó para que se abriera la puerta del garaje y Karen consiguió no esconder la cabeza cuando el coche avanzó por debajo de la puerta que se estaba abriendo y el espacio para pasar era mínimo.

—¿Hasta cuándo vas a fingir que no ocurrió? —le preguntó antes de salir del vehículo y abrirle la puerta. A continuación recogió la bolsa del maletero.

Karen se mordió el labio mientras le precedía al subir las escaleras. Se sentía guiada como un rebaño, como si no tuviera otra elección salvo seguir en la dirección que él había elegido.

—No estoy fingiendo. Sé muy bien lo que hice. Tienes derecho a estar enfadado, y me disculpo. Actué como una estúpida al huir como lo hice. No estoy acostumbrada a... bueno, lo siento.

—No estás acostumbrada a acostarte con un hombre —terminó él mientras giraba la llave y se echaba a un lado para que ella entrara. Continuó hablando al tiempo que cerraba de nuevo con llave y dejaba caer la maleta con un ruido sordo—. Explícame por qué huiste.

Incómoda, se apartó de él, avergonzada por completo.

—La principal razón fue falta de coraje. No sabía... no podía imaginarme por qué lo habías hecho.

Por una vez, daba la impresión de estar asombrado.

—¿Qué? —preguntó con rotundidad.

Para entretenerse con algo, empezó a desliar los enormes vendajes que le cubrían las manos, concentrada en hacer un rollo perfecto con la venda al tiempo que la quitaba.

—La conclusión menos desconcertante a la que pude llegar fue que estabas caliente, y yo estaba a mano.

—Tenías razón en cuanto a la parte caliente —alargó las manos y se hizo cargo de la tarea—. Pero no te utilicé como sustituta de mi mano. Te deseaba. Si esa es la conclusión menos desconcertante, no estoy seguro de querer oír la otra.

—Las otras dos.

—¡Dios! De acuerdo, ¿cuál es la siguiente?

—Que te daba lástima.

Sus manos se quedaron inmóviles sobre la venda. Con lentitud, levantó la cabeza, la incredulidad escrita en su rostro.

—¿Pensaste que me mantuve erecto toda la noche porque me dabas pena?

—Fuiste tan amable —intentó explicar, sintiéndose impotente y poco preparada para la tarea—. No hubiera podido arreglármelas sin tu ayuda. Pero entonces me desmoroné, en el funeral, y pensé que te sentiste obligado, que no podías dejarme sola en el hotel...

—Karen —dijo agitando la cabeza un poco, como si intentara despejarla—. Eso es llevar la compasión demasiado lejos, ¿no crees? Mi cama no es un centro de caridad.

Se mordió de nuevo el labio y se quedó en silencio. Marc desnudó una de las manos y giró la palma en carne viva hacia arriba para poder inspeccionarla. Le volvió al rostro aquella expresión sombría, pero tomó la otra mano sin hacer ningún comentario y continuó.

—De acuerdo. ¿Cuál es la tercera razón?

Esta era la más dura, pero le debía un explicación completa. Le costaba trabajo mantener la voz firme.

—El primer día... supe que no te gustaba. ¿No me lo imaginé verdad?

A pesar de intentarlo, no pudo evitar un gesto de dolor.

Él mantuvo su negra cabeza agachada sobre la mano de ella.

—No —dijo finalmente—. No lo imaginaste.

Karen tragó saliva, sintiendo que sus entrañas se desgarraban.

—No lo creía —susurró a continuación con voz más fuerte añadió—: Bueno, en cualquier caso, el motivo más convincente en el que pude pensar fue que lo habías hecho por... bueno, no por venganza, sino por rebajarme en cierto modo.

—¿Utilizarte, y luego echarte de una patada? —seguía sin mirarla, pero ella pudo ver cómo el músculo de la mandíbula se tensaba.

—Algo así. Porque no te gustaba —repitió, como si quisiera grabárselo, intentando enfrentarse a ello de cara para no derrumbarse por el dolor que le producía.

—No, al principio no —se detuvo y su gran mano acunó con ternura la de ella—. Más bien estaba enfadado, pero no me llevó mucho tiempo descubrir que no eras como pensaba en un principio. En realidad, en una hora lo supe. Empecé a darle vueltas a la idea cuando casi te desmayaste ante mí, pero luego, cuando observabas el vídeo e intentabas actuar con calma, tan insensible... te estabas desmoronando, y lo supe.

—¿Cómo? —le preguntó, experimentando cierta agresividad. Había intentado con todas sus fuerzas mantener el control, la técnica que había perfeccionado a lo largo de los años. No le gustaba pensar que había sido tan transparente.

—Apretabas con tal fuerza los puños que casi habían perdido todo color. Eres como la melcocha, amor. En lugar de no sentir lo bastante, sientes demasiado. Intentas cuidar de todo y de todos, y luego te machascas a ti misma cuando no puedes hacerlo. —Le lanzó una chispeante mirada de soslayo—. A propósito, ¿recibiste alguno de mis mensajes?

—Claro que lo recibí: «¡Maldita sea, Karen!» —citó textualmente, y observó cómo su piel color aceituna se oscurecía a medida que la sangre le subía a las mejillas. Casi se alegró de verlo avergonzado, porque de este modo contrarrestaba su propia sensación de vulnerabilidad. Veía demasiado; se sentía completamente desnuda, incluso más que cuando la despojó en realidad de su ropa. Estaba acostumbrada a proteger tras un muro sus emociones, y le conmocionó darse cuenta de lo transparente que era para él.

—Lo siento —se disculpó con voz ronca—. Estaba tan enfurecido que yo... en cualquier caso, dejé tres mensajes ayer.

—¡Vaya! Con todo lo que estaba sucediendo, no se me ocurrió llamar al contestador y comprobar los mensajes ¿Qué decías?

—Llámame. Por favor. Luego recibí tu mensaje, y estuve cagado de miedo hasta que saliste del avión —respiró profundo y se encogió de hombros al exhalar el aire—. Necesitamos hablar.

—Estamos hablando —subrayó Karen.

—No así. —De repente, se inclinó y la levantó en los brazos.

Sorprendida, se agarró a su cuello para no perder el equilibrio.

—¿Qué estás haciendo? —medio gritó mientras él la conducía a su dormitorio y la colocaba en la cama.

—Hacerte una revisión —contestó al tiempo que se agachaba apoyándose en una rodilla y le tomaba la mano de nuevo para terminar de quitarle la venda. Inspeccionó la mano, luego le echó la falda hacia atrás para echarle un vistazo a las rodillas. Ambas estaban despellejadas y magulladas, pero por lo que podía ver ninguna de las lesiones era grave. Alzó sus pies y le quitó las sandalias—. ¿Así que basándote en una primera impresión, no hiciste caso de tres días de intensivo cortejo? —Marc le lanzó otra de esas miradas chispeantes—. Bueno, al menos tan intensivo como pude, bajo tales circunstancias.

—Cuando pensaba en ello, todo parecía tan... premeditado. Planeado —le puso una mirada de enfado—. ¡Llevabas puesto ya un condón mientras bailábamos!

—¡Y además lo conservé todo el tiempo que estábamos bailando, por Dios, debería darte una idea de lo excitado que estaba! —Se levantó, se quitó la chaqueta, y la echó a un lado. A continuación empezó a desabrocharse la camisa con movimientos convulsivos, la nariz ensanchada por el enfado—. Intentaba ser considerado. No creí que te agradara tener que preocuparte por un posible embarazo o por una enfermedad al comienzo de nuestra relación.

Karen lo observaba, sus ojos abiertos de par en par, su boca seca. No le preguntó siquiera: «¿Qué estás haciendo?», lo cual hubiera sido estúpido porque era obvio. No preguntó: «¿Qué relación?». Porque no quería preguntarlo tan directamente en caso de que hubiera oído mal. Quería decirle que sí apreció su consideración al ponerse el condón, pero tampoco se lo dijo.

Se limitó a observarlo, su corazón latiéndole con fuerza, los pezones erectos. Ávida, abarcó con la vista sus hombros brillantes y poderosos, su agradable tórax amplio y cubierto de vello. Vestido, parecía tener amplios hombros y estar bien proporcionado; desnudo, era más fibroso, con un vientre liso, surcado por músculos, una línea de suave vello recorría desde el centro de este el trayecto hasta su sexo. Pensó en seguir aquella línea con la lengua y tomarlo en su boca; entonces todo su cuerpo se pondría rígido y emitiría aquel maravilloso gemido profundo. Lo deseaba. ¡Dios santo lo deseaba ahora y para siempre!

Marc dejó caer la camisa al suelo y se quitó los zapatos con una sacudida, acto seguido se despojó de los calcetines.

—No puedo creerme que te enfurecieras por lo de la goma —musitó al levantar la vista hacia ella, y por un momento su mirada fue tan ardiente que creyó que se abrasaría.

Karen alargó la mano y le tocó el estómago, palpó su suave piel cálida y la firme masa de músculos bajo esta.

—No fue el condón, fue que todo parecía ser tan deliberado, como si estuvieras siguiendo un plan.

—Lo seguía —reconoció sin rodeos—. Llevaba tres días trabajando para llevarte hasta la cama, y temía que al pararme para ponerme un condón te diera una oportunidad para pensarte dos veces lo que estábamos haciendo y que te echaras atrás. Así que me puse primero el preservativo.

—Y conservarlo, también, por Dios —bromeó ella, con una sonrisa. Arrastró los dedos por su ombligo hasta la cintura de sus pantalones, siguiendo la línea de vello sedoso.

Los ojos de Marc brillaban mientras la miraba desde su posición más elevada.

—Quítate la ropa. —Las palabras fueron pronunciadas en voz baja, bronca, casi en un susurro.

Su corazón latía con más fuerza. Se levantó y empezó a quitarse la ropa, la respiración precipitándose al entrar y salir por la excitación. Acusó la presión del deseo en lo más profundo de su ser, la inseparable condescendencia y exigencia del deseo puro. Dejó caer la blusa al suelo, acto seguido se desabrochó la falda y dio un paso para salir de ella. La mirada de Marc estaba clavada en su pecho, mientras Karen desenganchaba el broche delantero del sujetador y lo dejaba caer, y se percató de que la respiración de él también se estaba acelerando.

Con mirada crítica, echó un vistazo a sus costillas al tiempo que se despojaba de los pantalones y la ropa interior empujándolos hacia abajo con un único movimiento suave. Sus costillas estaban salpicadas por unas marcas de color morado; Marc apretó los puños antes de relajarlos deliberadamente para tocar las magulladuras.

—¿Estás demasiado dolorida para esto?

—No —dijo con suavidad, observando su eminente erección y agradadeciendo doblemente su preocupación porque era obvio que su excitación era apremiante. Pero había que tener en cuenta, que ella también lo estaba. Se quitó las braguitas y se sentó en la cama.

Al instante él estaba allí, un sólido brazo envolviéndola, sujetándola mientras la guiaba con cuidado hacia atrás y aprovechaba el mismo movimiento fluido para colocarse sobre ella. Tendido entre sus piernas, depositó con cautela el peso en uno de los codos y con la mano libre acarició sus senos hasta que sus pezones se contrajeron palpitantes. Las manos de ella estaban sobre su tórax, rastreándolo, ofreciendo placer. Su sexo erecto palpitaba entre sus pliegues, pero no la penetró.

—No llevo condón —le dijo al tiempo que la besaba.

—Lo sé —Karen le rodeó el cuello con los brazos mientras los instintos ancestrales adquirían importancia. Sus miradas se quedaron atrapadas, la de él intensa y brillante, la de ella tierna y misteriosa, condescendiente. No tomó la decisión a la ligera; sabía muy bien lo que estaba haciendo—. No quiero que lo lleves —murmuró, arqueando las caderas un poco. Lo deseaba por entero, ahora. Deseaba su semilla, la posibilidad de tener un hijo suyo. Se sintió insoportablemente excitada, aunque apenas la había tocado.

—Corremos un riesgo —la voz de Marc era poco clara. Su boca se deslizaba por el cuello de Karen.

—Sí. Por favor —se arqueó otra vez, desesperada, sedienta, ávida.

Marc arremetió contra ella, con firmeza y urgencia, como si no pudiera reprimirse por más tiempo. La cabeza de su pene se encontraba ya húmeda y facilitó la penetración. Karen gritó cuando la satisfacción sustituyó a la desesperación y el placer al dolor.

Él gimió y su frente se llenó de sudor en forma de gotas y humedeció su corto cabello negro.

—Ten misericordia —susurró—. No he hecho esto desde que era un adolescente.

Ella se aferró a sus hombros, sus caderas se alzaron ansiosas por encontrar sus arremetidas, envolviendo cada centímetro e intentando sujetarlo.

—¿Hacer el amor? Debería guardarme de ello —hablar suponía un gran esfuerzo cuando todo su ser estaba concentrado en la férvida espiral de deseo. Estaba casi allí, estremeciéndose, suspendida en un punto de placer tan agudo que era exquisitamente doloroso.

—No ponerme una goma —se encogió de hombros ante el firme movimiento interno de ella al cerrarse. De repente, Marc se agarró de sus hombros y empezó a empujar con ímpetu, con dureza, con rapidez, cada vez más dentro con cada impulso—. No puedo esperar —dijo tenso.

No necesitaba hacerlo. Las uñas de Karen se clavaron en sus hombros, y se arqueó, gimiendo bajo la intensa garra del orgasmo. Marc emitió un sonido ronco, de abandono, y empezó a eyacular, derramándose dentro de ella, exprimiéndose al compás de su clímax.

Se quedó suspendido sobre ella durante unos instantes, la cabeza agachada, sus brazos temblorosos mientras se sostenía para no cargar el peso sobre ella.

Karen consiguió acariciarle el hombro con una mano, pero incluso aquel pequeño esfuerzo la dejó exhausta y su brazo cayó en la cama. Finalmente, él se salió con cuidado y se derrumbó junto a su amante, respirando fuerte con los ojos cerrados.

Aletargada, se giró sobre el costado y se acurrucó contra él, suspiró con una sensación de placer que estaba alejado de la punzante necesidad de sexo. Las lágrimas le produjeron un hormigueo en sus pestañas, que mantenía cerradas en un intento por reprimir una felicidad tan afilada que le dolía.

Marc gimió. El sonido era el de un hombre inconsciente que luchaba por encontrar la conciencia, y se sobresaltó al descubrir que le provocaba risa.

Se dibujó una sonrisa en los labios de Marc, y rodó hacia un lado para tenerla de frente, deslizó un brazo bajo su cuello, y con el otro cubrió sus caderas para estrecharla aún más.

—Necesitas reír más a menudo —la besó en la punta de la nariz—. Cada vez que veo tus solemnes ojos marrones es como si me golpearan en las entrañas.

—Yo río —protestó medio adormilada.

—No lo suficiente. Y antes de que tu imaginación te sugiera más argumentos infundados sobre lo que acaba de suceder aquí, estamos completamente involucrados en una relación seria. ¿Queda claro?

—Queda claro —susurró, apenas capaz de emitir las palabras por la presión en el pecho. Se sentía temblorosa por dentro, como si fuera a derrumbarse. Lo amaba tanto que en realidad le dolía, aunque a la par le hacía experimentar una sensación de bienestar.

—Si te quedas embarazada, nos casamos. Me niego a permitir que un niño mío crezca como ilegítimo. No me importa cuántas actrices lo hagan, ni si una mujer necesita o no en realidad a un hombre alrededor para ayudarla a criar a sus hijos.

—Tienes toda la razón, nos casaremos —asintió ella con rotunda firmeza—. Es muy probable que no me haya quedado embarazada esta vez, pero si no tienes intención de quedarte cerca, será mejor que decidamos un método de control de natalidad y nos ciñamos a él. No quiero un matrimonio roto —consciente de lo que había supuesto ser abandonada por su padre tanto para su madre como para ella misma, estaba resuelta a que sus hijos jamás conocieran ese dolor si ella podía evitarlo.

Marc tomó su mano y se la llevó a los labios, con cuidado de no dañarle la palma en carne viva. Karen se acurrucó contra él, incapaz de decidir qué era lo que más deseaba hacer: una pirueta o dormir. No hizo ninguna de las dos cosas, porque nunca había sido del tipo de personas con pájaros en la cabeza, y la realidad en el presente era un poco peligrosa e incierta.

—Todo desemboca de nuevo aquí —murmuró, incapaz de mantener a raya los pensamientos por más tiempo—. En mi padre. Su muerte es el centro de todo, ¿por qué sino iba a ser yo el blanco? Pero yo no sé nada de lo que estaba haciendo. No había hablado ni lo había visto hacía años.

—¿Qué me dices de tu madre? ¿Tenía algún contacto con él? —Marc le apartó su cabello negro del rostro, le besó la frente y la estrechó aún más como si no pudiera tenerla lo bastante cerca.

—Con más frecuencia que yo. Cuando me hice mayor, me negaba a verle las veces que aparecía para un par de días, por norma cuando no le quedaba dinero, pero sé que la llamaba a veces, aunque no con mucha frecuencia. Mi madre no me comentaba lo de sus llamadas porque sabía lo enfadada que estaba con él.

—¿Hizo alguna llamada desde que ella murió?

—Si llamó, no dejó ningún mensaje, aunque hay que tener en cuenta que no lo haría —le vino algo a la mente, arrastrado por las preguntas. Marc pensaba como un policía, analizaba todas las perspectivas que ella no había considerado—. Espera. Mi madre murió a finales de enero. Unas semanas más tarde recibí un paquete de mi padre destinado a ella. Yo estaba aún conmocionada y sufría mucho, y al recibir aquel paquete me enfurecí porque ella lo había amado toda su vida y él no había mantenido el contacto con la suficiente frecuencia para saber que estaba muerta. Estuve a punto de tirarlo.

Una leve tensión se apoderó del musculoso brazo bajo su cuello.

—¿Lo abriste?

—Lo abrí, pero no lo examiné a fondo. Recuerdo que la caja tenía papeles en el interior. La cerré y la coloqué con el resto de las cosas de mi madre que había empaquetado para almacenarlo.

—¿Dónde lo guardaste? ¿En tu apartamento?

—No, no tengo espacio allí. Alquilé un guardamuebles. ¿Es eso, verdad? La razón por la cual fue asesinado está en esa caja.

—Puede. Es una pista, Dios sabe que hemos estado escasos de ellas. Quiero oír a McPherson primero...

—¿Quién es McPherson? —le preguntó, al igual que antes. Su respuesta anterior no había sido muy explícita.

—La CIA.

—¿Vas a contarle lo del paquete?

—¡Diablos, no! —Respondió Marc sin vacilar.

—¿Así que no confías en él, tampoco?

—No le conozco. Puede que sea quien dice ser y que haga lo que dice. Le pasaré algo de información, veamos lo que me da a cambio, pero por nada del mundo le contaré que estás aquí conmigo ni nada sobre el paquete hasta que lo examine.

—¿Y qué hacemos mientras tanto?

—¿Tú qué crees?

# 17

—¡Sus hombres son unos estúpidos incompetentes! —acusó el senador Lake con frialdad, escondiendo el miedo que se retorcía en su estómago—. La mujer ha desaparecido, y aún no ha encontrado el libro. ¡Puede utilizar esa información en cualquier momento, gracias a su torpeza!

Hayes bajó las pestañas. No protestó ni se excusó. La dura realidad era que no había llevado a cabo su misión; aunque la gente que usó era normalmente de fiar, las cosas se habían torcido. Clancy había entrado en un apartamento ocupado, y Karen Whitlaw se las había arreglado para hacer ambas cosas, llamar a la policía y escapar, y ahora Clancy estaba muerto. Yamatani había fallado por completo al intentar atropellarla. No sólo había fracasado, sino que la joven Whitlaw tendría que ser estúpida para no imaginarse que estaba ocurriendo algo extraño, independientemente de si sabía o no dónde estaba el libro. Se había ocultado, y él no había sido capaz todavía de encontrar su rastro. Podría hacerlo, pero no sin hacer saltar las alarmas de las fuentes a las cuales tenía que recurrir, y Hayes no estaba dispuesto a arriesgar el pellejo hasta ese límite por el senador. Lo último que necesitaba en esta operación era llamar la atención de ciertas personas.

—¿Qué piensa hacer ahora? Me gustaría recordarle que cuanto más gente se meta en esto, más probabilidades habrá de que se produzca una fuga.

—Son profesionales. No hablan.

—Pero no han demostrado ser demasiado fiables, ¿verdad? Me gustaría conocer sus nombres, por favor. Me da la impresión de que estoy en una posición no grata, con esa gente al corriente de quién soy mientras yo por el contrario no sé nada sobre ellos.

—No saben nada de usted —le aseguró Hayes, con tono fatigado—. Senador, le he mantenido fuera de esto por completo. Por lo que saben todos, el rastro acaba en mí.

—Eso dice, pero hay que tener en cuenta que usted tampoco ha sido muy de fiar, señor Hayes. Incluso su información sobre Rick Medina fue errónea.

Hayes mantuvo los ojos ocultos tras las pestañas entrecerradas, pero su interés se agudizó.

—¿En qué sentido?

—En lo que respecta a su hijo. Medina no tuvo hijos.

—¿Quién ha dicho eso?

—Franklin Vinay, el director delegado de operaciones. Estoy seguro de que lo sabría.

Hayes sintió un escalofrío que le recorrió desde la cabeza hasta la punta de los pies. Incluso se le heló la sangre.

—¿Le preguntó a Vinay sobre Medina?

—Era un modo de descubrir lo que sabían. En mi posición, es perfectamente normal que me entere de cosas semejantes y pregunte.

Salvo que no era perfectamente normal que preguntara por el hijo de Medina, cuya existencia y actividades estaban tan celosamente guardadas que su nombre no aparecería en ningún archivo de datos de empleados. Al preguntar el senador por él habría provocado una serie de reacciones en Vinay. La primera y principal, este negaría que Medina tuviera hijos. A continuación, con toda certeza, intentaría descubrir la fuente del senador. Antes de nada miraría en su propia oficina, pero cuando no lo encontrara, empezaría a mirar al otro extremo del iceberg y se preguntaría cómo habría conseguido el senador información sobre Rick Medina en primer lugar. Un policía diría que ese conocimiento indicaba implicación; el senador había dejado un rastro hasta su propia puerta.

Descubrirlo era una cuestión de tiempo. No sólo había involucrado a Franklin Vinay, había atraído la atención de su hijo sobre ellos, y Hayes había oído lo suficiente sobre esa figura misteriosa para saber que el juego había terminado. Lo mejor que podía hacer era cubrirse el culo, ocultar su rastro y desaparecer.

—Yo mismo me encargaré en persona del cuaderno —dijo sin experimentar ni un ápice de remordimiento al mentir. Un hombre que era capaz de hacer algo tan estúpido como despertar las sospechas del director delegado de operaciones de la CIA, no era un hombre para el cual fuera seguro trabajar.

—Hágalo —dijo el senador Lake.

Después de que Hayes se hubiera marchado, el senador se quedó sentado en el mismo sitio durante algún tiempo, pensando. Sus dedos tamborileaban sobre el escritorio. No le gustaban estas reuniones personales con Hayes, pero al mismo tiempo no confiaba en los teléfonos. Podría tener su oficina llena de micrófonos, ¿pero quién podía decir que Hayes no llevara una de esas minúsculas grabadoras en su bolsillo, grabando todo lo que decían?

Algo en Hayes había... cambiado, al final. Sabía que Hayes lo subestimaba; mucha gente había cometido ese mismo error. En realidad, a veces él alentaba deliberadamente tales errores de juicio, dándose así ventaja.

No se consideraba a sí mismo un hombre perverso, aunque era verdad que a lo largo de su vida se había visto obligado a tomar algunas decisiones difíciles. No le gustaba la idea de hacer daño a la joven Whitlaw, pero el libro tenía información que él no podía permirtir que saliera a la luz. El bien de una minoría no debía pesar más que el bien de la mayoría. Si ella se interponía, sencillamente debía ser eliminada.

Y en cuanto a Hayes... El senador entrecerró los ojos mientras pensaba. Dexter Whitlaw le había enseñado una importante lección a cerca de no dejar cabos sueltos, una lección en la cual Raymond había insistido. Tendría que hacerse cargo de Hayes. Quizá, si pudiera hacer que pareciese que Hayes había sido contratado por un país hostil a los Estados Unidos, y arreglara las cosas para que diera la impresión de que Rick Medina estaba involucrado... o quizá sería más creíble si Medina hubiera estado intentando detener a Hayes. Después de todo, Frank Vinay dijo que Medina era un patriota. Sí, eso sonaba mejor, más acorde con su carácter.

Por supuesto, no le haría ningún bien a Hayes ser arrestado e interrogado. No, desgraciadamente, Hayes tendría que morir. Se debían atar todos los cabos sueltos. Claro que primero permitiría que Hayes se encargara de la joven Whitlaw y encontrara el cuaderno; a continuación entraría en acción.

Había dependido de Hayes para solucionar tales asuntos, pero ahora tendría que usar otros medios. Gracias a Dios tenía a Raymond. Esta vez, se aseguraría de no dejar cabos sueltos.

No había nada en la casa de Frank Vinay que llamara la atención en sí. No era ni más ostentosa ni más sencilla que la mayoría de las otras casas del vecindario de clase media alta. No conducía un coche lujoso, prefería un modelo nacional ligeramente usado. Sus vecinos suponían que era uno de los miles de funcionarios sin rostro que luchaban en el tráfico de la capital cada mañana por cuarenta y cinco mil dólares al año y una agradable pensión.

La casa, sin embargo, tenía ciertas modificaciones que la hacían diferente del resto. Había un sistema de seguridad muy bueno, primero, reforzado por un pastor alemán negro y castaño llamado Kaiser y una 9 mm llamada H&H. Todas las mañanas y noches se comprobaba que los teléfonos no estuvieran pinchados y se «barría» la casa en busca de micrófonos. Un micro parabólico orientado hacia la casa sólo percibiría un desagradable zumbido en lugar de una conversación apreciable, debido a que el sofisticado sistema electrónico estaba diseñado para frustrar tales escuchas indiscretas.

Jess McPherson se encontraba seguro en casa de Frank Vinay, más por la presencia de Kaiser y de la 9 mm que por toda la parafernalia electrónica. Los satélites y los ordenadores eran una estupenda mierda, pero en el corazón era un tipo chapado a la antigua. Cuando se retirara, tenía intención de adquirir un perro. Al entrar en el estudio de Frank, echó una ojeada a Kaiser, que estaba tumbado, feliz sobre la alfombra a los pies de Frank. Kaiser devolvió la mirada y meneó la cola, como diciendo: «Tranquilo, todo va bien».

—No he podido encontrar todavía la filtración —le estaba diciendo Vinay a John—. ¡Maldita sea, eso me tiene preocupado! Siéntate, Jess, y añade tu cerebro al nuestro.

McPherson eligió un cómodo sillón, se acopló en él y estiró sus largas piernas.

—Puedo añadir algo mejor que eso. Recibí una llamada del inspector de Nueva Orleans. Se la devolví, pero no conseguí hablar con él, lo hice con el tipo joven, Shannon, el que puso la primera nota pidiendo información sobre Rick. Parece que el inspector recibió una llamada de la hija de Dexter Whitlaw, desde Ohio. Lo conoce porque voló hasta allí para identificar el cadáver de su padre. En cualquier caso, ha sufrido dos atentados contra su vida desde que regresó a Ohio, y, como no es estúpida, imagina que tiene alguna conexión con el asesinato de su padre y quiere saber si el inspector ha descubierto algo.

—¡Humm! Eso significa que Whitlaw era el objetivo principal, y no Rick —Vinay frunció el ceño—. ¿Qué información tenemos de Whitlaw desde que abandonó los Marines?

—No mucho —dijo Jess—. Vagabundeaba por todo el país, pasó un periodo de tiempo corto en Maryland dedicado a cosas sin importancia hace unos diez años, desde entonces no tenemos nada.

—¿Hay algún indicio de que contactara con Rick durante ese tiempo, o viceversa? ¿Coincidieron en alguna parte del país después de Vietnam?

—Tendremos que hacer más averiguaciones para descubrirlo.

—Mientras estás en ello —intervino John desde la esquina—, averigua cuántos conocidos tenían en común.

Vinay parecía estar ensimismado en sus pensamientos. Indagar sobre los conocidos que se remontaban a un periodo tan remoto requiriría investigaciones más profundas que iban más allá del simple hecho de seguir el rastro de los movimientos de los dos hombres. Por otro lado, el instinto de John era extraño.

—Pondré a alguien en ello inmediatamente.

—No creo —continuó John— que la hija de Whitlaw sepa qué está ocurriendo, de lo contrario no llamaría al inspector para preguntárselo. Por otro lado, alguien más definitivamente cree que sí lo sabe. Podría ser interesante seguirla de cerca, y ver quién aparece.

—¿E intervenir si alguien intenta deshacerse de ella? —preguntó McPherson.

—Sí, claro —dijo John de paso, pero sin vacilar. Era como su padre, pensó McPherson. John pasaba la vida en la sombra, poniendo constantemente su vida en primera línea de fuego en un mundo donde las personas eran bazas y nada era jamás lo que parecía. Todo era cambiante, sombreado de gris. Y aún así, John, al igual que Rick, había mantenido algunos principios. Era, antes de nada, un patriota. Amaba a su país. Aparte de eso, respaldaría a su gente hasta la muerte. Y para reforzar todo aquello estaba su firme convicción de que para un empleado de su país como era él, el ciudadano de a pie era su verdadero benefactor. Su trabajo, reducido a su pura esencia, era protegerlos.

—Cambiaremos nuestro epicentro —dijo Vinay— a la hija de Whitlaw. Con Whitlaw muerto, ella es ahora el centro de lo que esté ocurriendo. ¿John, por cuánto tiempo eres «ciudadano» de los Estados Unidos?

—Me he tomado una semana, máximo. Puede que tenga que marcharme en cualquier momento.

—Pero estás oficialmente de baja. Jess, desde ahora mismo, tú también estás de baja. Esta no es una operación de la Compañía, y no quiero empañar las fronteras jurídicas.

—¿Le paso algo al inspector Chastain?

—¿Hay necesidad? —preguntó Vinay. A eso se reducía todo: a la necesidad de saber—. Si aceptamos que Karen Whitlaw es el centro, y está en Ohio, entonces cualquier ayuda que nos pueda prestar un inspector de Nueva Orleans es insignificante.

—Pero ella lo llamó —dijo John—. Es evidente que confía en él. Si está escondida, él podría ser nuestro único vínculo con ella.

—Hasta ahora he sido claro con él —intervino McPherson.

—¿Lo has investigado?

—Es un ciudadano de primera —respondió Vinay—. Tiene un expediente militar intachable, pasó un tiempo en los Marines. Procede de una antigua familia de Nueva Orleans, de esas de gran linaje y nada de dinero. Se graduó en la Academia gracias a las ayudas de la ley de Veteranos de Guerra, se especializó en criminología, empezó a trabajar en el Departamento de Policía de Nueva Orleans, como agente de patrulla, y poco a poco ascendió hasta inspector. Será un buen teniente sin dificultad alguna, si la política no se interpone en su camino. O podría desviarse a la policía estatal.

—Mi opinión de él es que resulta duro pero es honesto, el tipo de policía que un policía debería ser —McPherson extendió las manos—. Así que *¿quid pro quo*, o no?

—Yo voto que sí —dijo John.

Vinay reconsideró la situación.

—De acuerdo, manténle informado de lo que sabemos y de lo que estamos haciendo, siempre y cuando lo que le cuentes no tenga nada que ver con los asuntos de la Compañía. Si esto tiene alguna relación con una antigua operación que Rick hubiera llevado a cabo en Vietnam, no será necesario que te recuerde que esa información se queda en casa.

—En un principio, pensé que se trataría de eso —John avanzó con las manos metidas en los bolsillos hacia la estantería de libros y examinó el material de lectura de Vinay—. Pero ahora sabemos que el objetivo era Whitlaw desde el principio, por tanto esa teoría no se sostiene. Nuestra mejor apuesta es encontrar a Karen Whitlaw, y para ello puede que necesitemos al inspector Chastain.

γ

Marc observaba cómo dormía Karen, enroscada en su cama, su brillante cabello negro despeinado alrededor de la cabeza y su rostro delicademente sonrojado de alegría. Cuando salió del avión aquella mañana, su rostro estaba blanco por la tensión. Marc supo que era debido al estrés, pero no había sido capaz de controlar su reacción al verla asustada y magullada. Una cólera pura y violenta se apoderó de él; en ese momento, si hubiera tenido oportunidad de poner las manos encima de quien le hizo aquello, lo hubiera matado sin vacilación ni remordimiento.

Su mujer estaba en peligro. Su instinto protector y primitivo trabajaba a destiempo, alimentado por el miedo y la cólera. Si no hubiera tenido que encargarse de la lamentable tragedia del pequeño James Gable, probablemente hubiera volado hasta Columbus para aclarar las cosas entre ellos de una vez para siempre, y hubiera estado allí para protegerla. Ojalá hubiera estado allí cuando ese hijo de puta se introdujo en su apartamento e intentó matarla. Si Karen no hubiera mantenido la calma, lo hubiera conseguido.

Había vencido al presunto asesino, utilizando sólo un frasco de laca. Pensarlo, imaginarla enfretándose a un arma con semejante pieza insignificante le heló la sangre. Cuando le contó lo ocurrido, daba la impresión de estar disculpándose por no tener algo más serio para defenderse. Su despliegue de coraje le aterró, y su agudizada sensibilidad de policía le reveló lo cerca que había estado de perderla.

A otro nivel más remoto, Marc estaba fascinado consigo mismo. Había amado ligeramente en otras ocasiones; había discutido con otras mujeres, se había enfadado con ellas. Lo que no había hecho antes era perder el control; sin embargo, le había pasado con Karen. No había nada de futil en lo que experimentaba ahora. Era algo misterioso, poderoso y sorprendentemente primitivo. Él, que nunca antes había tratado a una mujer sino con suma cortesía, se veía desgarrado ante la urgencia simultánea e incivilizada de azotarla en el trasero, y por tanto ponerla en peligro, o arrojarla a la cama y hacerle el amor hasta que en lo más profundo de su ser supiera que le pertenecía y que nunca más se marcharía.

No podía decantarse por la primera opción porque no podría levantarle la mano, y él lo sabía. Su instinto primario había sido siempre proteger, no abusar. La única excusa que podría tener para golpear a una mujer sería para proteger a Karen, o a un niño, de un ataque. Su segunda opción había sido vencida por el estado físico de Karen; no estaba en absoluto en forma para ser arrojada a la cama. Pero el hecho de tener que reprimir su fuerza al hacerle el amor le había dado, en cierto modo, un matiz incluso más dulce.

Hasta que no se fundió en sus brazos, había tenido miedo. Miedo a no haberla interpretado bien, miedo a que no sintiera del mismo modo que él. No sabía cómo tomaría aquella sugestión, aquella pregunta, aquella petición; no obstante, de un modo u otro iba a casarse con esta mujer.

No se había puesto un condón. El sudor se agolpaba en forma de gotas en su frente a medida que una oleada de pura lascivia se apoderaba de él. Había tenido relaciones en las cuales la dama tomaba anticonceptivos, y no era necesario que se pusiera condón, el acto era placentero; pero ese día era la primera vez que hacía el amor consciente de que no había barreras, químicas, de látex, ni hormonales, contra el embarazo. Había sido increíblemente excitante. Deseaba dejarla embarazada, deseaba correrse dentro de ella, una y otra vez, hasta que su hijo empezara a crecer en sus entrañas.

La habitación estaba caldeada y a oscuras, las persianas cerradas. Karen se había echado las sábanas encima antes de dormirse, pero ahora empezaba a transpirar. Con delicadeza, Marc bajó las sábanas. Así era mejor en cualquier caso, pensó. De este modo podía verla por completo. Suponía que era consciente, racionalmente, de que Karen no era la mujer más bonita de la tierra, pero si sus ojos veían alguna imperfección, a su corazón no le importaba. Las cosas que la hacían diferente le hacían ser Karen. Amaba su modo de mirar. Lo excitaba... ¡Dios, lo excitaba realmente! Estaba perfectamente formada, bien proporcionada, era fuerte. Sus senos eran altos y redondeados, y él había satisfecho su curiosidad de comprobar aquella firmeza. Eran muy firmes, apenas se agitaban incluso sin sujetador. Su vientre liso fluía hacia unas caderas curvilíneas, sus caderas curvilíneas hacia unas suaves piernas musculosas. Nada en ella era flácido. ¡Qué Dios tuviera misericordia, era muy sexy! Nunca había conocido mujer más sensible, y el placer de ella aumentaba el de él.

Se encontraba tendida a su lado, uno de sus pechos reposando en su brazo. Con ternura, Marc pasó el nudillo sobre la aterciopelada y ligeramente túrgida textura de su pezón y observó, fascinado, cómo de inmediato se endurecía y alargaba, cómo el color beige rosáceo se tornaba casi rojo.

Sus pesados párpados se abrieron con un aleteo, y una sonrisa soñolienta curvó sus labios.

—Lo siento —musitó él—. No pretendía despertarte.

Ella extendió los dedos alrededor de su túrgido pene.

—¡Ah, creía que sí! —su voz medio apagada era sensual. Lentamente, empezó a acariciarlo arriba y abajo, haciendo que su erección fuera completa.

Marc rió y le apartó la mano antes de que consiguiera excitarlo hasta el punto de que lo único que le interesara fuera el orgasmo. Karen se acercó más hasta que se hallaron el uno contra el otro y levantó la boca hasta la de él.

—¿Cuánto tiempo crees que tendrás que esperar antes de saber algo de ese tal McPherson?

—Le daré hasta mañana por la tarde.

Ella lo miró con los ojos abiertos de par en par y seria.

—¿Vamos a pasar todo el tiempo en la cama?

—Probablemente.

—¿No tienes que trabajar? —Karen recorrió sus labios con la yema de un dedo, luego siguió el recorrido pecho abajo para rodear sus lisos pezones.

—Me he tomado unos días de asuntos propios. Un caso en el que estaba trabajando se aclaró ayer y no tenía nada más urgente. —No se permitió pensar en cómo se había resuelto.

—¿Así que podemos quedarnos aquí? —Karen no había perdido la mirada seria. Marc respiró profundamente mientras aquel dedo esbelto avanzaba poco a poco tórax abajo, rebasaba su miembro erecto hasta llegar más allá y le acariciaba los testículos con delicadeza.

—Justo ahí —él le regaló también con sus caricias, por su columna hacia el pliegue de su trasero, hacia arriba y hacia abajo. Cada vez sus dedos la acariciaban más abajo. Ellá jadeó y se arqueó contra él, sus nalgas endurecidas. Sus pezones rígidos como guijarros.

—¿Qué haremos si no llama?

—Actuar por nuestra cuenta —le apretó las nalgas, a continuación deslizó un dedo dentro de ella. Karen parecía satén húmedo y cálido por dentro, sujeta a su dedo, temblando delicadamente por la excitación. Pensó que era Henry Miller quien había dicho que entrar a la vida por medio de la vagina era un modo tan bueno como cualquiera, y él estaba por completo de acuerdo. Podría pasar felizmente el resto de su vida con alguna parte de su cuerpo insertado en Karen, sintiendo su excitación, observando sus pequeñas sacudidas.

Karen no tenía mucha paciencia. Sus ojos marrones estaban casi negros cuando de repente colocó ambas manos sobre su tórax y lo empujó para tumbarlo sobre la espalda. Marc rió mientras ella le separaba las piernas, utilizando ambas manos para colocar su pene y deslizarlo por completo hacia abajo de tal manera que su risa se transformó en un gruñido de placer. ¡Oh, sí, definitivamente iba a casarse con esta mujer!

Su busca sonó.

—Dijiste que estabas fuera de servicio —le acusó, con el ceño fruncido.

—Lo estoy. Será Antonio. —Extendió el brazo para alcanzar el busca y comprobó el número—. ¡Bingo!

—Puede esperar cinco minutos —dijo con firmeza Karen.

—¿Y tú no? —Estaba bromeando. No creía que él tampoco pudiera.

—No —le dijo y se lo demostró.

—Parece que hubieras estado corriendo —comentó Shannon cuando Marc lo llamó, diez minutos más tarde.

—Estaba abajo —contestó Marc. No era mentira. Había estado abajo... hacía unas dos horas.

—McPherson acaba de llamar. Están investigando los posibles conocidos comunes que Whitlaw y Medina pudieran tener, pero en este momento no tienen nada. ¡Ah! Dijeron que van a poner a alguien que siga de cerca a Karen, para comprobar si alguien más la sigue y también para intervenir en caso de que corra peligro. No le dije que está aquí.

—Bien. Guárdate de decírselo por ahora. Puede que cambie de parecer más tarde, pero por el momento sólo quiero que lo sepamos nosotros dos.

Marc quería pensar más en la situación antes de desvelar dónde se encontraba Karen. Involucrarse con la CIA, aunque no directamente, le hacía sentirse intranquilo. No daba por hecho, como mucha gente, que todos fueran tipos malos o gilipollas, pero dada la naturaleza de la Agencia estos trataban con tipos malos. Por otro lado, podría ser de gran ayuda tener la sombra de McPherson siguiéndoles cuando Karen y él fueran a Columbus, a ese guardamuebles. Sería interesante hacerlo al día siguiente.

## 18

No podía desaparecer simplemente. Hayes llegó a esa conclusión durante la noche, justo cuando estaba planeando hacer eso mismo. Había guardado con cuidado las grabaciones de todos los encuentros, lo que se le pedía y los resultados. Las grabaciones le incriminaban tanto a él como al senador, quien tenía mucho más que perder. Se daba la circunstancia de que si él había grabado todo, el senador habría hecho lo mismo, el muy desconfiado hijo de puta.

Hayes no tenía ninguna duda de que Vinay aparecería husmeando alrededor. Había dos maneras de jugar. La forma más inteligente, pensó, sería arreglar todo para que pareciera que pertencía a la plantilla del senador, digamos, en un puesto de seguridad. Todo en regla. Vinay podría haber mandado hacer indagaciones a sus chicos, aunque si seguía las reglas, involucraría al FBI en la investigación. CIA o FBI, daba igual, siempre y cuando su nombre apareciera con naturalidad antes de que empezaran a indagar. Cualquier gilipollez de comprobación sacaría a la luz la información de que él había hecho algún trabajo para la Compañía, hacía un par de décadas. Su nombre sobresaldría a la cabeza de la lista de Vinay. Cuando lo interrogaran, diría que sí, que él le contó al senador Lake lo de la muerte de Rick Medina y que también le mencionó lo del rumor que tenía un hijo que pertenecía a la Compañía. Eso era lógico, porque él había tenido acceso a esa información. Bingo, misterio resuelto, no serían necesarias más investigaciones.

Esa era la manera inteligente. El problema era que el senador se negaría a verse vinculado a Hayes. Quizá pudiera convencer al senador de otro modo. Decidió probar suerte, aunque no tenía mucha fe en el resultado.

La segunda manera, la estúpida, la arriesgada, era encontrar las grabaciones del senador y destruirlas.

Eso le costaría trabajo. Hayes esperaba por todos los demonios que el senador no tuviera las grabaciones en su despacho del Congreso; era el lugar más peligroso para guardarlas, donde más probabilidades había de que fueran descubiertas por casualidad.

¿En su casa de Georgetown? Era posible. En su finca de Minnesota era más probable; era más grande, había más escondites, además el senador había crecido allí. Conocía la casa y los jardines, en profundidad. Luego estaba la casa de veraneo en Cape Cod, pero el senador no había estado allí este verano, asi que Hayes pensó que podía desechar esa posibilidad.

Si había escondido las grabaciones en una caja de seguridad en algún sitio, que era lo que había hecho Hayes, entonces estaban fuera de su alcance. Tendría que descubrir en qué banco y bajo qué nombre había alquilado la caja, conseguir la llave y aprender la firma del senador. Hayes tenía muchas habilidades, pero falsificar no estaba entre ellas. Además existía la posibilidad de que en lugar de depositar los documentos él mismo y arriesgarse a ser reconocido, el senador hubiera mandado a su mujer a hacerlo bajo su nombre. La señora Lake era una persona dulce, alegre y nada curiosa; adoraba a su esposo. Haría cualquier cosa que le dijera.

Las posibilidades eran infinitas. En el único sitio donde no estarían las cintas era en un ordenador. El senador era un analfabeto de la infórmatica; diablos, ni siquiera había aprendido a escribir a máquina. Desde su nacimiento había estado rodeado de riqueza, y si quería enviar una carta, sencillamente se la dictaba a su secretaria o la escribía a mano si deseaba que fuera personal. Desde el principio, Hayes se había sentido aliviado de saberlo; su opinión personal era que si deseabas que una información espinosa saliera a la luz, bastaba con meterla en un ordenador. Su uso no era nada confidencial. Se preguntaba cuánta gente usaría programas de contabilidad en sus ordenadores personales si supieran que se puede acceder a esa información. Con sólo utilizar el número de cuenta, un ladrón podría limpiar la cuenta.

Cuentas bancarias. Algo relacionado con cuentas bancarias le rondaba en la cabeza. Algo en lo que debería haber pensado hacía días.

De repente, supo lo que era, quería darse él mismo una patada en el culo. Había dejado pasar algo tan obvio que sacudió la cabeza disgustado.

Había estado concentrado en cómo cubrirse el culo cuando Vinay viniera a investigar, de forma que el director delegado de operaciones no lo vinculara con la muerte de Medina. En cambio, ahora estaba bastante seguro de que había comprendido cómo encontrar el libro.

Se había cuestionado sobre el condenado libro, se había preguntado qué era exactamente lo que había en él que el senador quería mantener en secreto. ¿No sería una putada para el senador si el hombre al que había enviado en su busca lo guardara y lo utilizara contra él del mismo modo que había hecho Whitlaw?

Hayes rió casi en voz alta. No le gustaba el senador Lake, y él sin duda alguna desconfiaba del mentiroso y beato bastardo homicida. Por otro lado, le gustaba definitivamente la idea de una pequeña y limpia traición. ¡Vaya, eso le hacía sentirse bien por completo!

Si Whitlaw había escondido el libro en algún lugar que sólo él conocía, entonces el libro estaba perdido. ¡Diablos, quizá lo enterró en algún sitio! En todo caso, bajo esas circunstancias, el senador estaba razonablemente a salvo, ¿ya que, cuántas eran las probabilidades de que apareciera mientras vivía?

Por otro lado, si Whitlaw envió el libro a su esposa y a su hija...

La mujer había muerto en junio. Ella y la hija habían vivido juntas; la hija conservaría los objetos de su madre. A continuación, sólo un par de meses más tarde, la hija se había mudado, desde una casa a un apartamento. Andaría justa de espacio. ¿Dónde habría ido el exceso de pertenencias?

A un guardamuebles.

Columbus era un ciudad de unos seiscientos mil habitantes. Una ciudad de ese tamaño tendría cientos de compañías de almacenaje, pero había un modo muy sencillo de estrechar la búsqueda: los cheques saldados.

Pagaría la cuota mensual del local con cheques. Podría ser, incluso, que escribiera el número de la unidad del almacén en estos, pero si no era así, no era un gran obstáculo. Todo lo que tendría que hacer sería entrar por la fuerza en la oficina de la compañía y localizar su nombre en los archivos, y a continuación entrar del mismo modo en la unidad. La mayoría de la gente colocaba candados pequeños; una cizalla los abriría de inmediato.

La joven estaba escondida; no habría nadie en el apartamento. La policía lo tendría precintado como escena del crimen, de todas formas, hasta que terminaran con las investigaciones internas sobre la muerte de Clancy. Una investigación de Asuntos Internos podría llevar días, incluso en un caso tan claro como este. Todo lo que tenía que hacer era encontrar los extractos bancarios y examinar en profundidad los cheques cobrados. Incluso si sólo tuviera las fotocopias del banco, obtendría la información que necesitaba.

Hayes rió entre dientes, sintiéndose satisfecho consigo mismo. Por la mañana, haría una llamada al senador y le diría que tenía una pista hacia el libro, para calmarlo, y luego haría una pequeña excursión a Ohio.

Jess McPherson estaba cansado. Eran las cuatro y media de la mañana. Le ardían los ojos y cada vez que parpadeaba, medio kilo de arena le arañaba el globo ocular. Las líneas de datos de la pantalla del ordenador seguían borrosas, y él continuó parpadeando. Se había tomado él solo dos cafeteras, y el estómago le ardía aún más que los ojos. Necesitaba echar una meada, y necesitaba dormir, en ese orden.

Se preguntaba cómo John resistía de ese modo. La resistencia, la absoluta concentración, sorprendía a McPherson, y no era un hombre que fuera facilmente impresionable. No obstante, el joven había estado sentado frente a la pantalla del ordenador incluso más tiempo que McPherson, tan absolutamente concentrado que apenas parpadeaba. Había volado miles de kilómetros, cruzado alrededor de unas ocho zonas horarias, y se había encargado del funeral de su padre. Debía estar fatigado tanto por la diferencia horaria como la por la tensión acumulada, pero nada de eso se reflejaba en su rostro. Mirándolo, nadie sospecharía lo que era.

Su cabello castaño estaba bien cortado y peinado, su camisa blanca estilo Oxford, perfectamente planchada, sus pantalones informales inmaculados, sin una arruga. Llevaba una gafas con montura metálica para mitigar el agotamiento de la vista al trabajar ante el ordenador durante tantas horas. ¡Tenía hecha la manicura, por el amor de Dios! Podía ser un universitario, un abogado, banquero o agente de bolsa, un ciudadano cualquiera.

Pero no lo era. Sus largos dedos bailaban sobre el teclado, testimonio vivo de su completa familiaridad con los ordenadores y su manejo. McPherson era competente, pero John era un maestro desenterrando información.

Era también el hombre más peligroso que McPherson había conocido.

Quería a John como a un hijo, pero sabía que nadie lo conocía por completo. Nadie podía intuir lo que sucedía detrás de esos ojos serenos, de ese aire pensativo. No, no se reducía a una imagen; John era realmente una persona reflexiva. La mayoría de la gente veía sólo las apariencias, la superficie;

John veía múltiples capas e instintivamente sabía cómo manipularlas para que la gente reaccionara como quería, provocando que ciertos sucesos se descubrieran.

También conocía formas de matar que la mayoría de la gente ni siquiera sabía que existían. Se había formado en el cuerpo de comandos de la marina, los SEAL, pasando por las rigurosas pruebas físicas así como por la formación académica. Aprendió informática de la mano de algún genio de la tecnología. Podía pilotar un avión, gobernar un barco, encajar un hueso y probablemente coser un traje.

La CIA recogía información de aproximadamente unos ciento cincuenta países. John Medina había estado en todos ellos.

Había estado casado una vez, cuando tenía poco más de veinte años. La joven esposa murió. Se rumoreaba que había sido una agente doble y que John la había matado antes de permitir que comprometiera la seguridad de un topo muy bien situado en el Kremlin. McPherson nunca llegó a conocer a la joven, y no creía forzosamente en el rumor, porque había otros métodos para evitar que pasara información, y John no mataba si no era preciso; aunque admitía que John era capaz de tal acción.

La pantalla del ordenador se nubló de nuevo, y McPherson se recostó en la silla, estiró las piernas y bostezó.

—Maldita sea, ¿quién hubiera pensado que tendrían tantos conocidos en común?

—Estuvieron en Vietnam —murmuró John, al tiempo que sus dedos rozaban el teclado—. Cientos de miles de soldados se dieron cita allí en un momento u otro. Mi padre entró y salió del país varias veces, lo cual multiplica las posibilidades. Whitlaw hizo múltiples turnos de servicio. Conocieron a un montón de gente, no necesariamente al mismo tiempo.

—¡Dios, algunas de estas personas llevan veinte años muertas! ¿Puedes suprimir a los muertos para acortar un poco la lista?

—Claro —John tecleó unos instantes, a continuación dejó el dedo suspendido sobre el ratón y pinchó en otro comando. La impresora láser que había junto a McPherson empezó a expulsar una inmensa copia.

—¿Qué es esto? —McPherson alargó la mano y recogió la primera hoja que reposaba en la bandeja.

—Una lista de tipos muertos.

Echando un vistazo a los nombres, McPherson preguntó:

—¿Por qué?

—Porque la respuesta puede estar en alguien que esté muerto. Puede que mi padre y Whitlaw fueran los siguientes en la lista de alguien —John se encogió de hombros como muestra de la infinidad de posibilidades—. Cuanto más amplia sea la zona de búsqueda, más probabilidades tengo de ver una señal.

—Así que estás buscando a gente que haya muerto recientemente.

—Estoy buscando cualquier cosa. Si veo algo interesante, entonces compararé para ver si alguien de la lista de fallecidos también conocía a alguna persona de la lista actual. Tiene que haber una conexión.

La impresora dejó de imprimir. McPherson agrupó las hojas y se las pasó a John, que se echó hacia atrás en la silla y comenzó a escudriñar la lista de nombres y las fechas de defunción. Diez minutos más tarde, se detuvo, su mirada regresó a un nombre, y lo miró fijamente mientras reflexionaba unos instantes. Acto seguido se inclinó hacia delante, abrió otro archivo en la pantalla y tecleó un nombre.

—¡Hmmm...!

—¿Has encontrado algo?

—Puede. Es... interesante. Lo comprobaré más tarde.

McPherson rodó con su silla hasta Jonh y leyó la información de la pantalla.

—¡Vaya!

—¿Lo conociste?

—No, pero seguro que ambos conocemos bien a su hermano, ¿verdad?

γ

—Despiértate, amor mío. —Marc pasó con delicadeza la mano sobre el hombro de Karen, para luego ahuecarla en la suave y fría eminencia de la articulación—. Aquí tienes una taza de café.

Karen parpadeó soñolienta.

—¿Qué hora es? —masculló.

—No es tarde, son las siete y media.

—¿Entonces por qué estás levantado? Dijiste que no tenías que trabajar. —Se incorporó en la cama, bostezando al tiempo que alargaba la mano para tomar la taza humeante de aromático café. La sábana se deslizó hasta la cintura, y la mano de Marc casi instantáneamnete se dirigió a su pecho desnudo, para acariciar y rozar sus pezones. Karen se apoyó en él y acurrucó la cabeza en su hombro mientras daba un sorbo al café y disfrutaba de sus mimos.

—No tengo que hacerlo, pero debemos ir a Columbus. Llamé a la compañía aérea y reservé dos billetes para el vuelo de las diez y media.

Karen se quedó en silencio, un poco asustada ante la idea de regresar a la ciudad de la cual había huido por miedo hacía sólo un día. Aunque tenía que hacerlo. Marc podría ir solo, pero ella no quería separarse de él, y él parecía experimentar el mismo sentimiento.

Marc le levantó el rostro y la besó, largo y tendido. Estaba sorprendida de lo relajada que se encontraba a su lado, de lo cómoda y segura. No le importaba estar desnuda y que él estuviera vestido. Habían pasado aproximadamente dieciocho horas juntos en la cama, haciendo el amor, dormitando, volviéndolo a hacer. Sólo le había permitido levantarse para ir al baño. Cuando tenía hambre, él le traía la comida.

Los mimos habían funcionado. Se sentía mucho mejor que el día anterior, prácticamente no tan dolorida. Había descansado bien, y estaba feliz. Se sentía culpable por estar feliz, porque su padre había sido asesinado hacía una semana, y ella misma se encontraba en una situación preocupante, sin embargo, la sensación de vértigo y de despreocupación que inundaba su pecho era sin duda felicidad.

Después de toda su ansiedad, de su incierto y desmesurado análisis, se sentía ahora tranquila y segura de sí misma. Se habían comprometido y confiaba en él. No tenía ninguna duda de que se casarían pronto; de lo contrario, Marc nunca le hubiera hecho el amor sin utilizar ningún método anticonceptivo, no importaba lo agradable que fuera la ausencia de barreras ni lo tentado que estuviera. Marc era infinitamente responsable y de fiar. Se lo había demostrado de cientos de maneras diferentes y con pequeños detalles desde la primera vez que lo vio. Para el resto de su vida, él estaría allí.

El fuerte café golpeó su sistema con una sacudida de cafeína, incitando a su cerebro a la actividad. Necesitaba una ducha y lavarse el pelo; deseaba posar la taza de café y echar a Marc en la cama de nuevo, pero no estaba segura de que tuvieran bastante tiempo. Deslizó la mano por su muslo hacia arriba para comprobar la situación.

—Estás perdiendo el tiempo —le dijo apesadumbrado—. Después de lo de anoche, no podría empalmarme ahora aunque mi vida dependiera de ello.

—¿Estás seguro? —Karen encontró lo que estaba buscando y empezó a acariciarlo.

—No al ciento por ciento, pero bastante convencido —le contestó con una sonrisa burlona—. Confía en mí, las dos noches que hemos pasado juntos han sido una aberración.

Karen ladeó la cabeza contra su hombro y le sonrió.

—¿Entonces cuál es tu... hmm... nivel normal de rendimiento?

Marc rió.

—Dos veces al día es mucho. Una vez lo normal.

—¿Todos los días?

—¿Si te contesto que sí, vas a mantenerme a ese nivel?

—Llueva o truene.

—En ese caso, sí. Pero si estoy cansado, tendrás que hacer todo el trabajo.

—¡Ah, de acuerdo, si tengo que hacerlo! —Karen dejó de burlarse de él y apartó la mano—. Será mejor que me prepare. ¿Quieres ducharte conmigo?

—He preparado el desayuno. Comamos primero, y luego nos ducharemos.

Tras el desayuno, llamó a Shannon para comunicarle dónde iban.

—Voy a comunicárselo también a McPherson —dijo.

—¿Vas tras algo?

—Karen recuerda haber recibido un paquete por correo de su padre. Vamos a ver qué hay en el interior.

—¿Cuándo regresaréis?

—Esta noche, si podemos conseguir un vuelo. No reservé billete de vuelta porque no sé cuánto nos llevará. Mañana con toda seguridad.

—De acuerdo. Vigilaré tu casa mientras estás fuera, por si algún personaje sospechoso empieza a husmear por ahí. —Hizo una pausa—. ¡Ten cuidado!

—Lo haré. Te haré saber cuándo volvemos.

A continuación llamó al número que McPherson le había dado, tras haber decidido guiarse por sus instintos y confiar en el hombre. McPherson descolgó después de la segunda señal.

—Sí.

—Soy Chastain. Karen Whitlaw está conmigo, y salimos para Columbus esta mañana para echar un vistazo a unos papeles de su padre que están en un guardamuebles. Se lo he notificado a Shannon y sabe que le estoy llamando.

McPherson resopló.

—Una criatura prudente, ¿verdad?

—Lo bastante prudente.

—Es inteligente por su parte. Pondré a alguien allí para que les siga a distancia.

—Dígame cómo es, para que no me ponga nervioso.

McPherson hizo una pausa. Marc tuvo la impresión de que cubría el auricular. A continuación dijo:

—¡Ah, de acuerdo! Alto, poco más de treinta y cinco, castaño oscuro, gafas.

—De acuerdo, lo tengo.

—Él... Mmmm... llevará una visera de béisbol de Cincinnati. Roja. Y, hummm, cambie las gafas por unas de sol.

O bien el hombre que les seguiría estaba allí mismo frente a McPherson diciéndole lo que iba a llevar puesto, o McPherson estaba haciendo una lista de instrucciones. Marc sospechaba que se trataba de lo primero, ¿de lo contrario, por qué iba a tapar el auricular?

—¿Puede estar allí antes que nosotros?

—Sin problema.

—¿Cómo nos reconocerá?

—Tenemos fotografías de identificación de ambos.

—Han sido rápidos.

—Como un zorro —matizó McPherson.

—¿Han descubierto ya algo?

—Una posibilidad interesante, pero no se ha podido verificar. Espero que encuentren algo en esa caja que ayude.

# 19

*Columbus, Ohio*

Hayes examinó la situación del edificio del apartamento. Era un bloque antiguo, en un buen vecindario, de sólo cuatro pisos, probablemente con dos o cuatro apartamentos por planta. Era el tipo de viviendas donde los residentes se conocían y estaban al corriente de lo que ocurría. Eso no era favorable. Por otro lado, no había mucha seguridad: luces en cada esquina, y las puertas dobles de cristal del pequeño vestíbulo con toda seguridad se cerraban por la noche, pero si se suponía que debían mantenerse cerradas durante el día, entonces alguien no estaba siguiendo las normas, porque la gente iba y venía sin ningún tipo de impedimento. No mucha gente, en realidad, pero la bastante para que fuera cauteloso.

El apartamento de la joven estaba en la segunda planta, el 2A. Eso debería significar que era el más cercano a las escaleras.

Se detuvo antes de entrar en el edificio y echó un vistazo alrededor para asegurarse de que nadie lo observaba. Un coche giró hacia el estacionamiento, y Hayes abrió la puerta y entró, ya que si se quedaba fuera observando el conductor se percataría de su presencia.

Un pequeño ascensor en la parte de atrás del vestíbulo servía de acceso a los pisos superiores; los buzones se encontraban en la pared de la derecha, las escaleras a la izquierda. Hayes tomó las escaleras.

Como había supuesto, el apartamento 2A estaba al final de las escaleras, la puerta justo a la derecha de los escalones. Una cinta amarilla con la inscripción «escena del crimen» estaba enganchada al pasamanos, se extendía a través del pasillo hasta la pared y creaba un pequeño hueco. Habían colocado también cinta a través de la puerta.

Miró hacia abajo y vio las grandes manchas de color óxido sobre la moqueta beige. La puerta tenía varios agujeros, dentados y grandes. El olor a muerte, a sangre, a orina y a excrementos, seguía en el aire, y perduraría hasta que se limpiara la moqueta.

Hayes sacó un par de guantes de látex y se los puso. Se agachó por debajo del precinto de la policía y probó la puerta. Como era de esperar estaba cerrada con llave. De lo contrario, la escena hubiera sido una tentación irresistible para los adolescentes y morbosos; podrían incluso haber tenido el valor de no hacer caso a la advertencia del precinto y haber entrado. La gente era increíblemente curiosa.

La puerta cerrada con llave era una barrera insignificante. La abrió en quince segundos. Si alguien salía de los otros apartamentos y lo veía, pensaría que era un inspector del cuerpo de policía. Después de todo, llevaba un traje y guantes de látex. El traje era un verdadero sacrificio bajo los treinta y dos grados de temperatura; era evidente que nadie llevaría uno puesto a menos que su trabajo lo exigiera. Aquello le daba un aire oficial; dudaba de que siquiera tuviera que sacar la placa, aunque llevaba una por si acaso. No era una mala falsificación, teniendo en cuenta lo rápido que la había conseguido.

El interior de la puerta también estaba cubierto con manchas de color óxido, había otras señales de manchas frotadas sobre la superficie blanca, sobre el marco de la puerta, por una parte de la pared. Aparte de eso, el apartamento estaba limpio. Clancy había sido siempre muy especial a la hora de hacer un trabajo. Era limpio. Nadie jamás sabría que su hogar había sido registrado; todo era colocado de nuevo en su sitio, nada desaparecía, nada era destrozado. Clancy afirmaba que podía decir si algo había sido escondido en un cojín sin rajarlo, examinando con atención las costuras.

Sí, Clancy había sido un artista. Hayes lo había observado ya antes revolver en una habitación. Lo había visto golpear las paredes, ponerse a gatas, examinar el suelo, inspeccionar los libros, lámparas, baratijas. Nada en aquella habitación hubiera pasado desapercibido ante sus ojos. Y había encontrado el informe que estaba buscando escondido en la base de una silla tapizada. Habían desatornillado la ínfima tablilla de la base del marco e introducido el informe en el interior, luego habían vuelto a atornillar la base. Clancy se había percatado de los arañazos en la tablilla donde los tornillos habían sido sacados y vueltos a colocar.

No había mucha gente que tuviera esa paciencia ni ese ojo minucioso. Hayes echaría de menos sus servicios.

Hayes cerró la puerta tras de sí, luego permaneció allí de pie un minuto mirando alrededor, orientándose. No quería mover nada innecesariamente, tampoco, porque sin duda los polis tenían fotografías de la escena, y algún tipo agudo podría notar si algo había sido desplazado.

Se hallaba en el cuarto de estar. Había una buena televisión de veintisiete pulgadas en el centro de la sala, y un pequeño equipo estéreo. Contra la pared justo cuando entrabas por la puerta había un pequeño escritorio donde no dejaba de parpadear un contestador y un teléfono inalámbrico reposaba en su soporte. Hayes reprimió el impulso de escuchar sus mensajes, porque si pasaba un inspector por allí más tarde y advertía que los mensajes habían sido escuchados, se preguntaría quién habría estado en el apartamento.

Abrió el cajón central del escritorio. Estaba ocupado por bolígrafos, cuadernos de notas, gomas elásticas, resguardos de entradas de cine, pero nada de extractos de cuenta del banco. Un par de revistas habían sido arrojadas dentro. Las levantó; no había nada debajo. Con cuidado, las volvió a dejar en la misma posición.

Muy bien, nada por aquí. Alguna gente solía hacer sus cuentas en la mesa de la cocina. Hayes se dirigió allí, comprobó los cajones, pero aparecieron vacíos. Lo mismo en el mueble pequeño en el lado derecho, justo antes de entrar en la cocina.

De acuerdo, aquello lo reducía a la habitación. De nuevo, le impresionó lo «limpio» que estaba todo. La cama estaba hecha, no había platos en el fregadero, nada de trajes esparcidos alrededor. ¡Diablos, no era de extrañar que Clancy hubiera pensado que no había nadie en la casa!

Había tres cajas de cartón precintadas y selladas en la esquina, junto a la ventana. De modo que todavía no había desempaquetado todo después de mudarse; eso hizo que Hayes sintiera un poco más de simpatía hacia ella, la hacía parecer más humana. También le ofrecía un lugar excelente para mirar, porque si tenía suerte, el libro se hallaría en alguna de esas cajas, y no tendría que rebuscar en un guardamuebles de estructura metálica con ese calor.

«Ropa de invierno» había sido escrito sobre la cinta de embalar en la caja de encima. Hayes la bajó y la abrió. Estaba claro que se encontraba llena de trajes. Sacó prenda por prenda, con cuidado de no cambiar los dobleces, y palpó para asegurarse de que nada había sido insertado entre ellas. Nada. Ni siquiera había un objeto intercalado por casualidad, nada que no fuera ropa de invierno.

La segunda caja tenía escrito «Seguros, libros, fotografías» en la cinta. Aquello daba la impresión de ser prometedor. La caja había sido empaquetada con cuidado con los objetos más pesados: los libros, en el fondo, luego las fotografías, y a continuación los documentos de seguros. Estos se encontraban en una carpeta de cartón duro, pero cuando la revisó pasando los papeles con rapidez, no encontró nada excepto... papeles de seguros. Las fotografías estaban enmarcadas y eran escasas. Hayes inspeccionó los libros. Ficción, de no ficción, de medicina, de enfermería. No había nada escondido en el interior de ellos.

La cinta del tercer paquete decía «Decoración de Navidad, papel de envolver, cintas». Hayes gruñó. ¡Maldita fuera, no quería registrar una caja llena de jodidos objetos de Navidad! Pero no se atrevía a dejarla sin inspeccionar tan sólo porque el contenido de las otras se había correspondido exactamente con lo que decía la etiqueta.

Había decoración de Navidad. Y papel de envolver. Y cintas.

Una mujer con esa organización debía ser asesinada.

Abrió los cajones de la cómoda. Ropa interior, perfectamente separada y doblada. Pijamas. Camisones. Calcetines. Nada.

En el armario, en uno de los lados, colgaban unos cuantos vestidos y en el otro, pantalones, vaqueros y camisetas, el centro estaba ocupado por uniformes escrupulosamente almidonados. El letrero con su identificación estaba ya enganchado en uno de los uniformes, el que había elegido para ponerse en el siguiente turno; el estetoscopio estaba asegurado alrededor del gancho de una de las perchas. Debajo se encontraban unos zuecos de suela gruesa blancos.

Había algunas cajas en la repisa superior del armario. Hayes se hizo con la más cercana. Escrito en la tapa decía: «Extractos bancarios».

¡Bendito fuera su ordenado corazoncito!

Riéndose para sí, Hayes sacó el primer sobre. Una tira de rollo de calculadora había sido grapada al extracto de la cuenta, como comprobante de que las cifras coincidían con las del banco. Desdobló las hojas de los cheques fotocopiados y recorrió con el dedo las columnas hacia abajo hasta que encontró una que decía: «Buckeye Stockit and Lockit» El concepto del cheque decía: «Unidad 152, julio». Justo lo que quería saber.

Volvió a meter el extracto del banco en el sobre, este dentro de la caja y esta a su vez en la repisa. Todo lo que necesitaba ahora era la dirección. Encontró la guía de teléfonos, buscó Buckeye Stockit and Lockit, y anotó la dirección y el teléfono. La compañía guradamuebles se hallaría bastante cerca, estaba seguro, porque Karen Whitlaw era demasiado organizada para haber hecho otra cosa.

γ

Raymond Hilley esperaba en un coche aparcado al otro lado de la calle del edificio del apartamento al cual Hayes había entrado. Había apagado el motor y se hundió en el sillón; aunque se las había arreglado para estacionar parcialmente a la sombra, el calor era intenso. Bajó la ventanilla, pero no arrancó el motor; la gente se percataría de un vehículo aparentemente vacío con el motor en marcha. Había esperado mucho más tiempo y en condiciones mucho más duras durante los años que había trabajado para el señor Walter.

Stephen no era ni la mitad de lo que había sido su padre, ni siquiera llegaba a la altura de lo que prometía ser William como hombre, pero Raymond lo quería, haría cualquier cosa por él. El señor Stephen lo intentaba. No importaba lo que fuera, nunca eludía sus obligaciones, y Raymond respetaba eso. Sólo bastaba mirar el modo en que el señor Stephen cuidaba de su padre, pasando unas horas con él cada día, asegurándose de que estuviera lo más cómodo posible. Le rompía el corazón ver al señor Walter en tal estado, como un vegetal en lugar del hombre poderoso y dinámico que fue en otro tiempo; al menos Stephen honraba a su padre y por ello jamás lo abandonaría en algún sitio para olvidarse de él y limitarse a esperar a que muriera.

Stephen siempre había adorado a su padre y había intentado complacerle con todas sus fuerzas. El señor Walter lo sabía y había sido paciente con las faltas de Stephen; al final, también se había sentido orgulloso de él. Stephen no se había cubierto de gloria, pero había conseguido mucho con su comportamiento metódico y cauteloso.

Seguir a Hayes hasta Columbus había sido patéticamente fácil; las pocas veces que Hayes había visitado el estado de Minnesota, Raymond siempre había tenido cuidado de permanecer fuera de la vista. Conocía muy bien su papel en la residencia de los Lake: era un arma, la mano ejecutora. Y un arma era más eficaz cuanto más inesperada.

Sencillamente, había conseguido un asiento en el mismo vuelo que Hayes..., dos filas más atrás, en realidad. El senador Lake había tomado el vuelo siguiente, utilizando un permiso de conducir falso que le había proporcionado Raymond. Incluso le había facilitado un disfraz, y la foto del carné mostraba a un hombre con bigote y cabello completamente grises. Raymond había conseguido el efecto con un bigote falso de apariencia real y un bote de laca gris como la que los maquilladores de Hollywood usaban para dar a los actores un interesante toque de color gris en las sienes cuando era necesario. El potingue se iba al lavarse con champú, lo que incrementaba sus ventajas. El nombre del permiso de conducir lo había sacado de la guía de teléfonos del Distrito de Columbia. Incluso había facilitado una tarjeta de crédito bajo ese nombre, para que el senador pudiera alquilar un coche y tomar una habitación en un hotel sin ningún problema. Había hecho todo lo posible para allanar el camino al senador, aunque aún no tenía ni idea de por qué Stephen había insistido en venir. Y no es que Raymond fuera novato en esto.

Raymond llevaba una pistola metida en el cinturón. Stephen quiso llevar otra también, «y uno de esos silenciadores», así que contra su opinión, Raymond le había proporcionado una pistola del calibre 22. Stephen había protestado e insistió que quería algo más de macho, hasta que Raymond le indicó que sólo una carga subsónica podría ser silenciada efizcamente, y que los calibres mayores tenían demasiada potencia.

Había sido precavido con respecto al arma que le había facilitado a Stephen. Una 22 era barata, se podía adquirir con facilidad en cualquier sitio, a pesar de las leyes escritas, porque a la gente que vendía armas en el mercado negro les importaba un carajo la ley. Sería imposible seguirle el rastro al arma que le había dado a Stephen. Este se había extrañado un poco al ver lo fácil que era conseguir un arma, porque honestamente creía que todos sus esfuerzos por hacer que las calles fueran más seguras para los ciudadanos americanos habían tenido algún efecto. Stephen decía que tenía intención de redactar y comenzar a impulsar la legislación que persiguiera a los fabricantes de las «especiales del sábado noche». Si no se fabricaban más, serían más difíciles de obtener.

Semejante inocencia hacía que Raymond se sintiera a la vez triste y protector.

Una de las puertas de cristal se abrió, y Hayes salió del edificio de apartamentos. Raymond se hundió más en el asiento, de ese modo aunque Hayes se percatara del coche, daría la impresión de estar vacío.

Oyó un coche poniéndose en marcha y lanzó una mirada rápida y furtiva por el parabrisas. A toda prisa, arrancó el coche y suspiró con alivio al empezar a correr aire frío desde las rejillas de ventilación. Observó cómo Hayes salía conduciendo del estacionamiento, esperó unos segundos, dejó que otro vehículo se interpusiera entre ambos y entonces salió detrás del coche alquilado de Hayes.

γ

Por delante de Raymond, Hayes comprobó los espejos retrovisores. Había dos coches detrás de él. Uno de ellos era el automóvil que se estaba aproximando cuando salió del estacionamiento a la calle, el otro no lo había visto antes. Eso no significaba necesariamente algo. Podría haber salido de una calle lateral mientras no estaba observando, pero más valía prevenir que curar.

Aceleró y vigiló atento a su espalda. El segundo coche no intentó adelantar al otro para alcanzarlo. ¡Bah! Era sencillísimo, se trataba de viejas costumbres y nerviosismo. Aun así, no haría mal a nadie dar una vuelta de placer antes de dirigirse a Buckeye Stockit and Lockit, sólo para asegurarse de que no le seguían.

Raymond abrió el teléfono móvil con un gesto rápido y firme y marcó el número del móvil del senador.

—Registró el apartamento y ahora le estoy siguiendo.

—¿Dónde estás?

Raymond le indicó con tranquilidad la calle y la dirección.

—Sólo a una calle de distancia de usted, pero no se alinee detrás de mí. No permita que vea su coche. Puede que tome alguna medida evasiva crea o no que le siguen, sencillamente como algo normal. Me quedaré un poco atrás, para evitar que tenga una buena visión de mí, le dejaré que se escabulla un poco, que zigzaguee. No se ha percatado de mi presencia todavía, y ayer lo seguí durante todo el día.

—Por el bien de todos fue así —dijo el senador Lake, molesto.

Raymond no contestó. Stephen se había disgustado mucho cuando el registro de Raymond en la casa de Hayes no desveló nada interesante. Según la apreciación de Raymond, Hayes era un hombre prudente. No guardaría ningún documento que lo incriminara en su casa.

Más adelante, Hayes giró con brusquedad a la derecha. Raymond salió de la fila para adelantar al coche frente a él, de forma que este último se interpusiera en el campo de visión de Hayes a medida que pasaban el cruce. Si Hayes continuaba por su trazado anterior, al giro a la derecha le seguirían dos a la izquierda, y luego de nuevo otro a la derecha para incorporarse a la misma calle.

«Juego de niños», pensó Raymond.

γ

—¿Has visto a alguien? —preguntó Karen mientras Marc y ella se subían al coche alquilado.

—He divisado una gorra roja. Sospecho que me permitió verle, porque no hubiera sido capaz de distinguirlo —se quitó con un movimiento de hombros la chaqueta, que había llevado sólo para cubrir la pistola enganchada al cinturón, y la echó al asiento posterior. Por lo demás, iba vestido con vaqueros y una camiseta de manga corta, al igual que ella. Karen no recordaba con exactitud en qué caja había colocado los documentos; iban a tener que rebuscar por todos lados en el interior de la unidad de almacenaje bajo aquel sol abrasador, y consideraron aconsejable vestirse lo más cómodo posible.

—Ya que estamos aquí, quiero llamar al inspector Suter. Quizá pueda coger algo más de ropa. Necesito saber cómo está Piper, también, y comunicar a mi supervisora... ¿a propósito, cuanto tiempo estaré fuera?

Marc alargó la mano para tomar la de ella.

—Hablaremos de eso cuando hayamos encontrado ese paquete, ¿de acuerdo?

Marc no creía siquiera que tanto contacto fuera seguro, hasta que todo hubiera acabado. Ella le apretó la mano. Había estado intentando ocultar lo nerviosa que se encontraba, pero no sabía lo bien que lo estaba haciendo. Lógicamente, sabía que con toda probabilidad no la habían seguido el rastro hasta Nueva Orleans aún, y mucho menos la vuelta a Columbus. Tenía la llave de la unidad del guardamuebles en el llavero, por tanto no tenía que recuperarla del apartamento... o mejor dicho, Marc no tendría que hacerlo. Si la policía no había concluido sus investigaciones, el apartamento estaría todavía precintado. Marc seguramente no pediría permiso al Departamento de Policía de Columbus, pero tampoco permitiría que fuera ella la que entrara.

Estaban a salvo. Intentaba repetirse. Podía deslizarse dentro y fuera de la ciudad sin que nadie supiera que se encontraba allí, excepto por McPherson y el hombre que les seguía.

—Te estás preocupando —le dijo Marc—. Déjalo ya.

—No debería haberte arrastrado a esto. Te he puesto en peligro...

Marc soltó una carcajada.

—Querida —dijo arrastrando la voz—, si no hubieras aparecido por Nueva Orleans ayer, hubiera estado ya esta mañana en tu apartamento, y no sólo me hubiera preocupado mucho, sino que si alguien estaba vigilando tu casa, me hubiera identificado enseguida. Con el número de matrícula y una llamada a la casa de alquiler, no sólo conseguiría mi nombre sino mi dirección también.

A pesar de su preocupación, Karen contuvo la respiración al escuchar cómo sonaba el nombre de Nueva Orleans pronunciado por aquella enigmática voz mágica de Marc. Si Piper lo escuchara, podría cargarse a Karen para despejar el camino de competencia.

El tráfico era denso, se avanzaba despacio. El sol de verano los miraba con aire feroz desde un cielo blanquecino. Karen observaba cómo conducía Marc, maravillada por lo fascinante que lo encontraba físicamente. Se sintió casi enferma de aprensión, y aun así en cierto modo aquello intensificaba su fascinación. Examinó sus manos, fuertes y bien formadas, y el modo en que agarraba el volante. Sus muñecas eran dos veces el grosor de las suyas, unos pequeños pelos casi incoloros brillaban al sol. ¿Qué ocurriría si algo le sucediera? ¿Qué ocurriría si esta fuera la última vez que pudiera ver sus manos en movimiento, estudiar su perfil, extender la mano para tocarlo?

No podía permitirse pensar en tales cosas. Sin embargo, era policía, gracias a Dios, no estaba en narcóticos ni en el equipo de los SWAT, la brigada especial de asalto, donde su vida correría peligro por sistema, a diario. No obstante, como policía, como inspector de homicidios, era evidente que trataba con gente capaz de asesinar. Muerte era lo que veía todos los días, y en cualquier momento un sospechoso podía volverse contra él. Karen no podía atosigarlo emocionalmente ni permitirse a sí misma paralizarse de miedo cada vez que saliera por la puerta.

—Por otro lado —dijo Marc—, quizá deberíamos hablar ahora.

—¿Qué? —pestañeó Karen al mirarlo, perdida por completo.

—Toda la situación. Tu empleo. Dejemos todo claro. No quiero que vivas en Columbus mientras yo vivo en Nueva Orleans, ni siquiera por poco tiempo. —Le lanzó una rápida mirada de soslayo, sus grises ojos brillantes—. Y quizá debería esperar a poder ponerme de rodillas, pero... Karen, ¿quieres casarte conmigo?

Se le puso el corazón en la garganta.

—Sí —contestó. A continuación le indicó—: Toma esta salida.

Él obedeció, echó un vistazo por encima del hombro para comprobar el tráfico antes de cambiarse al carril de la derecha y luego tomar la rampa de salida.

—Sé que te estoy presionando, al no darte tiempo para que te acostumbres a mí, a la idea de una relación estable. Pero no quiero dar pie a ningún malentendido, tampoco. Podemos tener un noviazgo largo, si quieres... pero no quiero que vivas aquí. Quiero que estés en Nueva Orleans. Específicamente, en mi casa.

—De acuerdo —Karen no podía apenas hablar. Era extraño. Esperaba que se casarían finalmente, quizás incluso pronto, pero oírle en realidad decirlo en voz alta era chocante.

—¿De acuerdo? —repitió él, lanzándole otra de esas miradas rápidas—. ¿Es todo lo que tienes que decir?

—Bien, podría decir que te quiero.

Murmuró una maldición en voz baja acto seguido, con mucha tranquilidad le dijo:

—Sí, ¿por qué no lo haces?

—Te quiero.

Otra maldición, una que se transformó en risa. La miró. Karen sonreía abiertamente.

—Yo también te quiero.

Ella le tocó el hombro, deseaba arrojarse a sus brazos. Era el hombre más considerado que jamás había conocido, y lo peor del caso es que estaba condenadamente bueno. No imaginaba que las dos cualidades pudieran fundirse tan maravillosamente. Allí estaba, rebosante de testosterona, un verdadero macho policía armado, que bailaba con ella en un balcón y le preparaba el desayuno.

—¿Te importa trasladarte a Nueva Orleans? —le preguntó.

—No —le confirmó con ternura—. Echaré de menos a mis amigos, pero no tengo familia aquí, ni casa. Puedo ser enfermera tanto en Louisiana como en Ohio. Tú tienes raíces y aquella casa maravillosa en Nueva Orleans. Claro que me trasladaré allí. Además, odiaría que perdieras tu acento. Gira a la izquierda en el próximo semáforo.

—No tengo acento, amor mío. Tú lo tienes.

—Si tú lo dices. Pero si por casualidad conoces a Piper, no abras la boca o tus posibilidades de salir de Ohio se reducirán drásticamente.

Marc sonrió y le guiñó un ojo.

—Tú me protegerás.

Aquella palabra les trajo a la memoria el porqué se encontraban allí, y la sonrisa se desvaneció de su rostro. Karen dejó escapar una gran bocanada de aire.

—¿Qué ocurrirá si no encontramos nada aquí? ¿Qué pasará si los papeles son simplemente... papeles, sin nada importante en ellos?

—Entonces seguiré trabajando en el caso, y lo mismo hará McPherson. Entre los dos descifraremos esto. Mientras tanto, no obstante, tú permanecerás en un lugar a salvo. No en mi casa, no por mucho más tiempo. No aparezco en la guía de teléfonos, pero diablos, hay cientos de maneras diferentes de conseguir la dirección de alguien si realmente quieres hacerlo, y la mayoría de ellas no son nada difíciles.

—¡Qué tranquilizador! Gira a la derecha dos bloques más abajo, a la altura del McDonald's. La compañía de guardamuebles está a unos ocho kilómetros por esta carretera abajo, a la derecha. Buckeye Stockit and Lockit. Gira justo al pasar la señal, hacia el camino del centro —hizo una pausa—. ¿Nos está siguiendo ese tipo?

—No lo he visto —su sombra se habría quitado la gorra de baloncesto, porque el rojo destacaba demasiado, sin embargo, Marc no había podido distinguir un coche en particular que los siguiera, tampoco... y había estado vigilando. No había conducido deprisa, ni hecho ningún giro repentino, de modo que debería haber sido capaz de divisarlo. O bien era realmente bueno, o Marc lo había perdido involuntariamente.

No volvieron a hablar hasta que Marc giró a la altura de la señal de Buckeye Stockit and Lockit. El camino de grava separaba doce secciones de unidades de almacenaje, seis a cada lado. Una valla con cadenas rodeaba cada una de las secciones, a las cuales se accedía por una verja numerada protegida con cerradura de combinación.

—Verja número tres —especficó Karen al tiempo que señalaba. Abrió su cartera y miró la combinación, la cual cambiaba cada mes y ella apuntaba y guardaba en su cartera—. Seis, cuatro, tres, ocho.

—Yo me encargaré —dijo Marc, mientras se detenía ante la puerta tres y luego bajaba del coche.

Abrió el candado y abrió la puerta por completo, acto seguido condujo despacio a lo largo de la fila de unidades.

—Número ciento cincuenta y dos —señaló Karen, y sacó la llave del candado.

Salieron del coche, y Marc tomó la llave de su mano. Tras abrir la cerradura, deslizó la palanca que impedía que la puerta fuera levantada, se incorporó, agarró la manija y levantó la puerta con un ruido metálico.

Olía a cerrado, pero no a humedad, Karen lo agradeció. Se le hizo un nudo en la garganta al mirar las cajas, los muebles. La habitación de su madre, toda su ropa, las otras cosas para las cuales Karen no había tenido espacio al mudarse.

Marc cogió una de las cajas y la dejó en el suelo. Sacó su navaja de bolsillo y con un corte limpio rajó la cinta de embalar.

γ

Hayes comprobó el espejo retrovisor, a continuación, en la siguiente intersección, hizo un cambio brusco a la izquierda, escapando apenas del tráfico que se aproximaba. No sucedió nada detrás de él.

Gruñó de satisfacción. Si alguien lo seguía, lo había perdido con toda seguridad. No había posibilidad alguna de que pudieran seguirle después de aquel giro, no sin un montón de chirridos de neumáticos, de pitidos de claxon, y quizás algún roce metálico.

Era hora de buscar el guardamuebles.

## 20

Todas las cajas de embalaje estaban perfectamente etiquetadas, pero Karen no podía recordar en cuál había colocado el pequeño paquete. La primera caja que abrió Marc contenía ropa de Jeanette. Karen sacó con cuidado cada una de las prendas, intentando no pensar en su madre, pestañeando con rapidez cuando se le nublaba la visión, luego dobló y volvió a colocar toda la ropa al ver que la caja estaba vacía.

—Creo... creo que ya había empaquetado todo, y me limité a colocar el otro paquete sobre el resto de cosas que estaban ya allí.

—Entonces no tendremos que rebuscar por dentro de las cajas. Todo lo que tenemos que hacer es abrir cada una y ver si el paquete pequeño está ahí.

—En teoría. Me encontraba todavía bastante conmocionada en aquel momento. No estoy segura de lo que hice.

Marc tenía paciencia, y el calor no era tan terrible como había temido. En realidad, la sombra en el interior del local hacía la tarea más llevadera que si hubieran estado bajo el sol abrasador. De vez en cuando, una ligera brisa se las arreglaba para abrirse paso entre la fila de unidades, refrescándolos un poco. A pesar de todo, la camiseta de Marc empezaba a mostrar marcas húmedas y a ceñirse. Aquello le gustó a Karen. Lo miró con agradecimiento.

Marc abrió la quinta caja y emitió un leve gruñido.

—Aquí lo tenemos, creo. —Levantó la pequeña caja de cartón, no mucho más grande que una caja de zapatos. Karen divisó el nombre de su madre escrito en la parte superior.

—Es esa.

Karen tomó la caja y la abrió. En el interior estaban los documentos y un pequeño cuaderno de notas de cubiertas negras, del tipo que se podía adquirir en cualquier tienda de artículos a precio reducido del país, estaba asegurado con una goma elástica. La quitó deslizándola por el cuaderno y hojeó los papeles. Al ver unas cartas con letra de su madre, Karen respiró profundamente y le entregó los papeles a Marc, ella se quedó con el cuaderno.

—Examina tú esos —le dijo al tiempo que se sentaba en un extremo de la mesa.

Él le lanzó una mirada penetrante, luego echó un vistazo a los papeles y asintió con gesto de comprensión. Estudió la carta que Dexter había enviado con el paquete.

—Dice que los documentos podrían valer bastante dinero algún día. —Marc se apoyó contra la cómoda y cruzó los pies a la altura de los tobillos.

—Creí que era un sarcasmo. —Karen abrió de golpe el cuaderno y clavó los ojos en la caligrafía de su padre, excepcionalmente clara para un hombre. Había utilizado un estilo pequeño y cuadrado, casi de imprenta, muy legible.

«3 de enero, 1968» decía la primera página. Desconcertada, leyó la descripción del terreno, de las condiciones climatológicas, incluida la velocidad del viento y la dirección, la distancia del blanco, el nombre del observador, Rodney Grotting... y otra información como la marca y modelo del rifle que utilizaba, detalles técnicos a cerca de la munición, y la anotación final: «Tiro en la cabeza. Muerte a las 6:43 a.m. Coronel del Vietcong». Más abajo, Rodney Grotting había escrito la verificación y firmado.

Con un pestañeo, Karen pasó la página. Otra fecha, otra descripción de las condiciones, y terminaba con la escalofriante anotación hecha de paso.

Más páginas. La mayoría de las veces, era un disparo en el corazón, pero algunas iba a la cabeza. En una ocasión fue en la garganta. Karen había visto una vez una herida semejante: el gran calibre del plomo había desgarrado la mitad de la garganta, y la víctima se había desangrado hasta morir. Para una herida tan terrible, con la yugular destrozada, no se podría haber hecho nada incluso si hubiera habido personal médico en el lugar cuando ocurrió.

No podía continuar leyendo. Su rostro había palidecido, cerró el libro y se lo entregó a Marc.

—Echa un vistazo a esto.

Marc la miró atentamente, pensativo, y entonces desvió la atención al libro. Al observarlo, Karen no vio ninguna expresión de conmoción ni de desagrado ante semejante informe nauseabundo.

—Es su diario de muertes —dijo Marc.

—¡Dios santo! ¿Quieres decir que todo el mundo los guardaba?

—Los francotiradores lo hacían. Yo también fui marine, ya sabes. Los francotiradores en la guerra del Vietnam eran legendarios. Los mejores podían descubrir un blanco a miles de metros. Las bajas que hacían tenían que ser verificadas, así que hacían el seguimiento en sus diarios de muertes.

La idea aún le hacía sentirse mareada.

—¿Pero no debería haber conservado esos libros el Cuerpo de Marines?

—No lo sé. No fui francotirador, asi que nunca lo pregunté. Quizá lo hacían así. Quizás él llevaba dos libros, uno para su propio archivo. Fue una guerra muy mala, querida. Echó a perder a muchos hombres buenos.

Marc continuó hojeando las páginas, examinando una por una. Cuando llegó a la última, dijo:

—¡Sesenta y una muertes! Era bueno en su trabajo —empezó a cerrar el cuaderno y las hojas revolotearon; había algo escrito en la última página, aunque entre medias se habían saltado y dejado en blanco unas cuarenta páginas. Frunciendo el ceño, Marc abrió el pequeño cuaderno por la última.

—¡Santo cielo! —exclamó despacio Marc.

Karen lo había estado observando, había visto cómo sus pupilas se dilataban, la rápida contracción de sus labios.

—¿Qué es?

—Otra muerte —respondió, acto seguido alzó los ojos hacia ella—. La de un soldado americano. Le pagaron veinte mil dólares por hacerlo.

El estómago de Karen se encogió. ¡Dios santo! Su padre era un homicida, un asesino pagado. Matar al enemigo era una cosa, pero asesinar a un compañero, soldado, era monstruoso.

—Yo me encargaré de eso, gracias —dijo una voz desconocida, y apareció un hombre frente a la unidad abierta. Era un hombre fornido, de mediana edad, pero con aspecto de duro; la pistola en la mano apuntaba directamente a la cabeza de Marc. Iba sin zapatos, en calcetines, lo cual explicaba por qué no le habían oído acercarse—. Me he estado preguntando qué había en ese pequeño cuaderno que era tan interesante. Supongo que debería agradeceros el haberme ahorrado la molestia de buscarlo. Limítate a dejarlo sobre la caja, allí. —El tono de su voz era afable, su actitud todo menos eso—. Tú, vaquero, saca con cuidado la pieza de la funda y arrójala al suelo. Despacio, ahora. Con dos dedos.

Karen se quedó paralizada. El rostro de Marc sin expresión, pero un ligero movimiento de cabeza le indicó que no quería que moviera ni un músculo. Con cuidado, hizo lo que le dijo el hombre fornido, sacó despacio la pistola de la funda con el pulgar y el índice, y la arrojó al suelo, a los pies del hombre.

—¡Buen chico! —El hombre ni siquiera miró la pistola, no apartó los ojos de Marc—. ¿Quién demonios eres? ¿Novio? ¿Policía?

—Policía —respondió Marc, sin dar más explicaciones. Si reconocía una relación personal con Karen, el hombre sabría que podría forzarle a hacer cualquier cosa con sólo amenazarla.

—Me lo temía —dijo con un suspiro el hombre—. De acuerdo, tira el arma de reserva.

En silencio, Marc retiró la pequeña pistola de la funda del tobillo y la arrojó al suelo junto a la otra.

—¡Mierda! —exclamó el desconocido—. Realmente no me gusta matar policías. Causa muchos problemas.

—Entonces reconsidere su posición —intervino Marc. Empezó a enderezarse, y el hombre sacudió la cabeza como advertencia.

—Limítate a quedarte donde estás. Siento todo esto, vaquero, señora. —Era extraño, su pesar parecía verdadero. No importaba. Iba a matarlos de todas formas. Karen observó cómo su dedo se ceñía al gatillo, el horror retardó su percepción de tal forma que el minúsculo movimiento pareció durar una eternidad. Sin pensarlo, gritó, al tiempo que se lanzaba hacia delante como si pudiera atrapar la bala con la mano y evitar que alcanzara a Marc.

—¡No!

El hombre se sobresaltó ligeramente, su atención se desvió por su repentino grito. Marc se desenroscó como una serpiente al atacar, empujó a Karen al suelo con la mano izquierda mientras bajaba y estiraba la otra con un movimiento rápido. Hubo un destello borroso de algo brillante, entonces el hombre emitió el peor de los sonidos que Karen jamás había escuchado, una mezcla de grito y gorjeo; con la mano libre agarró el cuchillo que tenía clavado en el cuello, la misma navaja que Marc había utilizado para abrir las cajas.

Era un profesional. Apretó el gatillo de todas formas.

Sólo se escuchó una especie de tos. Marc se balanceó hacia atrás, recuperó el equilibrio y se abalanzó. Golpeó al hombre en el pecho y lo tiró de espaldas al suelo. Hubo otra especie de tos, y el espejo de la cómoda se hizo añicos.

Ayudándose de pies y manos se puso en pie y se lanzó a por la pistola de Marc. Los dos hombres estaban tendidos, luchando sobre la áspera grava. La mano izquierda de Marc estaba aferrada alrededor de la muñeca derecha del desconocido haciendo presión para que el arma permaneciera apuntada hacia arriba. Con la mano derecha, empujó la hoja de la navaja hacia los lados.

El hombre comenzó a dar arcadas, ahogándose. La sangre salió a chorros de la herida abierta del cuello. Su rostro adquirió un tono azulado. Marc rodó sobre él, le golpeó con frenesí la mano que llevaba la pistola contra el suelo, dos, tres veces. Finalmente, los poderosos dedos se soltaron, y la pistola cayó de sus garras. Tosió, emitiendo un sonido desconcertante, sus piernas empezaron a temblar y se echó las manos a la garganta.

Marc se desplomó, la respiración acelerada, la cabeza caída.

—¡Oh, Dios mío! —susurró Karen al tiempo que se precipitaba al suelo junto a él, sin hacer caso del dolor de sus ya magulladas rodillas. Se olvidó de la pistola que tenía en la mano derecha mientras lo rodeaba con sus brazos para incorporarlo con cuidado y analizar la gravedad de la herida y su estado.

La parte delantera de su camiseta estaba ya empapada de un rojo brillante. No había herida de salida en la espalda.

Sólo le dedicó un vistazo al hombre del suelo. Aún no estaba muerto, pero lo estaría en breves instantes. Su pecho se elevaba en un vano esfuerzo por aspirar oxígeno; su rostro adquiría por momentos un tono más oscuro, un color rojizo que cada vez se acercaba más al morado.

Marc presionó con fuerza la mano sobre la herida. La bala le había alcanzado en la parte superior izquierda del pecho, lo bastante alto para errar el tiro en el corazón pero no en el pulmón. Karen escuchó el terrible soplido de su pecho a medida que el aire escapaba del pulmón. La sangre que rezumaba entre los dedos era espumosa, y un espumarajo rosáceo seguía el trazo de sus labios.

—No pasa nada, amor mío, vas a ponerte bien. —Karen se oyó murmurar al tiempo que su mente se aceleraba. Plástico. Necesitaba algo fino de ese material, para cerrar herméticamente la herida y evitar que el pulmón se colapsara.

Las heridas sangrantes de pecho eran críticas, y sólo Dios sabía qué clase de lesiones colaterales habría ocasionado la bala al girar en el interior de su cuerpo. Moriría si no le cerraba la herida y lo llevaba a un hospital deprisa.

El hombre sobre el cual estaba apoyado empezó a sacudirse con convulsiones. Marc apretó los dientes al tiempo que los movimientos le desgarraban, aunque un gemido de dolor escapó de su boca.

—No se moleste —dijo otra voz a su espalda—. Lo lamento, pero me veo obligado. Realmente no puedo permitir que ninguno de los dos siga con vida.

## 21

Marc se hundió en los brazos de Karen, y ella se esforzó por mantener su peso. Giró la cabeza en la dirección de los recién llegados, un hombre apuesto y bien proporcionado, de quizás unos cicuenta años, con bigote y cabello grises, y otro de más edad, más corpulento, que tenía el aspecto maltrecho de un antiguo luchador. Ambos se encontraban de pie a poca distancia detrás de ellos, cada uno con una pistola con silenciador en la mano derecha. Les estaban apuntando.

No podían ver la pistola que sujetaba, advirtió Karen, clavando los ojos en el arma de su mano derecha. ¿Dónde diablos estaba el hombre que McPherson había enviado para que les siguiera? A menos que... qué pensamiento tan atroz... fuera el hombre que acababa de intentar matarlos.

—¡Hola, senador Lake! —dijo Marc con voz forzada, y tosió.

El hombre más joven parecía sorprendido e irritado.

—¿Cómo me ha reconocido? —le espetó.

—Estaba... dijéramos... esperándole. He... leído el libro.

—¡No hables! —le suplicó Karen. Con dificultad, arrastró el brazo izquierdo hacia arriba para poder tocar el arma. Karen sabía que le estaba insinuando que se la dejara. Pero estaba demasiado débil, pensó ella, con demasiado dolor; jamás sería capaz de manejar la pesada arma. Se aferró a la pistola, su mandíbula se contrajo al tiempo que miraba fijamente a la nueva amenaza.

Marc cerró la mano alrededor de la pistola al tiempo que buscaba a tientas. Su tembloroso dedo encontró el seguro y lo quitó. El sonido fue insignificante. Karen apenas lo oyó, pero supo lo que había hecho.

La mirada del senador Lake se dirigió al pequeño libro manchado que reposaba sobre una de las cajas.

—No les pierdas de vista —le ordenó al hombre de mayor corpulencia, y avanzó con rapidez al interior del local para retirarlo. Hojeó con avidez las páginas y continuación se lo metió entre la camisa—. Sí, es este —afirmó, y sonrió a Karen—. ¡Qué gratificante que al final alguien lo haya encontrado! —Miró con desprecio al hombre tendido en el suelo—. Hayes sin duda no pudo arreglárselas para hacer el trabajo, aunque al final averiguó dónde se hallaba el libro y nos condujo hasta aquí. Creyó ser astuto, con todas esas maniobras evasivas, pero una vez más subestimó mis, umm... aptitudes.

El senador Lake estaba satisfecho consigo mismo y de cómo había ido el día. No sólo se había desecho de Hayes, sino que había encontrado el libro. Toda esta irritante pesadilla estaba prácticamente tocando su fin. Estaba especialmente satisfecho con el arma que tenía en sus manos; la pistola en sí no era gran cosa, pero el mejor silenciador hecho en cualquier parte del mundo estaba enroscado en el cañón. Cuando disparara se oiría poco más que un ligero chasquido. Hayes le había contado que una vez caminó hacia un blanco en una calle concurrida y le disparó con una 22 con silenciador sin que nadie a su alrededor prestara atención hasta que el blanco se desplomó en la acera. Y entonces, Hayes se hallaba ya a varios pasos de la víctima, confundido entre la multitud. En aquel momento habría debido percatarse de que no se podía confiar en Hayes, porque ¿qué clase de hombre iría por ahí alardeando de algo así?

A veces se sorprendía de lo bien que se solucionaban las cosas. ¡Qué conveniente por parte de Hayes abandonar la ciudad en el momento justo! Deshacerse de él en el Distrito de Columbia hubiera supuesto un gran problema, incluso para Raymond. Por una sencilla razón, los periodistas estaban siempre husmeando alrededor. Por otro lado, hubieran echado en falta a Hayes. Allí era dónde vivía; tenía socios, vecinos, gente que sería capaz de identificarlo. Aquí... bueno. Todo se estaba resolviendo perfectamente. Encontrarían tres cuerpos, y nada que le vinculara con ninguno de ellos.

Considerándolo todo, estaba bastante orgulloso de sí mismo. Parecía tener un don para este tipo de cosas. Todo lo que tenía que hacer uno era planear con cuidado, pero en realidad, había encontrado a la mayoría de la gente demasiado estúpida para que pensaran con semejante minuciosidad.

—¡Dispárales! —le ordenó a Raymond.

γ

Karen se tensó, su mirada clavada en la pistola del hombre grande. Empezó a levantar la mano derecha, consciente incluso mientras lo hacía de que no sería lo bastante rápida, no con aquel hombre corpulento apuntando ya hacia ella. Sintió cómo Marc hacía un esfuerzo por reponerse.

—¿Cuánto... va a pagar... por nuestras muertes? —Marc jadeó entre frase y frase, su pecho se alzaba con espasmos al intentar respirar. Los espumarajos de la boca se deslizaban gota a gota hasta la barbilla—. ¿Tanto como le pagó a Whitlaw... por matar... a su hermano?

El hombre grande se quedó inmóvil.

—¿Qué?

La revelación impactó a Karen. Horrorizada, mantuvo la mirada clavada en el hombre que había visto tantas veces en la televisión, un hombre conocido por su integridad. Así que eso era lo que Marc había leído, lo que no había tenido tiempo de contarle. Esa era la razón por la cual su padre había sido asesinado.

—Mandó asesinar a su propio hermano —dijo Karen despacio—. Contrató a mi padre para que lo hiciera. ¿Le estaba chantajeando, verdad?

—No sea ridícula —replicó el senador con tono inquieto al tiempo que echaba una mirada al hombre que se hallaba junto a él.

—Stephen —el hombre corpulento estaba blanco, macilento—. Señor Stephen, déjeme ver ese libro.

—¡No seas ridículo! —repitió el senador—. ¡No me digas que crees este... este montón de mentiras!

—Ocurrió en Vietnam —dijo Karen.

—¡Cállese! —El senador se giró hacia ella, y la apuntó con el arma.

—Mi padre era un francotirador de los Marines —continuó, aunque le temblaba todo el cuerpo—. Le pagó veinte mil dólares por matar a su hermano.

—¡Mátala, Raymond! —le ordenó el senador, enfurecido.

El hombre mayor, Raymond, parecía aún aturdido, pero se estaba recuperando. Le dijo con tristeza al tiempo que volvía su arma hacia el senador:

— Señor Stephen.

El senador Lake se giró con tranquilidad y disparó. Raymond se tambaleó hacia atrás, con una expresión de sorpresa y pesadumbre en el rostro. El senador Lake disparó de nuevo, sin ningún ruido excepto aquel ominoso y leve chasquido que Karen sabía atormentaría sus sueños, y Raymond se desplomó.

—¡Maldita seas! —gritó el senador encolerizado, girándose veloz hacia Karen—. ¿Por qué no has mantenido tu estúpida boca cerrada?

Marc levantó la mano manchada de sangre, atrayendo la atención del senador hacia él.

—¿Qué me dice... de Medina?

El cuerpo de Marc temblaba por el esfuerzo. Karen lo sujetó con firmeza con el brazo izquierdo, su mente acelerada. Si lo empujaba al suelo, lo apartaría de la línea de fuego, pero el brusco movimiento podría provocar que la bala se deslizara y que las lesiones fueran mayores. No veía otra elección.

—Whitlaw creyó que podía chantajearme con el libro. Nadie más podría seguirle el rastro, así que llamé a Medina para hacer el trabajo. Le conté que Whitlaw había matado a otro agente contratado en el Vietnam, a uno de los amigos de Medina. Era mentira, claro, pero Medina tenía una moralidad molesta. Lo necesitaba, y ese era el único modo de conseguirlo. Conocía a Whitlaw, por tanto tenía una ventaja sobre el resto.

Karen acusó cómo su respiración se ralentizaba, cómo se hacía más profunda. Su visión estrechándose mientras sus ojos permanecían fijos en el hombre vestido con elegancia, hasta que sólo podía verlo a él. Este era el hombre causante de todo. Había pagado para que mataran a su propio hermano, luego había hecho que cazaran a su padre y lo ejecutaran.

—¿Medina? —repitió Marc con la voz entrecortada. Cayó desplomado hacia la izquierda, a un lado de ella. Desesperada, Karen aferró los dedos a su camisa, para sujetarlo erguido. Los músculos de su brazo izquierdo estaban tensos y temblaban.

—¡Ah, bueno, como es evidente, tuve que hacer que se encargaran de él, también! No le hubiera gustado descubrir que le había mentido. Esa maldita moralidad de nuevo.

—Dígame... algo.

Alzó las cejas.

—¿Cómo una especie de último deseo? Claro.

—¿Qué clase de... cabrón... alardea sobre... la muerte?

El senador dio un ligero respingo, la cólera brillando en sus ojos como si no pudiera creer que Marc le hubiera llamado cabrón. Levantó la mano. Algo surgió del pecho de Karen, un sonido inhumano que se acercaba a un gruñido. Notó como si se estuviera moviendo a cámara lenta, al igual que él. Ayudándose de la mano que tenía sujeta la camisa de

Marc, lo echó hacia atrás y en el mismo instante levantó la pistola.

Había disparado una pistola antes, y un rifle. Su padre le había enseñado también ese tipo de cosas; durante aquellos paseos por el bosque, se agachaba detrás de ella para ayudarla a sujetar con firmeza las pesadas armas. Era tan sólo una niña, de unos seis o siete años, pero el recuerdo era de repente claro y vivo, cada imagen nítida. Cuando Jeanette lo descubrió, se asustó y enfadó, y discutieron.

Era extraño lo silencioso que estaba todo, lo tranquilo. Centró la vista en su pecho y apretó el gatillo. La detonación fue amortiguada. El retroceso del arma le sacudió el brazo.

El plomo impactó en su pecho, justo donde había apuntado. Karen vio florecer la sangre en su camisa blanca, entre las solapas abiertas de la chaqueta de lino que llevaba el senador. ¿Por qué, entonces, explotó su cabeza? La sangre y restos de cerebro salieron pulverizados por un gran agujero en la lateral izquierdo de su cabeza. Sus ojos se abultaron un poco, y se desplomó como un saco de huesos.

De pronto, todo volvió al tiempo real. Karen podía oír de nuevo, aunque le pitaban los oídos. Podía ver todo a color, con un amplio campo de visión. El olor acre de la pólvora le abrasó la nariz. Marc se encontraba inconsciente sobre un costado en medio de la suciedad y la grava.

Karen arrojó la pistola y lo agarró con las dos manos para arrastrarlo y colocarlo apoyado en la espalda. Presionó los dedos sobre la base de su cuello; el pulso era rápido y débil. Tenía los ojos medio abiertos, la observaba, pero ella sabía que estaba perdiendo la conciencia.

—Saldré de esta —le prometió, su voz apenas audible.

—Estás en lo cierto, lo conseguirás —le aseguró con ardor, al tiempo que le rasgaba la camiseta. Los bordes del siniestro agujero tenían un tono azulado, la roja sangre continuaba saliendo con burbujas formando espumarajos a medida que abandonaba su cuerpo.

Tenía que taponar la herida, ahora. Al girarse hacia el hombre fornido para buscar algo que le fuera de utilidad, un destello rojo llamó su atención. Se giró sobre sí con rapidez, agarró la pistola y se agachó junto a Marc.

—¡Tranquila! —dijo un hombre alto y delgado, al tiempo que aparecía por completo a la vista. Llevaba una gorra roja de béisbol y gafas de sol, y sostenía un arma a dos manos con la destreza de los policías y de los soldados. El recién llegado inspeccionó los restos del senador, a continuación pasó por encima del cuerpo y se acercó a Karen, metiendo la pistola entre el cinturón a la altura de las lumbares.

El hombre de McPherson.

—¿Dónde se ha metido, maldita sea? —preguntó enfurecida mientras arrojaba de nuevo la pistola y se arrastraba hacia el otro cuerpo. Palpó todos los bolsillos, en busca de un paquete de tabaco. El envoltorio de celofán sería un buen tapón. Sus dedos frenéticos sólo encontraron una cartera—. ¡Maldita sea, maldita sea! ¿Es que ya no fuma nadie?

—¿Necesita un cigarrillo? —preguntó cortés el hombre de la gorra roja ligeramente desconcertado.

Karen se volvió hacia él con un gruñido.

—Necesito un trozo fino de plástico para taponar la herida.

Sus cejas se arquearon por encima del borde de las gafas. En silencio, introdujo la mano en los bolsillos delanteros de sus vaqueros y sacó un par de guantes de látex.

—¿Servirá esto?

Se los arrebató de las manos. Algunos guantes eran demasiado gruesos, el látex no era lo bastante flexible para hacer el trabajo, pero estos eran casi tan finos como el papel, similares a los que venían en las cajas para teñirse el pelo.

—Perfecto. —A toda prisa, pegó un guante sobre el pecho de Marc, cubrió el agujero y lo sujetó con fuerza en el sitio. Jadeó, pero inmediatamente empezó a respirar mejor, en el instante que el aire dejó de salir por el pulmón herido—. Necesito algo con que rodearlo, para que ejerza presión. Hay algo de ropa en una caja de aquellas —le indicó volviendo la cabeza hacia atrás—. Corte alguna prenda.

—Sí, señora —el Gorra de Béisbol echó un vistazo alrededor durante un segundo y divisó el cuchillo en el cuello del hombre fornido.

—¡Válgame Dios, amigo, jugó duro! —le dijo a Marc, con cierta tono de admiración en la voz y avanzó hacia él para liberar el cuchillo.

Karen miró la hoja sangrienta y pensó en el sida. Analizó los medios para esterilizar, ninguno de los cuales tenía a mano. Mirando de nuevo a Marc, decidió que corría más peligro de morir a causa de la herida que de contagiarse de sida a través de una tira de tela cortada con un cuchillo lleno de sangre.

La eficiencia de Gorra de Béisbol era casi alarmante, sacó con brusquedad una camisa de la caja, rasgó las costuras y luego cortó tiras de tela. Dobló las dos primeras antes de entregárselas a Karen, y ella las presionó contra la herida. Sacó un vestido y repitió los pasos, primero rasgar y luego cortar. Las tiras de tela resultantes eran lo bastante largas para que Karen pudiera rodear el pecho de Marc con ellas. Gorra de Béisbol la ayudó a hacerlo, sujetándolo erguido mientras hacía el trabajo. Tensó la tela todo lo que pudo, y la ató con un nudo justo por encima de la herida para ejercer más presión aún.

—Un teléfono —dijo con voz áspera, desviando de este modo su atención al siguiente paso prioritario.

—Yo me encargaré. —Gorra de Béisbol avanzó con una carrera constante por la fila de unidades de almacenaje y desapareció tras la verja. Su marcha fue silenciosa; daba la impresión de no hacer ningún ruido cuando se movía.

Karen volvió a comprobar el pulso de Marc, observando el segundero de su reloj. Ciento treinta y dos, demasiado rápido. Iba a sufrir un shock, su cuerpo luchaba contra la pérdida de sangre y la falta de oxígeno, además del traumatismo que había sufrido. Le levantó las piernas y las apoyó sobre el pecho del hombre fornido, a continuación se colocó para que su cuerpo protegiera los ojos de Marc del sol.

—¿Estás todavía conmigo? —le preguntó ella, esforzándose por mantener la voz serena.

Marc pestañeó despacio y consiguió esbozar una leve sonrisa.

—Sí, señora —murmuró, superando el tono sardónico de Gorra de Béisbol—. ¿Parte médico?

—La bala ha alcanzado el pulmón. Has perdido mucha sangre, y estás en estado de shock, pulso rápido y débil...

Marc tomó una rápida y dolorosa bocanada de aire.

—Grave... pero sobreviviré.

—Sí —admitió su miedo por lo primero y su esperanza por lo segundo—. Deja de hablar. Gorra de Béisbol ha ido a llamar al 991.

—Necesito... hablar con él.

—Regresará —al menos eso era lo que pensaba. Podría largarse ahora que el terreno estaba despejado.

De todas maneras, regresó a los pocos minutos, se aproximó tan silencioso como se había ido, y se apoyó en una rodilla junto a Marc. Llevaba la gorra bajada, las gafas de sol eran muy oscuras y escondían eficazmente los ojos. Su pelo era castaño oscuro, eso fue lo que advirtió Karen. Sabía, sin embargo, que si se cruzaba con él a los cinco minutos siguientes, sin la gorra ni las gafas, no lo reconocería.

—Tome. —Sacó la pistola del cinturón, le dio la vuelta y se la entregó a Karen—. Necesitarán esto para la comprobación de balística. No queremos que los policías se encuentren con balas extrañas, ¿verdad? Veamos, ¿cuál sería una sucesión lógica de los hechos para justificar tres tipos muertos, uno herido, y seis armas, sin contar con la navaja? —Hizo una pausa—. Esto se va a complicar.

—Yo lo arreglaré —dijo Marc con voz áspera.

Gorra de Béisbol esbozó una sonrisa sombría, apenas curvando los labios. Se puso de pie, avanzó hacia el cuerpo del senador y se quedó de pie mirando hacia abajo durante unos instantes.

—¡Hijo de puta! —insultó al cadáver.

—¿Has... escuchado? —preguntó Marc con un jadeo.

—Lo oí.

Algo en su tono lúgubre llamó la atención de Karen. Miró el cadáver del senador y luego al hombre de la gorra.

—Le disparamos los dos —dijo Karen—. A la vez.

La visera de la gorra hizo una inclinación rápida.

—Los dos disparos fueron mortales —dijo con brevedad.

—Hizo que cazaran a mi padre y lo asesinaran. —Se sorprendió de la violencia de su tono.

—Lo sé —empezó a decir algo pero cambió de idea y apretó los labios.

Marc hizo un esfuerzo por reponerse.

—¿Puede... este hombre... ser relacionado con ustedes? —Dio un golpe con el talón al cadáver del hombre fornido. Karen comprendió lo que estaba preguntando. McPherson se había arriesgado ofreciendo su ayuda; Marc no quería que saliera a relucir nada que pudiera comprometer a la CIA en la situación.

—No. Estamos limpios.

—El... el libro.

—Publicadlo —la boca de Gorra de Béisbol se contrajo—. Que todo el mundo sepa lo bastardo que era Stephen Lake. Es la prueba del móvil. —Movió ligeramente la cabeza, y Karen supo que la estaba mirando—. ¿Estará bien?

—Eso creo. Sí. —Tocó el rostro de Marc y él giró la cabeza contra su mano—. Pero no va estar muy contento durante un tiempo.

—Usted lo mantendrá a raya. —Las sirenas empezaron a silbar en la distancia—. Jess tenía razón —musitó—. Tiene un instinto excepcional, Chastain. Si alguna vez se cansa del trabajo local, llámem... llame a McPherson.

—Lo... haré —prometió Marc al tiempo que agitaba la mano—. Váyase antes de que... lleguen. Yo... arreglaré todo.

Gorra de Béisbol sacó una tarjeta del bolsillo. Era una tarjeta blanca con un número escrito a lápiz. Se la dio a Karen.

—Llame a este número, y manténganos informados de su estado.

—De acuerdo. —Karen lo deslizó en el bolsillo de sus vaqueros.

El desconocido levantó dos dedos hacia la visera de la gorra, como un breve saludo, a continuación se alejó, su paso ligero pero sin prisa, extrañamente silencioso.

Karen se arrodilló en medio de la suciedad, el sol intenso resplandeciendo sobre su cabeza, y sujetó a Marc. Él aferró sus largos dedos alrededor de su muñeca, y esperaron juntos, escuchando cómo las sirenas se aproximaban cada vez más.

γ

Diez horas más tarde, Karen se escabulló del cubículo de la UCI, la unidad de cuidados intensivos y se dirigió a un teléfono público. La operación había ido bien; en realidad, mejor de lo que esperaba, y temía. La bala no había provocado tantas lesiones como cabría esperar, porque, después de penetrar en el pulmón de Marc, se había alojado en una costilla, e impidió que siguiera la trayectoria. Requirió dos unidades de sangre, pero ahora se encontraba estable, en realidad consciente, y tan infeliz como Karen había augurado.

Sacó la tarjeta blanca del bolsillo, marcó el número de teléfono. La llamada fue respondida a la primera señal.

—¿Sí? —Fue todo lo que dijo; no obstante, Karen supo que era Gorra de Béisbol.

—La operación fue bien —informó—. Está estable, probablemente estará en la UCI un día más, y en casa dentro de una semana o diez días.

—Bien. Gracias por llamar.

Al notar que estaba a punto de colgar, dijo:

—¡Espere!

Él se detuvo.

La furia se adueñó de ella.

—¿Qué le hizo tardar tanto para llegar allí, maldita sea? —inquirió encolerizada, soltando las palabras entre dientes.

Él suspiró, y siguió un largo silencio durante el cual Karen pensó que no le contestaría. A continuación le dijo:

—Quería saber por qué. No conocía la existencia del libro, así que... escuché.

—¿Qué importancia tenía el «porqué»? —le preguntó, temblando por lo enfadada que estaba. Marc podría haber sido asesinado mientras este hombre «escuchaba».

Hubo otra larga pausa, luego añadió con mucha tranquilidad:

—Su padre no fue el único al que asesinaron, señorita Whitlaw.

Colgó con tanta delicadeza que Karen apenas escuchó el corte de línea, acto seguido el tono comenzó a zumbar en su oído. Lentamente, colocó el auricular en la horquilla del teléfono y volvió sobre sus pasos a la UCI.

Marc estaba aún despierto, su rostro tan blanco como la almohada bajo su cabeza. Estaba tendido inmóvil, no quería mover ninguno de los tubos que se introducían por su cuerpo por distintos lugares, en especial aquellos para los cuales fue preciso abrir un agujero. A pesar de todo, su boca se curvó en una sonrisa, y con cuidado movió la mano para tomar la de ella. Karen ahuecó ambas manos alrededor de esta.

—Medina era su padre —dijo sin más—. De Gorra de Béisbol, quiero decir.

Marc reflexionó, los párpados se le caían adormecidos a medida que el gotero de morfina empezaba a surtir efecto.

—Entonces me alegro de que ambos disparos fueran mortales —dijo con franqueza.

Sí. Karen recobró el aliento. Si era posible que alguien fuera asesinado dos veces, el hijo de Rick Medina y ella habían vengado la muerte de sus padres.

—Te quiero —murmuró Marc—. ¿Te he dicho lo endiabladamente maravillosa que estabas gruñendo: «Es que ya no fuma nadie»? Serás una buena enfermera de trauma.

En cierto modo, a pesar de todo, Marc estaba sonriendo de verdad. Karen inclinó la cabeza y presionó los labios sobre su mano.

—No te hagas el listo conmigo —le advirtió con ternura—. No olvides que este es mi hospital, y puedo conseguir que las enfermeras te hagan todo tipo de cosas horribles.

Marc hizo un mueca y siguió sonriendo.

—Ya me han hecho unas cuantas. Creo que he perdido mi virginidad.

—Estoy segura de ello —replicó ella—. Ahora, duérmete, amor mío. Te quiero, y estaré aquí cuando te despiertes.

—Lo sé. Nunca te marcharás. —Acto seguido sus ojos se cerraron y durmió mientras Karen le sostenía la mano, lo observaba y se quedaba a su lado. Tal y cómo había prometido, y cómo él esperaba, se encontraba allí cuando se despertó.

γ

John Medina se encontraba sentado con las yemas de sus afilados dedos presionadas contra los labios, pensativo, con la mirada fija en el vacío. Se alegraba de que el inspector Chastain fuera a recuperarse; Jess había acertado en su valoración del hombre. Un hombre que podía recibir un impacto de bala en el pecho y aún así cortar el cuello de su agresor era un hombre digno de respeto.

Tenía que marcharse dentro de poco, volver a su misión; sin embargo, John se concedió unos cuantos minutos de reflexión. Había guardado todo dentro de sí, porque sólo así podía rendir al máximo, pero la muerte de su padre había sido un duro golpe, lo más duro desde la muerte de Venetia. Ahora que todo había terminado, ahora que la justicia... y la venganza habían sido servidas, podía dar rienda suelta a la pena, a la furia.

Los medios de comunicación estaban alborotados, como era de esperar. El libro de muertes de Dexter Whitlaw se hallaba bajo la custodia de la policía, y la parte relacionada con la muerte de William Lake había salido a la luz. Las noticias se extendían de un modo incontrolado llenas de especulaciones sobre los motivos que habían llevado al senador Stephen Lake a matar a su hermano. Sin embargo, John estaba bastante convencido de que el difunto y nada llorado senador lo había considerado como un paso más en su carrera profesional. Había matado al heredero forzoso y a continuación, poco a poco, había ocupado su puesto.

John comprobó su reloj. Se le estaba acabando el tiempo. Se puso en pie, arrojó la gorra roja de béisbol a la papelera y se pasó la mano por la oscura cabellera. Le esperaba un avión, y tenía que estar en él.

Haría que Jess enviara a Karen Whitlaw y a su inspector un bonito regalo de bodas.

*Linda Howard*
ha recibido numerosos galardones, entre los que destacan la Pluma de Plata de *Affaire de Coeur* y el Premio de la Crítica de *Romantic Times*. Sus libros aparecen regularmente en la lista de bestsellers del *New York Times*.